vmn

Willi Schissler

Tödliche Freundschaften

Odenwald-Krimi

vmn
Verlag M. Naumann

Druck: BBL Druck -u. Medienservice UG, Ellhofen

Titelillustration: Jens Rotzsche: Eulbacher Park, Michelstadt

ISBN 978-3-943206-33-3

1. Auflage 2015

Bibliografische Information der Deutschen Nationalbibliothek
Die Deutsche Nationalibliothek verzeichnet diese Publikation in der Deutschen Nationalbibliografie; detaillierte bibliografische Daten
sind im Internet über http://dnb.ddb.de abrufbar.

Der Autor

WILLI SCHISSLER wurde 1949 im Otzberger Ortsteil Nieder-Klingen im Odenwald geboren und wohnt seitdem dort. Nach einer Lehre und einer aktiven Zeit als Bankkaufmann wechselte er 1970 zu einem Institut für Marktforschung in Frankfurt/Main. Er ist verheiratet und hat eine erwachsene Tochter.

Die Handlung des Romans ist frei erfunden. Jede Ähnlichkeit mit lebenden oder verstorbenen Personen und realen Begebenheiten wäre rein zufällig.

In Memoriam
Rainer Witt

Gewidmet meinen beiden Ladies Karin und Yvonne,
meinen beiden Schwagern Horst und Georg sowie Swen.

Erst wenn du deinen Weg verlierst,
wirst du wissen, wo es hin geht.
Afrikanisches Sprichwort

Prolog

Harry und Timo waren Freunde. Sie spielten als Kinder in dem Sandkasten, den Harrys Vater damals im Hof aufgeschüttet und mit vier Dielen eingerahmt hatte. Sie besuchten zusammen den Kindergarten, drückten während der gesamten Schulzeit nebeneinander die Schulbank. Sie wurden zusammen bei ihrer Konfirmation eingesegnet.

Freilich stritten sie auch hin und wieder, was ihrer Freundschaft aber nie einen Abbruch tat. Wenn es darauf ankam, hielten sie zusammen wie Pech und Schwefel, egal, ob es Ärger oder Raufereien in der Schule gab, oder ob es um Mädchen ging, die es gegen andere Mitschüler zu verteidigen galt.

Gut, mit den Mädchen später … das war so eine Sache.

Im Flegelalter stritten sie sich heftig um ein bestimmtes Mädchen, das ausgenommen hübsch war. Angelina war sechzehn, hatte eine Stupsnase, hellblonde lange Haare. Sie war groß und schlank und konnte, wenn sie wollte, bezaubernd lächeln.

***

Im Otzberger Ortsteil Nieder-Klingen, einem kleinen Dorf im Odenwald am Fuße der weithin bekannten Veste Otzberg, in dem Harry und Timo zur Welt gekommen waren, wurde im Juli die Kirchweih, im Volksmund die Kerb, gefeiert.

Harry und Timo, siebzehn Jahre alt, gehörten zu den insgesamt acht Kerbburschen. Auch gab es acht Kerbmädchen, denen Angelina angehörte.

Samstag, 16. Juli
Otzberg-Nieder-Klingen

Am Kerbsamstag ist es in dem kleinen Odenwalddorf von jeher Sitte, dass die Kerbburschen mit Hilfe eines Bauern und dessen Traktor samt Anhänger im Wald Birkenreisig holen, das sie im Ort verteilen. Die Einwohner schmücken damit ihre Häuser.

Anschließend wird der Wagen für den Umzug, der am Sonntagnachmittag stattfindet, geschmückt, wobei die Kerbmädchen eifrig mithelfen.

***

Als die Kerbburschen bei herrlich sonnigem Wetter mit Birkenreisig nach Nieder-Klingen zurückkamen, wollten sie auf dem Bauernhof der Eltern von Karl-Heinz den bereitstehenden Wagen schmücken. Vorher waren sie in der *Schmelzmühle* eingekehrt, einem beliebten Ausflugslokal am Waldrand zwischen Ober-Klingen und Hassenroth, um dort im Biergarten ein kaltes Bier zu trinken.

Da es erst 12 Uhr war, beschlossen sie, etwas zu essen. Sie hatten ja noch genügend Zeit. Jeder bestellte Cordon bleu mit Bratkartoffeln und Salat, lecker zubereitet vom Wirt, der auch als Küchenchef fungierte.

Um 14 Uhr sollte das Schmücken beginnen. Das Thermometer war mittlerweile auf achtundzwanzig Grad angestiegen. Endlos blauer Himmel. Ein schwacher Wind wehte, machte die Hitze ein klein wenig erträglicher. Aber deswegen wurde der Durst nicht weniger. Sie bestellten ein Bier nach dem anderen, das die freundliche Wirtin gerne servierte.

Es war gemütlich in dem schattigen Biergarten. Alle waren gut gelaunt, das Bier schmeckte hervorragend. So vergaßen sie, auf die Uhr zu schauen.

Als sie endlich auf dem Bauernhof ankamen, war es schon etwas später, nämlich 14.55 Uhr. Die Mädels waren nicht gerade erfreut, hatten jedoch mit der Verspätung der Herren gerechnet und sogleich mit dem Schmücken des Wagens begonnen.

Bunte Bänder und Tannengrün umgaben den Kerbwagen. Ein großes blau-weißes Transparent mit der Aufschrift *Die Klinger Kerb is do* wurde an zwei Pfosten in der Mitte des Wagens so angebracht, dass es von jedermann gesehen werden konnte.

Der Vater von Karl-Heinz stellte fest, dass einer fehlte. Er nahm seinen Sohn zur Seite: »Wo ist Harry?«

»Hat zu viel getrunken«, meinte Karl-Heinz trocken. Er wischte sich mit dem Handrücken den Schweiß von der Stirn, ging zu seinen Freunden, die begonnen hatten, Zeltgarnituren auf den Wagen zu heben. Sein Vater Gustav, ein großer grauhaariger Mann, hob die Schultern und ging ins Haus.

Um 16.20 Uhr tauchte Harry endlich auf dem Bauernhof von Karl-Heinz' Eltern auf. Der Wagen war komplett geschmückt. Die Sonne schien durch die mittlerweile wenigen weißen Wolken. Vögel flogen in hohen Bögen über die Hofreite, wobei sich mancher in die Scheune verirrte und ganz schnell wieder den Weg hinaus suchte. Kerbburschen und Kerbmädchen saßen auf Strohballen bei einem kühlen Bier beisammen. Sie waren bester Stimmung, sangen fröhliche Lieder.

Auf dem Misthaufen inmitten des Hofes war ein lautes Krähen zu hören. Ferdinand, der Hahn, konnte auch jetzt nicht den Schnabel halten. Er hob den Kopf, verließ majestätisch seinen Platz und scheuchte mit mehreren Flügelschlägen die gackernde Hühnerschar quer über den Hof von einer Ecke zur anderen. Seine beiden Konkurrenten verhielten sich ruhig. Ferdinand war der Chef, was einige Wunden am Federkleid der anderen beiden bezeugten. Er schritt stolz zurück auf den Misthaufen, kratzte mit den Krallen im Mist, schaute mit starrem Blick auf sein Volk.

Harry ging unsicher durch das offenstehende Tor in die Scheune. Angelina sah ihn zuerst. »Da kommt er ja! Ei, wo war er denn?«, rief sie laut. »Was war los? Voll, oder?« Sie musterte ihn von oben bis unten, drehte sich Timo zu: »Ist ja auch egal, ich geh' heut' Abend sowieso mit ihm zur Kerb.« Sie küsste Timo, Harrys besten Freund, auf die Wange.

Totenstille. Ferdinand krähte wieder.

Harry drehte sich wortlos um, ging schnurstracks zum Scheunentor hinaus, knurrte: »Blöden Fehler gemacht.« Er ballte vor Zorn die Fäuste, knirschte mit den Zähnen.

Am Abend wurde die Klinger Kerb in der *Hall'*, dem Vereinsheim der Fußballer des T.V. 1921 mit einem Tanz der Kerbburschen und -mädchen eröffnet. Einer fehlte: Harry.

Timo, der mit Angelina tanzte, machte sich Sorgen: »Wo bleibt denn Harry? Ist er so beleidigt, dass er nicht kommt?« Er schüttelte den Kopf.

»Ach, Timo«, lächelte sie, »lass ihn einfach. Wer nicht will, der hat schon.«

Timo, froh darüber, dass Angelina offensichtlich mit ihm zusammen sein wollte, sah ihr verliebt in die Augen: »Hast ja recht. Vergessen wir Harry.«

Es war ein lustiger Abend, jedoch nicht für jeden. Fritz Henkel ärgerte sich über seine Freundin Melissa, weil sie übermütig mit Volker Berner und Hans Klauser tanzte und flirtete und ihn vernachlässigte. Sie war etwas angetrunken. Das gefiel ihm gar nicht. Er war stinksauer, nahm sich vor, mit ihr ein ernsthaftes Wörtchen zu reden.

Gegen 1.45 Uhr begleitete Timo Angelina nach Hause.

Es war eine warme Sommernacht, die Sterne funkelten, ein leichter Südwind wehte. Der Mond verbarg hin und wieder sein Gesicht hinter einer kleinen Wolke. Eine romantische Nacht für Verliebte.

Timo legte den Arm um Angelinas Schultern, sie umschlang seine Hüften, schaute ihn lächelnd an.

Timo Hausmann war einsachtzig groß, hatte blonde, gescheitelte Haare, ein hübsches Gesicht, Drei-Tage-Bart. Ein Mädchentyp.

Vor Angelinas Elternhaus in der Lindenstraße angekommen, umarmte er sie. Sie wand sich aus seinem Arm, öffnete das niedrige Hoftor, eilte zur Haustür. »Gute Nacht, Timo, wir sehen uns morgen in der *Hall'*. Punkt zehn. Bist du da?«

Timo, etwas überrascht, weil Angelina ihm so schnell entwichen war, beeilte sich zu sagen: »Klar doch. Bin um zehn in der *Hall'*. Nacht, Angelina.« Er wartete, bis sie im Haus war, ging dann guter Laune heim. Kaum lag er im Bett, begann er zu grübeln. Wieso hatte sich Angelina so schnell von ihm gelöst? Spielte sie etwa nur mit ihm? Ach was, Blödsinn! Er verwarf den Gedanken, dachte über seinen Freund Harry nach. Warum war der am Abend nicht zur Kerb gekommen?

Sonntag, 17. Juli

Um 10.30 Uhr erwachte Timo. Er rieb sich die Augen, schaute auf seine Armbanduhr. Mist, verschlafen!

Hastig zog er sich an, setzte seinen Strohhut auf, bei den Klinger Kerbburschen Tradition, machte sich auf den Weg in die *Hall'*. Das Wetter versprach wieder sonnig und heiß zu werden. Der Himmel zeigte sich wolkenlos.

Als er zehn Minuten später den Saal betrat, traute er seinen Augen nicht. Sein Freund Harry saß neben

Angelina, hatte den Arm um ihre Schultern gelegt. Der Frühschoppen war bereits in vollem Gange. Die Vier-Mann-Kapelle um Wolfgang und seiner Band *Die Saaldudler* spielten »Oh Nerrer-Klinge, isch tausch disch nit mit Wien.« Die Stimmung war ausgelassen. Es wurde geschunkelt und fröhlich gefeiert.

Timo sah, wie Karl-Heinz übermütig mit Lilly flirtete, Harry Angelina auf den Mund küsste. Fritz und Melissa saßen ein wenig teilnahmslos dabei. Sie hatten Streit. Wegen gestern Abend. Andere tanzten oder standen bei einem Bier am Tresen.

Timo ging zu Angelina, die sich wegdrehte. Er sprach Harry an: »Sag mal, was geht denn hier ab?«

Der schaute an ihm vorbei: »Siehste doch!«

»Ja ... aber Angelina wollte heute doch wieder mit mir ...« Timos Stimme versagte, er schluckte.

»Ich weiß, dass du mit ihr gestern zur Kerb warst. Sie hat eben ihre Meinung geändert.« Harry sah ihn an. »Du wirst akzeptieren müssen, dass sie zu mir gehört«, sagte er in einem Ton, der Timo hart traf.

»Lasst mir doch alle meine Ruhe, ich hau' ab!« Timo sah Angelina verächtlich an, verließ grußlos die *Hall'*. Angelina de Steen schaute verlegen auf ihre Schuhspitzen. Harry starrte zur Ausgangstür. Lilly und Karl-Heinz sahen sich betroffen an. Niemand sprach ein Wort. Sie spürten: Jetzt haben wir einen guten Freund verloren.

Montag, 18. Juli

Alle Kerbburschen, ausgenommen Timo, trafen sich mit ihren Mädchen um 10.30 Uhr zum traditionellen Frühschoppen in der *Hall'*. Die *Saaldudler* spielten lustige Lieder. In den Pausen ging Klaus, der Saxofonist, durch die Reihen, gab hier und da ein Ständchen, begleitet von Wolfgang mit dem Akkordeon.

»Hat Timo sich gestern wirklich so geärgert?«, fragte Harry Angelina.

»Keine Ahnung.« Sie schüttelte den Kopf.

»Aber dass er heute auch nicht da ist?«, warf Lilly ein. »Das ist schon komisch, oder?«

»Ja, das ist wirklich komisch. Ich habe damit gerechnet, dass er heute wieder dabei ist.« Melissa schaute in die Runde. Ihr Freund Fritz sprach keinen Ton, schaute sie von der Seite an. Er war immer noch verärgert.

Harry bemerkte nachdenklich: »Timo hat gestern beim Frühschoppen so eine eigenartige Äußerung gemacht.«

»Ja«, meinte Karl-Heinz, »ich glaube gehört zu haben wie er sagte: Ich hau' ab, oder so ähnlich.«

»Genau! Das sagte er. Ich habe das aber nicht ernst genommen.« Angelina hielt erschrocken die Hand vor den Mund: »Dem wird doch nichts pass…? Harry! Wir müssen nach ihm sehen!«

»Klar.« Harry stand auf, nahm Angelina an der Hand: »Komm!« Sie eilten aus dem Saal.

Fritz nahm Melissa beiseite, flüsterte ihr zu: »Ich muss mit dir reden.«

»Wegen Timo?«

»Nein. Komm mit.«

Sie gingen nach draußen.

Nach einer Weile kam Fritz alleine wieder zurück.

Der Himmel hatte sich eingetrübt, am westlichen Horizont wurde es immer dunkler. Böiger Wind kam auf. Leichter Regen setzte ein, plötzlich begann es wie aus Kübeln zu schütten. Ein greller Blitz erhellte den Himmel über dem kleinen Odenwalddorf. Ein mächtiger Donnerschlag ließ Harry und Angelina erzittern. Mehrere Blitze und weitere Donnerschläge folgten. Hand in Hand rannten sie in die Lengfelder Straße, wo Timo mit seinen Eltern wohnte. Als sie dort ankamen, waren sie pitschnass. Harry klingelte an der Haustür des Fachwerkhauses. Es tat sich nichts.

Er fuhr sich über die nassen Haare. Seinen Strohhut hatte er in der *Hall'* vergessen. Abwechselnd riefen sie nach Timo. Nach kurzer Zeit ging bei dem Haus auf der gegenüberliegenden Seite ein Fenster auf, die Nachbarin schaute sie fragend an: »Sucht ihr Timo?«

Harry schniefte. »Ja. Wissen Sie, wo er ist?«

»Er ist um kurz vor elf weggegangen. Ich dachte, er geht zum Frühschoppen.« Sie zog die Stirn kraus.

»Ja, aber ... er ist nicht dort.«

»Ach, Harry, mach dir keinen Kopf. Er wird schon auftauchen.« Maria Solm schloss das Fenster.

»Wahrscheinlich hat sie recht.« Harry drückte seine Freundin an sich. Angelina wirkte nun etwas beruhigter, versuchte, ihr nasses Haar zu ordnen, wischte sich übers Gesicht. Ihre blauen Augen glänzten feucht. »Frau Solm kennt ihn. Wenn sie keine Bedenken hat, brauchen wir uns auch keine Sorgen machen. Irgendwann ist er wieder da.« Sie schlang einen Arm um Harrys Hüften. »Lass uns gehen.«

Im Haus nebenan lugte eine alte Frau zwischen den Gardinen hervor, trat schnell einen Schritt zurück als Harry hinschaute.

»Die Grete, die alte Neugier. Die darf nichts verpassen. Unglaublich«, stöhnte er.

»Ach, lass sie, sie hat doch niemanden, der ihr was erzählt«, antwortete Angelina.

Das Gewitter hatte sich verzogen. Der Regen ließ nach, die Sonne brach langsam durch die immer noch dunklen Wolken. Über der Veste Otzberg bildete sich ein bunter Regenbogen. Gebannt betrachteten sie das prächtige Schauspiel der Natur.

Als sie wieder in der *Hall'* eintrafen, war die Stimmung auf dem Höhepunkt. Es wurde gefeiert, gelacht und getanzt. Angelina fragte Fritz, wo Melissa sei.

»Die? Die ist nach Hause gegangen. Zuviel Bier.«

Angelina zuckte die Schultern: »Ich weiß, dass sie nicht viel Alkohol verträgt. Morgen geht's ihr wieder besser.«

»Ja, sicher.« Fritz ging zum Tresen.

An Timo dachte niemand mehr.

Otzberg-Lengfeld

Timo packte seinen Rucksack, lief nach Lengfeld, wollte mit dem Zug nach Darmstadt fahren. Es begann zu regnen. Dumpfes Grollen erfüllte die Luft, unterbrochen durch einige kurze Blitze. Timo stellte sich im alten Rathaus unter, überlegte wie es weiter gehen sollte.

Gut eine Stunde später verzogen sich die Wolken langsam in nördliche Richtung.

Nach geraumer Zeit entschloss er sich, nicht nach Darmstadt zu fahren, sondern nach Wiebelsbach zum Bahnhof zu laufen und von dort mit dem Zug weiter in südliche Richtung zu fahren. Er nahm seine Geldbörse aus der Hosentasche, zählte sein Geld, stellte erschrocken fest, dass es nicht sehr viel war.

Gerade erst hatte er eine Lehre als kaufmännischer Angestellter beim Bauamt der Gemeinde Otzberg in Lengfeld begonnen.

»Okay«, murmelte er halblaut vor sich hin, »dann bleibt eben nur eins: per Anhalter.«

Nach dem Gewitter schien nun wieder die Sonne. Er nahm seinen Rucksack, lief los. Die Straße duftete nach dem warmen Sommerregen angenehm feucht.

Kaum war er hinter dem Weiler Zipfen, da sah er, als er sich umdrehte, einen weißen Lastwagen kommen. Er hob den Daumen, der LKW hielt an, der Fahrer fragte ihn wo er hin wolle.

Otzberg-Nieder-Klingen

Maria Solm, ging am Abend hinüber zum Haus von Timos Eltern. Sie war nun doch unruhig geworden. Sie rief nach ihm. Keine Antwort. Sie ging in sein Zimmer. Er war nicht da. Er war im ganzen Haus nicht aufzufinden.

Als sie den Keller betrat, erstarrte sie, schrie laut auf, lehnte sich an die Wand. Sie schlug verzweifelt die Hände vors Gesicht.

Odenwald

»Ich fahre nach Michelstadt. Wenn du mitfahren, willst, steig ein.« Der Fahrer des Lastwagens winkte.

»Prima, ich komme mit. Ist meine Richtung.« Timo legte den Rucksack in den Fußraum, setzte sich auf den Beifahrersitz des mit allem Komfort ausgestatteten LKW.

»Wo soll's denn hingehen, junger Mann?« Der Trucker war ein sympathischer Typ. Schwarze Locken umkringelten sein braungebranntes Gesicht.

»Mein Ziel ist der südliche Odenwald oder die Gegend um Stuttgart.«

»Wir fahren erst mal nach Michelstadt, dann sehen wir weiter, okay?« Der Trucker schaute ihn an: »Morgen früh muss ich weiter. Nach Prag. Du musst dann schauen wie du weiterkommst. Oder willst du nach Tschechien?«

»Nein, nein. Ich möchte nicht nach Osteuropa. Süddeutschland wäre mir lieber. Es wird sich was ergeben.« Timo war froh, schon mal ein Stück voranzukommen.

Der Fahrer des Mercedes-Benz Actros MegaSpace transportierte Eisenteile einer deutschen Maschinenfabrik. Einen Teil davon brachte er nach Michelstadt.

Er reichte Timo die Hand: »Ich bin Achim Vanderbildt. Willkommen an Bord.«

»Danke, ich heiße Timo Hausmann.«

Vanderbildt setzte den Truck in Bewegung, fuhr durch die Bahnunterführung bei Wiebelsbach, bog dann rechts ab auf die Bundesstraße 45 in Richtung Michelstadt. Wolken, durch die immer mal wieder die Sonne blitzte, begleiteten sie. Die Temperatur lag bei fünfundzwanzig Grad.

»Bist du von zuhause ausgerissen? Zoff mit den Alten, oder?« Achim sah ihn fragend an. »Ist ja heutzutage nichts Neues.«

»Nein, nein, kein Streit mit meinen Eltern. Die sind in Ordnung. Sie tun mir jetzt so leid, dass ich am liebsten wieder zurück nach Hause möchte.« Er bekam feuchte Augen. »Aber ich kann nicht. Ich ...«, er atmete tief durch, »ich habe da keine Freunde mehr.«

Achim lenkte den Truck geschickt durch eine Baustelle auf dem Rondell bei Höchst. »Ist was Schlimmes passiert?«

Timo erzählte Achim die Geschichte.

Der Trucker hörte interessiert zu, meinte mit schiefem Grinsen: »Alles schön und gut, aber wegen eines Mädchens lässt man seine Eltern doch nicht einfach im Stich. Was glaubst du, was die sich für Sorgen machen? Mein lieber Freund, das war nicht richtig von dir.« Er räusperte sich: »Ruf deine Eltern an. Noch heute. Am besten gleich. Ich kann dich nicht so einfach mitnehmen, ohne dass sie informiert sind. Du hast doch ein Handy, oder?«

»Nein, hab' ich nicht.« Timo sah ihn traurig an: »Keine Kohle.«

»Okay, dann nimm meins. Liegt vor dir in der Ablage.«

»Sie sind zurzeit am Gardasee im Urlaub. Ich warte, bis sie wieder zuhause sind. Dann melde ich mich bei ihnen. Ich will ja nicht für immer weg bleiben. Nur für wenige Wochen.«

»Gut. Aber versprich mir, sie anzurufen. Das ist wichtig für sie und für dich auch, klar?«

»Okay. Versprochen.«

Achim zündete sich eine Reval an, hielt ihm die Packung hin: »Du auch?«

Timo lehnte ab. Er mochte keine Zigaretten.

Otzberg-Nieder-Klingen

Eine junge Frau in blauem Minirock und weißer Bluse hing im Keller des Hauses der Familie Hausmann an einem Nylonseil, das an einem Deckenbalken verknotet war. Unter ihr lag ein umgefallener Holzschemel. Der Kopf hing vornüber, das Gesicht war zu einer hässlichen Fratze verzerrt. Die Zunge hing aus ihrem Mund, die Augen blickten starr geradeaus.

Tränen liefen Maria Solm über die Wangen. Ihr wurde schwindelig. Leichenblass lehnte sie sich mit dem Rücken gegen die Tür, hielt sich zitternd mit einer Hand am Türgriff fest. Sie war total verzweifelt. Sie kannte das blonde Mädchen.

Es war Melissa Riem, eines der Kerbmädchen. Die Freundin von Fritz Henkel. Ihre Wohnung befand sich im ersten Stock des Hauses.

Nachdem sie sich ein wenig erholt hatte, hastete die Nachbarin voller Entsetzen die Treppe hinauf, wählte die 110 und meldete die grausige Entdeckung. Maria Solm rief sofort Timos Eltern in Italien an, informierte sie auch darüber, dass Timo nicht aufzufinden sei.

Fünfzehn Minuten später traf eine Streife der Dieburger Polizei ein, dann ein Rettungswagen, die Kripo aus Darmstadt und der Notarzt. Dreißig Minuten später kam die Rechtsmedizinerin hinzu.

Nach etwa zwanzig Minuten kamen Achim und Timo bei dem Bauunternehmen *Hollmann GmbH* in Michelstadt an, wo der Vierzig-Tonnen-Truck entladen wurde.

In der Zwischenzeit gingen sie gegenüber in eine Wirtschaft mit dem Namen *Zur frischen Quelle*. Es war ein einfaches, kleines Lokal, ähnelte eher einem Imbiss. Ein paar Männer standen am Tresen, ein weiterer Tisch war von zwei jungen Pärchen besetzt. Der Schlager *Atemlos* von Helene Fischer ertönte kratzend aus dem altersschwachen Kofferradio.

Sie setzten sich an einen Tisch. Der Wirt brachte die Speisekarte. Nach kurzem Studieren der Karte bestellten sie Jägerschnitzel mit Pommes frites. Dazu Mineralwasser. Es dauerte nicht lange, da brachte der Wirt eine Flasche Odenwald-Quelle und zwei Gläser, etwas später die Schnitzel. Schweigend aßen sie, tranken ab und zu Wasser.

Nach dem Essen meinte Achim: »So, mein Lieber, wir müssen zurück, der Truck ist ganz bestimmt entladen. Ich rufe meine Freundin an. Du kannst in der Koje im LKW schlafen, ich übernachte bei ihr.«

Achim griff zum Handy, rief an. Nach einem kurzem Gespräch teilte ihm Monique mit, dass sie ihn am späten Nachmittag erwarte.

Sie stellten den Truck auf dem Parkplatz in der Nähe von Moniques Wohnung ab, bummelten durch die Altstadt, schauten sich Geschäfte an.

Danach kehrten sie in einer Bierkneipe ein, tranken jeder noch drei Gläser Pils und zwei Korn bevor sie den Rückweg antraten.

Achim fragte Timo, was er nun vorhabe.

»Ich weiß es noch nicht«, gab dieser zur Antwort.

Achim schlug Timo vor, mit ihm und Monique gemeinsam zu Abend zu essen.

»Nein, nein, lass mal gut sein. Ich will nicht stören«, erwiderte Timo. »Außerdem habe ich keinen Hunger.«

Achim hob die Schultern.

Sie gingen auf den Parkplatz, der jährlich in der Pfingstzeit als Festgelände für den Bienenmarkt, einem der großen Volksfeste im Odenwald, genutzt wurde. Achim schloss die Tür des LKW auf, nahm die Reisetasche von der Liege in der Schlafkabine hinter den Sitzen. Timo stieg ins Führerhaus. Vor Müdigkeit fielen ihm fast die Augen zu, er hatte die Nacht zuvor kaum geschlafen.

»Um sechs Uhr bin ich da. Gute Nacht.« Achim hob die Hand.

»Nacht, sechs Uhr.«

Timo legte sich auf die Liege, es dauerte keine fünf Minuten, da war er eingeschlafen. Sein Schlaf war unruhig. Er träumte wirres Zeug. Mal kam Angelina in seinen Träumen vor, mal Harry, dann seine Eltern.

DIENSTAG, 19. JULI

Gegen 4.30 Uhr erwachte Timo. Er hatte das Gefühl, die Nacht auf Steinen verbracht zu haben.

»Mann, Mann«, murmelte er vor sich hin. Er wunderte sich, dass er überhaupt geschlafen hatte. Er musste wohl doch verdammt müde gewesen sein.

Timo richtete sich auf, drückte ächzend beide Hände fest in den schmerzenden Rücken.

Draußen war es noch dunkel. Auf dem schwach beleuchteten Parkplatz standen auf der gegenüberliegenden Seite ein Porsche, zwei Opel, ein Minicooper, davor ein Lloyd-Oldtimer vom Typ Arabella. Weiter entfernt parkten Wohnmobile und Kleinlastwagen.

Er legte sich wieder hin, schlief nochmal ein. Als er erwachte, ging gerade die Sonne auf.

Eine Frau stieg in den knallroten Minicooper und fuhr los.

Achim klopfte an die Fahrertür des Mercedes-Lastzuges: »He, Schlafmütze, bist du wach?«

»Schon gut, bin wach.« Timo gähnte, ließ sich zurück auf die Liege fallen.

»Scheint mir nicht so«, lachte der Trucker, stieg ein, setzte sich auf den Fahrersitz, »aber du wirst gleich hellwach sein, wenn du hörst, was ich dir zu sagen habe.«

Timo setzte sich stöhnend auf, zog die Augenbrauen hoch, schaute ihn fragend an.

»Pass auf.« Achim drehte sich ihm zu. »Ich hatte gestern Abend eine Idee.« Er legte eine Pause ein, zündete sich eine Zigarette an.

»Mensch, mach's nicht so spannend. Sag schon, was geht ab?« Timo fuhr sich durch die Haare, gähnte wieder. »Was für eine Idee hattest du?«

»Ich will dir helfen. Ich habe meinen Chef angerufen und nachgefragt, ob ein Kollege eine Tour nach Süddeutschland hat.«

»Ja, und? Hat einer?« Timo war gespannt, schaute ihn mit nun wachen Augen an.

»Der Kollege fährt zuerst nach Buchen. Dort wird ein Teil seiner Fracht abgeladen. Dann geht's weiter nach Tübingen. Das würde doch gut zu deinem Vorhaben passen, oder?«

Timo jubelte, jetzt wirklich wach: »Super, Achim. Wann kommt dein Kollege, und wo kommt er hin?«

»Jetzt mach mal langsam.« Achim zog an der Reval, blies den Rauch in kleinen Kringeln durch das geöffnete Seitenfenster. »Herr Hansen, mein Chef, meinte, ich soll heute früh im Büro in Bochum anrufen. Er wird im Tourenplan nachsehen, wer nach Baden-Württemberg fährt. Du musst dich noch gedulden.«

»Oh Mann. Hoffentlich klappt's.«

Achim nickte ihm zuversichtlich zu, öffnete die Tür

des Trucks, stieg aus: »So, jetzt gehen wir frühstücken. Monique musste nämlich schon früh zur Arbeit. Ich habe also noch nichts im Magen und einen Bärenhunger.«

»Aber, Achim ...«, stotterte Timo verlegen, »ich ... ich habe nicht viel Geld. Ich kann mir nicht immer ein Frühstück leisten.« Er senkte den Blick, stand von der Liege auf, kletterte nach vorn.

»Ach was! Lass uns gehen. Das Frühstück geht auf mich. Wofür bekomme ich Spesen?«

»Okay, vielleicht kann ich mich mal revanchieren.«

»Auf geht's! Um acht Uhr rufe ich in Bochum an. Dann wissen wir mehr.«

Timo stieg aus dem Führerhaus. Sie gingen in eine Bäckerei, stellten sich an einen Stehtisch, bestellten Brötchen mit Butter und Marmelade sowie jeder eine Tasse Kaffee.

Um Punkt 8 Uhr rief Achim in Bochum bei der Firma *Eurotrans* an und erfuhr von Tourenleiter Gerhard Hansen, dass sein Kollege Horst Strohberg am nächsten Tag um 10 Uhr losfuhr.

Sie verließen die Bäckerei. Die Sonne strahlte vom endlos blauen Himmel. Die Temperaturen stiegen merklich an.

Auf dem Weg zum Truck meinte Achim: »Du musst noch einen Tag hier bleiben. Ich werde Horst anrufen, ihn bitten, morgen über Michelstadt zu fahren. Auf dem Parkplatz hier wartest du auf ihn. Horst wird gegen fünfzehn Uhr da sein, vielleicht auch etwas früher.«

»Gut.« Timo schien bedrückt. »Aber was mache ich heute Nacht? Ich muss ja irgendwo schlafen. Du weißt, mein Kassenbestand ist nicht gerade üppig ...« Er schob die Unterlippe vor.

»Es gibt ja noch Monique«, meinte Achim. »Ich rufe sie gleich an. Bei ihr kannst du ganz sicher übernachten.«

»Ach, das fiel mir gestern gar nicht auf, ich war wohl zu müde: Monique? Französin?«

»Ja, Südfranzösin. Sie kommt aus Valence.«

»Aha.«

Achim rief zuerst seinen Kollegen Horst an. Der stimmte zu.

»So, das wäre geklärt. Jetzt noch Monique.« Achim wählte ihre Nummer. Auch sie war einverstanden.

Achim gab Timo ihre Handynummer. »Ruf sie um fünfzehn Uhr an. Da hat sie heute Feierabend. Sie arbeitet in Erbach. Sie spricht ein gutes Deutsch.« Er holte den LKW-Schlüssel aus der Lederjacke. »Jetzt muss ich aber los. War schön, dich kennen gelernt zu haben. Ich gebe dir für alle Fälle meine Handynummer und meine Adresse. Ich wohne in Gelsenkirchen.« Er schrieb beides auf einen Zettel, den er aus einem Notizblock riss. »Mach's gut. Sei vorsichtig, Gefahren lauern überall. Auch im Odenwald.«

»Tschüss, Achim. Danke für alles.«

Achim stieg auf den Fahrersitz, hob mahnend den Zeigefinger: »Vergiss nicht, deine Eltern anzurufen.«

»Mach ich. Ich versprech's«, gab Timo zur Antwort.

Achim startete den Truck, fuhr langsam los, winkte ihm noch mal zu, dann war er nicht mehr zu sehen.

Timo nahm seinen Rucksack, setzte sich auf eine Bank in der Nähe von Moniques Wohnung, grübelte vor sich hin. Es war 9.15 Uhr, schon angenehm warm. Ein sanfter Wind wehte. Er lief in Richtung Erbach.

Nach etwa fünf Minuten stoppte neben ihm ein grüner Renault älteren Baujahres. Der Fahrer bot ihm an, ihn mitzunehmen. Da dieser einen vertrauenserweckenden Eindruck auf ihn machte, hatte er keine Bedenken, warf seinen Rucksack auf den Rücksitz, setzte sich auf den Beifahrersitz. Der Mann, Franzose, fragte ihn, ob er Urlaub mache. Timo erzählte, dass sein Ziel der Stuttgarter Raum sei. Er sei nur auf der Durchreise.

An der Bushaltestelle gegenüber dem Erbacher Sportpark ließ ihn der freundliche Franzose aussteigen. Timo spazierte durch die Hauptstraße, sah sich Schaufenster an. Hundertvierzig Euro kostete die Jeans, die im aufgefallen war. Er verzog das Gesicht: »Die spinnen.«

Einige Minuten später sah er, wie eine Verkäuferin die Jeans aus dem Fenster nahm. Er wurde neugierig. Die Eingangstür der Boutique stand offen. Er ging die wenigen Meter zur Tür, konnte in den Verkaufsraum blicken. Der Mann, der ihn mitgenommen hatte, kaufte die Hose. Der mit seiner alten Klapperkiste! Konnte der sich so ein teures Kleidungsstück leisten?

Timo ging weiter, kam zum historischen Lustgarten, setzte sich auf eine Bank. Zwei Männer spielten Rasenschach. Es langweilte ihn nach kurzer Zeit. Timo verließ den Park, streifte durch Erbach. Um die Mittagszeit holte er sich in einer Metzgerei eine Portion heiße Fleischwurst und eine Coke. 4 Euro 80. Irgendetwas musste er ja essen.

Um kurz vor 15 Uhr ging Timo in eine Telefonzelle am Marktplatz, wählte die Nummer von Monique. Die versprach, sich in fünfzehn Minuten mit ihm zu treffen.

»Danke. Ich warte hier.«

Zwanzig Minuten später kam eine schlanke bildhübsche schwarzhaarige junge Frau mit Beinen bis zum Himmel auf ihn zu. Ihr kurzer feuerroter Rock wehte im Sommerwind. Die hellblaue Bluse war weit geöffnet, so dass er trotz des Seidenschals die Ansätze ihre nicht allzu großen Brüste sehen konnte. Sie hatte eine moderne Handtasche aus Leder umgehängt. Am linken Ringfinger trug sie einen goldenen Ring mit einem rubinroten Stein.

Timo stockte der Atem. Sie schaute ihn fragend an: »Timo 'ausmann?«

»Ja, der bin ich«, antwortete er leise.

»Isch bin Monique Colombin.«

Monique begrüßte ihn mit Küsschen auf beide Wangen. Er küsste sie verlegen ebenfalls auf beide Wangen. Sein Gesicht lief rot an.

»Es freut misch, disch kennen zu lernen. Achim meinte, du brauchst eine Unterkunft für 'eute Nacht, rischtisch?«

Das Timbre ihrer Stimme machte einen unglaublichen Eindruck auf ihn. Dunkel, etwas verrucht, dazu der französische Slang. Er war fasziniert, wurde immer verlegener: »Ja, das stimmt. Ich habe nicht viel Geld. Übernachtungen in Hotels sind teuer und …« Er hob die Schultern.

»Pas de problème. Kein Problem. Du schläfst bei mir, ist doch klar.«

»Vielen Dank, Frau …«

»Nix Frau! Für disch bin isch Monique, okay?«

»Okay, Monique.« Seine Stimme vibrierte.

Monique hatte es geschafft, ihn völlig durcheinander zu bringen. Sie hatte längst gemerkt, wie der junge Mann auf sie reagierte, lächelte ihn an.

Sie schlenderten über den Marktplatz, vorbei am Touristenzentrum Odenwald und am Alten Rathaus. Vor dem Erbacher Schloss bewunderten sie das Denkmal von Francisco Eberhardus vor der Brücke über die Mümling zum Lustgarten. Sie spazierten an der Mümling entlang, dann in die Hauptstraße, aßen in einem Eiscafé gemischtes Eis mit Sahne, tranken Espresso.

Danach gingen sie zum Parkplatz an der Werner-von-Siemens-Straße, wo Monique ihren roten Minicooper geparkt hatte, fuhren in die Otto-Glenz-Straße, besuchten abschließend noch das Deutsche Elfenbeinmuseum. Mittlerweile war es 18.15 Uhr.

»Lass uns nach 'ause fahren.«

»Aber gern!« Timo mochte sie. Er mochte sie sogar sehr. Er war verknallt.

Zehn Minuten später waren sie in Michelstadt in Moniques Wohnung. Es war ein Haus mit sechs Wohnungen.

Sie holte aus der Küche eine Flasche Rotwein und einen Korkenzieher: »Öffne bitte den Wein. Isch bereite uns coq au vin zu. Kennst du coq au vin?«

»Keine Ahnung.« Er schüttelte geistesabwesend den Kopf.

Obwohl er Hunger hatte, interessierte ihn das Essen am allerwenigsten.

Sie spürte, wie es ihm erging, ließ sich aber nichts anmerken. Sie nahmen am Tisch im Esszimmer Platz, genossen coq au vin mit Baguette und einem trockenen Bordeaux.

»Sehr gut, das Hähnchen.« Er trank einen Schluck Rotwein, fuhr sich mit dem Handrücken über die Lippen. »Auch der Wein.«

Monique bedankte sich für das Kompliment, stand auf, räumte den Tisch ab. Sie nahmen ihre Gläser und die Flasche Wein, setzten sich im Wohnzimmer auf die Couch, über der in einem Eichenholzrahmen ein Landschaftsgemälde eines unbekannten Künstlers mit dem Titel *La Provence* an der Wand hing. Links und rechts neben einem niedrigen Tisch aus Kiefer standen zwei Sessel. Das helle Zimmer mit zwei Fenstern, kurzen weißen, bestickten Vorhängen und Übergardinen, die in blassem Blau gehalten waren, war geschmackvoll eingerichtet. Der dicke, gemusterte Perserteppich verschluckte jeden Schritt. In den Wohnzimmerschrank waren ein Flachbildfernseher und eine Mini-Stereoanlage integriert. Neben der Tür hing an einem Ledergurt eine zwölfsaitige Guild Custom Acoustik.

Timo staunte: »Du spielst Gitarre?«

»Ja«, entgegnete Monique bescheiden, »isch kenne ein paar Riffs.«

»Mhm! Und was spielst du?«, wollte er wissen.

»Mit Vorliebe Chansons. Eigentlisch spiele isch nur noch selten«, antwortete sie. »Isch 'abe mal in einer Band mitgespielt. Damals 'abe isch noch in Valence gelebt.« Sie fuhr sich durch die langen Haare.

»Übrigens, eine Guild Custom spielt in manschen Songs Keith Richards von den Rolling Stones.« Sie schwärmte: »Und der ist wirklisch eine Klasse für sisch.« Monique betonte stolz: »Es ist schon ein besonderes Privileg, eine solsche Gitarre zu besitzen.«

Eine Voliere, in der ein Beo auf der Stange tänzelte, stand auf dem Sideboard neben dem Wohnzimmerschrank. Der Beo krächzte: »Prost!«

Monique sah zu ihm hinüber, hob ihr Glas, schaute dann Timo an: »Santé!« Sie stießen an: »Magst du Françoise Hardy?«

»Nie gehört.«

»Schade.« Sie nahm eine Gitane aus einem verzierten ledernen Zigarettenetui. »Françoise Hardy hat in den Seschzigern ein Chanson in deutscher Sprache gesungen, das sie nie in Französisch aufgenommen 'at. Es 'eißt Frag den Abendwind.« Monique sah ihn fragend an: »Auch nie ge'ört?«

»Nee, nie! Wie auch? Sechziger Jahre ...« Er schüttelte den Kopf. Sie lächelte: »Ja, das ist lange 'er, aber die Musik der damaligen Zeit gefällt mir.«

Monique legte die Zigarette in den Aschenbecher, stand auf, nahm aus dem Sideboard eine CD mit dem Titel *Voilà*, schob sie in den Player. Leise ertönte die samtweiche Stimme Françoise Hardys aus den Lautsprechern. Sie nahm die Gitarre von der Wand, setzte sich wieder neben ihn, begleitete mit der weißen Zwölfsaitigen das Chanson. Monique lehnte sich zurück, schloss die Augen, summte die Melodie mit. Am Ende des Chansons streichelte sie sanft über Timos Oberschenkel, flüsterte: »Isch liebe ihre Musik.«

Ein Schauer lief ihm über den Rücken.

»Prost!«, krächzte der Beo wieder, schwirrte jetzt

aufgeregt in der Voliere umher: »Prost! Zum Wohl!«

»'alt die Klappe, Filou«, lachte Monique. Timo zugewandt bemerkte sie: »So eine Quatschkopf! Immer muss er sisch einmischen.« Sie schüttelte den Kopf.

Er lachte: »Lass ihn doch. Ist doch lustig.«

»Nischt immer, Timo, nischt immer. Manschmal ist das gar nischt lustisch!

»Bäääää!«, reklamierte Filou. »Lustisch! Lustisch!«

»Aber«, fügte sie lächelnd hinzu, »er ist ein Sprachgenie. Das muss isch zugeben.«

»Genie! Genie!« Filou flatterte durch die Voliere.

»Ja, ja, Filou, ist ja gut«, grinste sie, schaute den Beo an. Der blinzelte wortlos, setzte sich in eine Ecke, pickte Körner auf.

»Jetzt ist er beleidigt«, meinte Timo.

»Ja, aber das 'ält nischt lange an.«

Keine zwei Minuten später hob der Beo den Kopf, kreischte laut: »Schon gut! Schon gut!« Dann flog er wieder auf die Stange, blieb still sitzen.

»Jetzt 'at er genug.« Monique legte die Gitarre beiseite, nahm die Gitane aus dem Aschenbecher, zündete sie an, inhalierte tief, hielt Timo das Etui hin.

Er nahm eine Zigarette, sie gab ihm Feuer. Gleich nach dem ersten Zug musste er husten.

»Du rauchst wohl nischt oft«, meinte Monique. Timo entgegnete: »Eigentlich rauche ich gar nicht.« Er hob verlegen die Schultern. »Das war jetzt nur so aus ... aus ...«

»Aus ... wie sagt man auf Deutsch?« Sie überlegte. »Sympathie?«, setzte sie seinen Satz fort.

»Ja, genau, aus Sympathie«, wiederholte er, wollte lächeln, was ihm nicht gelang.

Sie schaute ihm in die Augen, fuhr sich mit der Zunge über die Lippen.

Timo zog hastig an der Gitane, musste wieder husten. Monique lachte. Er hatte ein unbändiges Verlangen nach dieser schönen Frau.

Monique, die den jungen Mann durchaus attraktiv fand, schaute auf ihre goldene Armani-Armbanduhr: »Mon Dieu ! Mein Gott! Es ist schon zehn nach zwölf. Lass uns schlafen gehen. Es wird Zeit.« Beide drückten die bereits vierte Gitane in einem Marmoraschenbecher aus. Moniques Rock war hoch gerutscht. Timo starrte unwillkürlich auf ihre Oberschenkel. Sie schmunzelte amüsiert.

»Gut. Ich bleibe auf der Couch. Hast du eine Decke? Nachts wird es meistens doch recht frisch.«

»Blödsinn, du schläfst bei mir«, hauchte sie, stand auf, legte den Arm um seine Schultern, streichelte ihm über die Haare. Er erschauerte, ihm wurde heiß. Er stotterte erregt: »Bei ... bei ... bei dir?«

Er hatte sich so danach gesehnt. Jetzt wurde er unsicher, ja er bekam es regelrecht mit der Angst.

»Ganz rescht, du schläfst bei mir im Bett.« Monique sah ihn erstaunt an: »Oder willst du etwa nischt?« Sie küsste ihn fordernd auf den Mund, knabberte an seinen Lippen.

»Ohh, d-doch, doch. Na-natürlich.« Timo war außer sich.

Sie nahm ihn an der Hand, zog ihn sanft ins Schlafzimmer.

Frankfurt am Main/Darmstadt

Nach polizeilichen Ermittlungen und forensischen Untersuchungen stellte sich heraus, dass Melissa Riem sich wahrscheinlich selbst erhängt hatte.

Der Erkennungsdienst konnte nichts feststellen, das auf ein Gewaltverbrechen hingewiesen hätte.

»Keine Fremdeinwirkung«, stellte auch Dr. Katrin Friess im Rechtsmedizinischen Institut, einer alten prachtvollen Villa in der Kennedyallee in Frankfurt, fest.

Der Erste Kriminalhauptkommissar Heiner Dröger vom Polizeipräsidium Südhessen in Darmstadt wollte nicht so recht daran glauben. »Ich bin mir da gar nicht sicher, Urs.« Er schaute seinen langjährigen Kollegen und Freund, Hauptkommissar Urs Fränkli fragend an: »Wieso hat sie sich ausgerechnet im Keller erhängt? Und nicht in ihrer Wohnung?«

»Ich denke, im Keller gibt es die besseren Voraussetzungen. Zum Beispiel die stabilen Deckenbalken.« Fränkli hob die Achseln: »Tja, Chef. Sieht eindeutig nach Selbstmord aus.«

»Trotzdem. Ich rede noch mal mit Lehmann.«

Hennes Lehmann, Erster Kriminalhauptkommissar, war Leiter des Erkennungsdienstes, SpuSi genannt.

Auch eine Fahndung nach Timo Hausmann wurde eingeleitet. Weil er sich so schnell davon machte, geriet er ins Visier der Polizei. Hauptkommissar Dröger brachte ihn in Zusammenhang mit dem vermeintlichen Selbstmord von Melissa Riem.

»Da Melissa bei den Hausmanns wohnte, liegt es doch nahe, dass dieser Timo mit der Sache was zu tun hat, oder? Wie denkst du darüber, Urs?«

»Es gibt keine Spur. Es gibt überhaupt keine Spur von Fremdeinwirkung. Insofern ... du kennst meine Meinung«, resümierte der Schweizer.

»Ja. Wir müssen das trotzdem noch mal überprüfen. Vielleicht wurde etwas übersehen.«

Alle Suchaktionen nach Timo blieben ohne Erfolg.

Auch hatte ihn niemand gesehen, seit er aus Nieder-Klingen weggegangen war.

Otzberg-Nieder-Klingen

Die Kripo aus Darmstadt ermittelte in alle Richtungen. Die Kerbbuschen und -mädchen hatten alle ein Alibi. Alle waren zur Kerb gewesen und hatten erst spätabends erfahren, was geschehen war. Fingerabdrücke und Speichelproben wurden entnommen.

Bei der Durchsuchung der Wohnung von Melissa wurde nichts gefunden, das auf Selbstmord hätte hindeuten können.

Mittwoch, 20. Juli
Michelstadt

Unausgeschlafen, ausgelaugt aber glücklich wachte Timo auf. Monique lag in seinem Arm, er spürte ihren warmen Körper. Jetzt fiel ihm wieder ein, dass sie am linken Oberschenkel ein kleines Tattoo trug, eine rote Rose. Als sie die Augen aufschlug, lächelte sie ihn an. Er wusste, so eine Nacht würde er so schnell nicht wieder erleben. Am liebsten würde er nie mehr aufstehen. Er küsste sie auf den Mund. Sie umarmte ihn. Sie vergaßen alles um sich herum.

Später schaute Monique auf den Wecker: »Schon nach zehn!«, stellte sie erschrocken fest. »Isch müsste längst im Geschäft sein.« Monique arbeitete als Kosmetikberaterin beim internationalen Konzern *France Cosmetics*, der in Erbach eine Filiale betrieb. »Aber was soll's, jetzt bin isch eh zu spät. Wir frühstücken erst mal.«

Monique löste sich aus Timos Armen, stand auf, zog ihren Morgenmantel über, ging in die Küche, schaltete die Kaffeemaschine ein. Sie drehte sich um, rief ihm zu: »Geh bitte zum Bäcker, bring auch eine Zeitung mit.«

Timo stand ebenfalls auf, ging ins Bad. Er zog sich an, holte Brötchen und eine Baguette, nahm das *Odenwälder Echo* mit, lehnte sich an die Rückenlehne einer Bank, blätterte ein wenig. Im regionalen Teil blieb sein Blick auf einem Foto hängen. Das war doch der Mann, der ihn gestern in die Stadt mitgenommen hatte!

Der Mann ging, von zwei uniformierten Polizisten in die Mitte genommen, in die Polizeistation in Erbach. In seinem rechten Mundwinkel hing eine qualmende Zigarette. Dem unter dem Bild stehenden Kurzbericht konnte Timo entnehmen, dass er des Betruges verdächtig war.

Timo faltete die Zeitung zusammen. Im Blumenladen von Olivia Mahler kaufte er sieben Baccararosen, ging zurück.

Monique hörte ihn die Treppe heraufkommen, öffnete ihm die Tür. Sie hatte geduscht, duftete nach Manifesto von Yves Saint Laurent. »Sind die für misch?« Sie deutete auf die langstieligen roten Rosen.

»Siehst du hier vielleicht noch jemanden?«

Monique umarmte ihn, gab ihm einen Kuss auf den Mund: »Merci, ma chéri, das freut misch sehr.« Sie holte eine Vase, ließ an der Spüle Wasser hineinlaufen, sortierte die Rosen hinein, stellte die Vase auf das Sideboard im Wohnzimmer.

Sie setzten sich an den hübsch gedeckten Tisch. Monique hatte eine dunkelrote Kerze angezündet. Die Morgensonne schien durch das geöffnete Fenster. Sie begannen zu frühstücken.

Timo war glücklich, gleichzeitig aber wieder traurig, denn am Nachmittag würde der Kollege von Achim kommen. Auch hatte er das Gefühl, Achim betrogen zu haben.

Monique sah ihn an, küsste ihn auf die Wange, hauchte zärtlich: »Wenn du bei mir bleiben willst, sprischt nischts dagegen. Wir könnten eine tolle Zeit zusammen verbringen.«

»Und Achim?«, entgegnete er überrascht, »was ist mit Achim? Ich denke, er ist dein Freund.«

»Ach was, Timo!« Sie nahm eine Zigarette aus dem Etui, bot ihm eine an. Er wehrte kopfschüttelnd ab: »Nein, danke, lieber nicht.«

Sie zündete die Gitane an, blies den Rauch gegen

die Decke, schloss kurz die Augen. »Okay, wir sind seit einigen Jahren Freunde. Er 'atte misch damals mitgenommen.« Monique versank in Gedanken: »Isch war von zuhause weggegangen. Zwischen uns ist nie etwas passiert, sexueller Art, meine isch. Wir sind einfach nur Freunde. Der eine ist für den anderen da.« Sie drückte die Zigarette im Aschenbecher aus. Timo nahm sie in den Arm, sie küssten sich leidenschaftlich. Anschließend nahm Monique das *Odenwälder Echo* und setzte sich auf die Couch im Wohnzimmer. Timo ging ins Bad, duschte. Er war sich immer noch nicht sicher, was er machen sollte.

Monique erkannte den Mann auf dem Bild in der Zeitung. Sie schüttelte den Kopf, flüsterte: »So ein blöder Hund! Hat sich schon wieder erwischen lassen!« Als Timo aus dem Bad kam, blätterte sie schnell weiter.

Er machte einen traurigen Eindruck. »Achims Kollege und ich wollen uns gegen fünfzehn Uhr auf dem Parkplatz treffen. Ich muss mich entscheiden.«

»Du kannst gerne bei mir bleiben. War doch schön 'eute Nacht, oder?« Sie lachte ihn an. Ihre makellosen Zähne blinkten. Sie schlug wieder die endlos langen Beine übereinander.

»Aber, Monique, ich muss doch zumindest Arbeit haben, sonst ...«

»Ach was, isch verdiene genug für uns beide«, lächelte sie ihn an, »außerdem kannst du mit meinem Bruder zusammenarbeiten.«

Er ließ sie los, schaute sie fragend an: »Du hast einen Bruder?«

»Besser gesagt, einen 'albbruder. Er wohnt in Erbach.«

»Was für eine Arbeit hätte denn dein Bru ... äh, Halbbruder für mich?«

»Er tut mal dies, mal das, macht verschiedene Geschäfte. Jean-Marie 'eißt er. Soll isch mit ihm reden?«

»Ja, Monique, wenn ich Arbeit bekomme, bleibe ich.«

»Bon! Isch werde ihn anrufen.« Monique hauchte ihm einen Kuss auf die Stirn.

»Aber später.« Er nahm sie, ohne ihre Antwort abzuwarten, auf die Arme, trug sie ins Schlafzimmer, legte sie auf das Bett. »Wird nix mit *France Cosmetics* heute.« Er küsste sie auf den Mund, während er ihr den Morgenmantel abstreifte. Monique flüsterte: »Viens là! Komm her!«

An diesem Tag ging Monique tatsächlich nicht zur Arbeit. Da sie als freie Mitarbeiterin arbeitete und keinen dringenden Termin hatte, war das kein Problem. Sie rief ihre Kollegin an, teilte ihr mit, dass sie heute nicht käme.

Hand in Hand bummelten sie und Timo durch die Stadt. Am historischen Rathaus setzten sie sich auf eine Bank. Danach gönnten sie sich einen Amarena-Becher auf der sonnigen Terrasse des *Dolomiti* in der Bahnhofstraße. Timo und Monique genossen händchenhaltend die Sonne.

»Ach Monique, da fällt mir ein, du wolltest doch Jean-Marie anrufen.« Er legte den Arm um ihre Schultern.

»Der ist nischt zu 'ause. Isch 'abe es schon probiert, als du vor'in im Bad warst. Isch rufe ihn morgen an.«

Er sah auf seine Armbanduhr: »Oh, ich muss zum Parkplatz. Der Kollege von Achim wird bald eintreffen. Ich muss ihm zumindest sagen, dass ich nicht mitfahre.« Er schaute sie an: »Ich möchte ihn nicht warten lassen.«

»Du 'ast rescht. Isch komme mit.«

Um zehn Minuten vor 15 Uhr waren sie dort. Sie warteten.

Nach ungefähr zwanzig Minuten bog ein weißer Sattelzug mit der Aufschrift *Eurotrans* auf dem Parkplatz ein.

Als er zum Stehen gekommen war, ging Timo hin, begrüßte den Fahrer. Er erklärte ihm, dass er doch nicht mitfahren und vorerst hier in Michelstadt bleiben wolle.

Horst Strohberg schaute zu Monique hinüber. Der Trucker tippte mit dem Zeigefinger an seine schwarze Ledermütze, legte den Gang ein, langsam bewegte sich der schwer beladene MAN-Auflieger zur Ausfahrt, war wenig später außer Sichtweite.

Als sie zurück in Moniques Wohnung waren, bat Timo sie, noch einmal Jean-Marie anzurufen. Er brauchte ganz dringend einen Job, wollte Monique nicht auf der Tasche liegen.

Sie ging zum Telefon, wählte die Nummer ihres Halbbruders. Nach einiger Zeit legte sie den Hörer kopfschüttelnd zurück auf die Station.

»Sag mal, Monique, wie lange seid ihr eigentlich schon in Deutschland, du und dein Halbbruder?«, wollte Timo wissen.

»Fast drei Jahre«, antwortete sie. »Achim 'atte misch damals aus Valence mitgenommen. Isch wollte weg von zu'ause. 'atte misch mit meinen Eltern verkracht. Mittlerweile verstehen wir uns wieder, aber mir gefällt es 'ier sehr gut. Isch bleibe 'ier. Der Odenwald ist wunderschön. Es ist zwar kälter als in Südfrankreisch, aber das macht mir nischts aus.«

»Und Jean-Marie?«

»Mit ihm 'abe isch damals öfters telefoniert. Er kam ein 'albes Jahr später nach. Warum, weiß isch bis 'eute nischt. Isch 'abe ihn nie danach gefragt.« Sie zündete sich eine Gitane an. »Ihm gefällt es 'ier auch.«

»Ja, der Odenwald ist wirklich schön.«, bestätigte Timo.

Darmstadt/Dieburg

Im Polizeipräsidium Südhessen in Darmstadt saßen sich Dröger und Fränkli in Drögers Büro gegenüber. »Urs, wir sprechen noch mal mit Melissas Freund. Es lässt mir keine Ruhe.« Er zupfte sich am Ohrläppchen.

»Aber, Chef, Dr. Friess und die SpuSi haben doch festgestellt, dass es Selbstmord war. Und zwar eindeutig. Wo ist eigentlich Professor Helm?«

»Urlaub. Wir suchen Henkel auf«, entschied Dröger. »Du weißt«, feixte er, »Ober sticht Unter.«

»Ja, ja, ist schon klar! Du bist der Chef.«

»Nikki«, rief Dröger über den Flur«, krieg doch mal raus, wo dieser Fritz Henkel aus Otzberg arbeitet.«

»Ja, Chef. Melde mich gleich wieder«, antwortete die Assistentin. Wenig später gab sie die Adresse eines Dieburger Baumarktes durch.

Dröger fuhr mit Fränkli hin. Er ließ Fritz Henkel ausrufen, der sogleich erschien. Sie nahmen im Aufenthaltsraum Platz, wo sie ungestört waren. Außer ihnen war niemand im Raum.

Dröger nahm seine Savinelli-Pfeife und den Tabakbeutel aus der Jackentasche, stopfte die Pfeife, zündete sie an. Hier durfte er rauchen. Angenehmer Duft durchzog den Raum. Rum&Maple, ein Tabak allererster Güte.

»Ich möchte noch einmal mit Ihnen sprechen, Herr Henkel.« Der Hauptkommissar deutete mit der Pfeife auf den jungen Mann: »Sie müssen doch am besten wissen, was in Melissa vorging.«

Er legte eine Pause ein, sah Fritz an. Fritz schaute weg, schüttelte den Kopf. Er war nervös, rieb sich die Stirn. Tränen stiegen ihm in die Augen. »Ich habe keine Ahnung«, schluchzte er, »ich verstehe das überhaupt nicht.« Er bedeckte mit beiden Händen sein Gesicht.

Auf die Frage, ob er sich vorstellen konnte, wo Timo Hausmann sei, antwortete er: »Das weiß ich nicht. Niemand weiß es. Er war plötzlich weg.«

Die Beamten verließen den Baumarkt. Und Dröger war entschlossen, an diesem Fall dranzubleiben.

Michelstadt

»Hör zu, Jean-Marie, ich habe hier einen jungen Mann, der unbedingt Geld braucht. Er wäre sicher bereit, für dich zu arbeiten.«

»Ach ja, Monique? Hatten wir doch schon.«

»Ja, aber diesmal ist es anders.«

»Vergiss es, Schwesterherz, kein Interesse«, Leclerc gab sich gleichgültig.

»Jetzt sei doch nicht so stur, hör mir zu.«

»Alles klar, fang an. Du lässt eh nicht locker.«

»Also pass auf! Ihr könntet gemeinsam einen größeren Deal machen. Nicht immer nur die kleinen Sachen, die uns nicht weiterbringen. Das ist doch alles Quatsch.«

Monique machte eine kurze Pause, nahm eine Gitane aus dem Etui, zündete sie an, blies den Rauch seitlich aus. Sie wartete einige Sekunden, meinte dann: »Was hältst du von einem größeren Deal?«

»Und wenn es wieder in die Hose geht, wie vor vier Jahren in Saint Peray? Das hat mir mehr als ein Jahr Knast eingebracht und sonst nichts. Damals hattest du auch so einen Typen angeschleppt, den du beherbergt hattest.« Er hustete. »Nur, das war ein Mistkerl und du hast es nicht gemerkt.« Leclerc nickte. »Wie du weißt, ist er nach dem Einbruch ganz schnell verschwunden, mitsamt der Beute versteht sich. Vergiss das nicht!« Er schüttelte den Kopf. »Nein, ich glaube, das mach' ich nicht mehr. Ich habe inzwischen einige Dinge erfolgreich durchgeführt. Alleine.«

»Bon, Jean-Marie, gut. Aber diesmal ist es wirklich anders. Den habe ich um den Finger gewickelt. Du brauchst dir keine Gedanken machen.«

Jean-Marie Leclerc schwieg für einige Sekunden. Er überlegte. »D'accord, Monique, einverstanden«, entschied er, »komm mit dem Burschen bei mir vorbei. Ich habe da eine größere Sache ins Auge gefasst. Vielleicht ist dein Neuer der Richtige für so etwas.«

»Er ist nicht mein Neuer«, gab Monique zurück.

»Na gut. Venez à moi. Kommt zu mir.«

»Alles klar. Morgen Abend?«

»Ja, morgen Abend, zwanzig Uhr.«

Timo war in der Zeit, in der Monique mit ihrem Halbbruder telefonierte, beim Metzger gewesen. Sie hörte ihn kommen, eilte in die Küche, schaltete hastig den Elektroherd ein, auf dem sie eine Gemüsepfanne erhitzte. Die Platte, auf der eine Pfanne mit Bratkartoffeln stand, schaltete sie ebenfalls ein.

Er begrüßte sie mit einem Kuss auf die Wange, stellte die Tasche mit den mitgebrachten Entrecôtes auf die Arbeitsplatte.

»Merci, Timo.« Monique küsste ihn ebenfalls auf die Wange, nahm die Steaks aus der Tasche, packte sie aus, legte sie in eine Grillpfanne.

Sie ging zu ihm, legte die Arme um seinen Hals, küsste ihn lange. Er umfasste ihre Hüften, wollte sie ins Schlafzimmer ziehen. Sie entzog sich ihm mit den Worten: »Isch muss in der Küsche bleiben, oder willst du nach'er Angebranntes essen?«

»Nein, Monique, natürlich nicht. Trotzdem, ich ...«

»Jetzt nischt, Timo! Später vielleischt.«

»Nur vielleicht?« Er war enttäuscht.

»Nur vielleischt.« Sie sah ihn mit schief gelegtem Kopf an.

Mittlerweile war das Essen fertig, ein Appetit anregender Duft lag in der Luft. Sie setzten sie sich an den

Tisch, ließen es sich schmecken, tranken milden Beaujolais dazu.

Nach dem Essen ging Timo ins Wohnzimmer, rief seine Eltern an, teilte ihnen aber nicht mit, wo er sich aufhielt. Nur, dass es ihm gut ginge und er später wieder anrufen würde.

Johannes und Elsa Hausmann freuten sich zunächst darüber, dass er sich gemeldet hatte. Sie waren nun etwas beruhigt. Aber sie waren entsetzt, dass er nicht sagen wollte wo er war, und dass er vorerst nicht nach Hause kommen würde.

Timo setzte sich mit schlechtem Gewissen auf die Couch, lehnte sich zurück. Monique räumte das Geschirr in die Spülmaschine, setzte sich dann neben ihn. Er umfasste ihre Schultern, drückte sie an sich, schob ihren Rock etwas höher, streichelte zärtlich ihre Oberschenkel, küsste sie fordernd auf den Mund. Monique hob mahnend einen Zeigefinger: »Non non non!« Sie schüttelte energisch den Kopf.

Er ließ sie schmollend los. Sie strich ihren Rock glatt und stand auf. »Isch 'abe mit Jean-Marie telefoniert. Er 'at Arbeit für disch. Wir sollen morgen Abend um zwanzisch Uhr bei ihm sein.«

»Wenn es sein muss«, antwortete Timo ohne aufzusehen.

»Du wolltest doch unbedingt arbeiten!«

Ihr Ton wurde etwas härter. »'at sisch daran vielleischt etwas geändert? Kann es sein, dass du über'aupt nischt arbeiten willst?«

Jetzt schaute er auf, schüttelte heftig den Kopf: »Nein, nein, Monique, das ist es nicht. Ich will ja arbeiten.«

»Dann ist es ja gut.« Monique drehte ihm den Rücken zu. Er erhob sich. »Aber ich muss doch wissen, was das für eine Arbeit ist.«

»Mon Dieu, Timo! Mein Gott! Isch 'abe dir doch gesagt, dass wir uns morgen Abend mit Jean-Marie treffen. Er sagt dir dann, was es zu tun gibt.« Sie gab ihm einen Klaps auf die Schulter: »Nun stell disch nischt so an.«

»Ist ja schon gut, Monique«, erwiderte er.

»Na siehst du.« Sie gähnte hinter vorgehaltener Hand. »Isch bin müde. Lass uns schlafen gehen.«

Sie gingen ins Schlafzimmer. Timo streichelte zärtlich ihr Gesicht, wollte sie umarmen. Sie wehrte ihn ab, sagte in leisem Ton: »Isch 'abe gesagt schlafen. Sonst nischts.« Es klang nicht sehr überzeugend.

Monique zog sich aus, legte sich ins Bett, drehte sich auf die Seite.

Er zog sich ebenfalls aus, legte sich schweigend hin. Rücken an Rücken lagen sie nebeneinander. Plötzlich drehte Monique sich um, kuschelte sich an ihn. Er drehte sich auch um, nahm sie in die Arme. In dieser Nacht blieb ihnen nur wenig Zeit zum Schlafen.

DONNERSTAG, 21. JULI

Morgens, es war schon hell, erwachte Timo. Gähnend streckte er sich, tastete schlaftrunken auf die andere Seite des Bettes. Leer ...

Plötzlich war er hellwach. Wo war Monique? Er setzte sich auf, sammelte seine Gedanken.

»Ach«, fiel ihm ein, »sie ist natürlich zur Arbeit gefahren.« Er rieb sich die Augen, sah auf den Wecker. 8.10 Uhr. Er stand auf, ging ins Bad. Dann zog er sich an. Nachdem er Brötchen geholt hatte, kochte er Kaffee, frühstückte. Er fuhr mit dem CityBus nach Erbach, verbrachte den Tag mit einem Bummel durch die Innenstadt, setzte sich am Schloss auf eine Bank. Später sah er sich die Auslagen in den hübsch dekorierten Schaufenstern an.

Ein Juweliergeschäft fiel ihm besonders auf. Auf einem dunkelblauen Schild über der Eingangstür stand in weißen Lettern *Schmuckgeschäft Hubertus Lambert*.

»Mann, Mann, was für ein Pomp«, murmelte er leise vor sich hin. Timo war wie geblendet von den goldenen und silbernen Uhren, Ringen, den Diamanten und anderen edlen Schmuckstücken.

Gegen 16 Uhr fuhr er mit dem CityBus zurück.

Monique war an diesem Morgen schon um 7 Uhr aufgestanden. Sie zog sich an, trank schnell eine Tasse Kaffee, rauchte dabei eine Gitane, eilte die Treppe hinunter. Anstatt zur Arbeit fuhr sie zu Jean-Marie nach Erbach.

Der saß Zeitung lesend in der Küche, als sie klingelte. Eine leere Espressotasse stand vor ihm auf dem Tisch. Die Zigarette, die aus seinem Mundwinkel hing, qualmte. Er legte das *Odenwälder Echo* beiseite, erhob sich, öffnete die Tür, nahm die Gauloise aus dem Mund, begrüßte seine Halbschwester mit Küsschen auf beide Wangen: »Salut, Monique. Comment ça va?«

»Gut. Es geht mir gut, Jean-Marie. Ich dachte, es wäre wichtig, mit dir noch mal zu reden, bevor wir heute Abend kommen.«

Sie gingen ins Wohnzimmer, setzten sich.

»Wie heißt denn der junge Mann, den du mitbringen willst?« Straßenlärm drang durch das geöffnete Fenster. Leclerc stand auf, schloss es. Er setzte sich wieder, kreuzte die Beine. »Also wie heißt er?«

»Er heißt Timo, Timo Hausmann«

»Aha! Und du bist fest davon überzeugt, dass er der Richtige für einen Job ist?« Leclerc nahm einen tiefen Zug, blies den Rauch gegen die Decke, hustete.

»Felsenfest, Jean-Marie, felsenfest«, bekräftigte sie. »Wenn er nicht zusagt, weiß ich, was ich tun muss. Keine Angst, diesmal haut das hin.«

Er hob kritisch den Kopf: »Dein Wort in Gottes

Ohr, liebe Monique.« Jean-Marie zog wieder an seiner Zigarette, schnippte die Asche in einen Aschenbecher aus Glas. Er sah sie an. »Kaffee?«

»Oui. Espresso?«

»Avec plaisir. Sehr gerne.« Leclerc erhob sich, ließ in der Küche zwei Espresso aus der Maschine laufen, brachte die Tassen ins Wohnzimmer. »Zucker?«

Monique schüttelte den Kopf, trank einen Schluck. »Am Telefon hörte sich das an, als hättest du schon einen Plan.«

Jean-Marie blieb vor ihr stehen, entgegnete: »Das kann man so sagen, ja. Ich habe schon vor einiger Zeit einen Plan ausgetüftelt.«

Er hob die Espressotasse, trank, setzte sie wieder ab, zog an der Gauloise, ließ den Rauch durch die Nase. »Alleine ist so etwas nur schwer machbar. Da du nicht direkt mit einsteigen willst, kommt mir das mit diesem Timo schon recht. Nur«, er zögerte einen Moment, »nur muss ich mich auf ihn verlassen können, verstehst du? Das ist das Allerwichtigste.« Er drückte die Gauloise im Aschenbecher aus, zündete sich sogleich eine neue an.

»Du kannst dich auf ihn verlassen, dafür sorge ich. Worum geht es?«, fragte sie.

»Später, Monique, später«, erwiderte er, beugte sich zu ihr hin, küsste sie leicht auf die Wange.

»Ah bon. Ach so.« Sie hob die Augenbrauen, sah ihn scharf an, schimpfte dann: »Übrigens, was war denn wieder los? Ich habe dich auf einem Bild im *Odenwälder Echo* gesehen.«

»Das war eine Verwechselung. Wie du siehst, bin ich wieder auf freiem Fuß.« Moniques Halbbruder sah an ihr vorbei auf die Standuhr in der Ecke des Wohnzimmers.

Sie nickte zweifelnd, verabschiedete sich von Jean-Marie, fuhr in die Hauptstraße zu *France Cosmetics*.

Nach etlichen Versuchen, Licht ins Dunkel um Melissa Riem zu bringen, nahm Dröger sich vor, noch einmal mit ihrem Freund zu sprechen.

»Was willst du denn schon wieder bei ihm, Chef? Der weiß nicht mehr.« Fränkli schaute Dröger an.

»Ich glaube einfach nicht an Selbstmord.« Dröger zupfte sich am Ohrläppchen: »Ich will wissen, was passiert ist, Urs. Verstehst du das?«

»Ich muss es ja wohl verstehen.«

Der Erste Kriminalhauptkommissar zog seine Clubjacke an. »Na, dann komm mit.«

Sie fuhren wieder nach Dieburg zum Baumarkt, in dem Fritz Henkel arbeitete. Henkel begrüßte sie unfreundlich: »Ich habe sehr wenig Zeit. Es ist doch alles geklärt. Was also wollen Sie noch von mir?«

Sie gingen wieder in den Aufenthaltsraum. Fritz bot ihnen keinen Platz an.

»Warum hat Melissa Riem sich erhängt? Sie muss doch ein Motiv gehabt haben.« Dröger schaute Henkel scharf ins Gesicht.

»Oder war es Mord? Wurde sie von jemandem an den Deckenbalken gehängt?« Er legte nach: »War es Timo Hausmann?«

Henkel gab keine Antwort. Dröger fixierte ihn. Er wollte ihn aus der Reserve locken: »Oder waren es etwa Sie, Herr Henkel?«

Fritz Henkel lief rot an. Schweiß stand ihm plötzlich auf der Stirn. Er begann am ganzen Körper zu zittern, schaute mit unruhigem Blick auf den Boden.

»Also, Herr Henkel, was war los?«

Fritz druckste herum: »Herr Kommissar, ich ... ich habe Ihnen etwas verschwiegen. Aber ich hatte Angst, dass ...« Seine Augen wurden feucht.

»Wovor hatten Sie Angst?«, klinkte Fränkli sich ein.

»Ich hätte es gleich sagen sollen«, heulte Fritz.

»Ja, was denn, Mann? So reden Sie doch endlich!« Urs Fränkli beugte sich mit ernstem Gesichtsausdruck nach vorne.

Michelstadt

Am Abend kam Monique nach Hause. Timo wartete bereits sehnsüchtig auf sie. »Du kommst spät. Gab's was Besonderes?«

»Mais non. Aber nein.« Monique warf ihre Handtasche auf einen Sessel, legte sich auf die Couch, nahm eine Gitane aus dem Etui, rauchte. »Kleine Pause, bevor wir zu Jean-Marie fahren.«

»Natürlich, Monique, ruh' dich aus. Ich ziehe mich inzwischen um.«

»Très bien. Alles klar.« Monique schloss die Augen. Als er ins wieder Wohnzimmer kam, atmete sie gleichmäßig und ruhig. Er wartete noch fünf Minuten, dann küsste er Monique sanft auf die Wange, worauf sie blinzelnd erwachte.

Sie stand auf, ging ins Schlafzimmer, zog sich um. Sie trug jetzt eine knallenge Jeans, eine rote Seidenbluse und High Heels, hatte zartes Make-up aufgelegt. Ihre grünen Augen blitzten. Der erotische Duft des exklusiven Parfums Manifesto umwehte sie.

»So, chéri, wir können gehen.«

Mit etwas Verspätung parkten sie vor dem Mehrfamilienhaus in Erbach, in dem Jean-Marie wohnte.

Monique drückte den Klingelknopf, eine sonore Stimme meldete sich durch den Lautsprecher: »Qui est là ? Wer ist da?«

»Monique.«

Mit leisem Surren öffnete sich die Haustür. Monique und Timo betraten den Aufzug, der gerade im Erdgeschoss angekommen war. Monique drückte auf die Drei. Sekunden später hielt er im dritten Stock an, sie stiegen aus. Im gegenüberliegenden Appartement stand die Tür offen. Der großgewachsene Jean-Marie erwartete sie bereits. Er trug eine hellblaue Jacquard-Jeans, bordeauxfarbene Stiefeletten, ein weinrotes Seidenhemd mit offenem Kragen.

»Bonsoir. Guten Abend.« Er küsste Monique auf beide Wangen. Dann sah er Timo an, stutzte. Er glaubte, den jungen Mann schon einmal gesehen zu haben. Timo erschrak, als er Jean-Marie erkannte, ließ sich aber nichts anmerken. Er erinnerte sich an das Bild in der Zeitung.

»Guten Abend«, grüßte er höflich zurück, gab Jean-Marie die Hand. Dieser drückte sie fest, sah ihm in die Augen.

Timo runzelte die Stirn.

»Wollen wir uns nischt setzen?« Mit einer Handbewegung zeigte Leclerc ins Wohnzimmer: »Je vous en prie. Bitte schön.«

Sie setzten sich auf die Ledersessel. Jean-Marie sah Timo an. Seine Adlernase und die dunklen, fast schwarzen Augen, sowie der Mund mit dem schmalen Oberlippenbärtchen kamen Timo beängstigend vor. Trotzdem hielt er dem Blick stand.

»So«, begann Jean-Marie, »nun erst mal zu dir, junger Mann. Wir duzen uns, ist doch klar, oder? Isch bin Jean-Marie.«

»Timo.«

»Bon! Gut! Isch möschte gerne von dir wissen, was du bisher gemacht 'ast. Schule und so. Erzähl mal.« Er zündete sich eine Gauloise ohne Filter an, blies den Rauch stoßweise gegen die Decke.

Timo wusste, dass er das Spiel jetzt mitspielen musste. Er erzählte, warum er in den Odenwald getrampt war, und dass er wegen Monique hier bleiben wollte.

»Aha, du bist also in Monique verliebt. Schön. 'ast du schon mal einen Deal gemacht?«

»Was meinst du mit Deal?«

»Einen Diebstahl oder was Ähnlisches.«

Timo war erschüttert: »Nein!« Er strich eine Haarsträhne aus dem Gesicht: »Das werde ich auch nicht tun.«

»So so, das wirst du nischt tun. Bon!« Jean-Marie sah Monique an, stand auf, knurrte: »Viens, Monique! Komm!«

Sie folgte ihrem Halbbruder in die Küche. Nachdem Jean-Marie die Tür geschlossen hatte, fuhr er sie an: »Habe ich dir nicht gleich gesagt, dass das nichts wird? Der hat doch überhaupt keine Ahnung. Rede noch mal mit ihm. Wenn er partout nicht will, dann lassen wir es sein.«

»Jean-Marie«, erwiderte sie mit Nachdruck, »ich habe dir versprochen, dass du dich auf Timo verlassen kannst. Das werde ich halten, verlass dich drauf.«

Leclerc grinste. »Du machst ihn gefügig, indem du ihn nicht mehr ranlässt, oder?«

»Exactement! Genau!«

»Du weißt, wenn kein Vertrauen besteht, kann man einen Deal nicht durchziehen. Denk daran!«

»Bien, Jean-Marie, lass mich nur machen.« Sie schaute ihn fragend an: »Was hast du denn vor?«

»Ich sage es dir, wenn entweder Timo mitspielt, oder wenn sich ein anderer Partner findet«, antwortete er. »Aber etwas kann ich dir jetzt schon verraten.« Er zog die Augenbrauen hoch. »Es wird ein Überfall. Geplant habe ich ihn Anfang nächster Woche.« Jean-Marie holte tief Luft: »Übrigens ... dich brauche ich auch.«

»Ich werde niemanden überfallen! Das ist nicht meine Sache.« Monique hob die Hand, neigte den Kopf. »Non!«

»Musst du auch nicht. Warte doch mal ab.« Er lächelte: »Vertrau mir ganz einfach.«

Sie fuhr sich durch die Haare, schaute ihn zweifelnd an. Nach kurzem Überlegen sagte sie: »Morgen informiere ich *France Cosmetics*, dass ich ab Samstag für zwei Wochen nicht da bin.«

»C'est beau! Sehr schön! Gehen wir wieder ins Wohnzimmer.«

Timo war inzwischen aufgestanden, hatte die Bilder betrachtet, die an den Wänden hingen. Zwei Aquarelle neben dem Fenster. Da er von Kunst überhaupt keine Ahnung hatte, sagten sie ihm nichts. Ein Ölgemälde vom Eiffelturm hing über der Ledercouch. Als Monique und Jean-Marie zurückkamen, setzte er sich wieder auf den Sessel. Monique setzte sich auch. »Okay, Timo, wenn du das nischt machen willst, wird Jean-Marie einen anderen, einen seriösen Job für disch finden. Pas de probleme. Nur, soviel Geld wie bei einem Überfall wirst du natürlisch nischt verdienen.« Sie sah ihn von der Seite an.

»Sagtest du Überfall?«, fragte er erschrocken.

»Ja, sagte isch«, gab Monique leise zur Antwort.

Jean-Marie beobachtete Timo. Der war bleich geworden. »Das kommt nicht in Frage!«

»Jean-Marie wird disch einweisen.«

»Nein, nein, lieber nicht. Das ist nichts für mich.« Timo stand auf, schüttelte den Kopf. »Das mach ich nicht! Nein! Das kann ich gar nicht!«

»Très bien!« Monique sah an ihm vorbei. »Dann können wir ja gehen.«

Timo war aufgebracht, ging entschlossen zur Tür. Jean-Marie trat vor ihn, hob beschwichtigend beide Arme: »Moment, Moment, isch muss mal sehen. Irgendetwas werde isch für disch finden.«

Monique und Timo verabschiedeten sich.

Wenig später betraten sie ihre Wohnung. Moniques Missmut hatte sich anscheinend gelegt: »So, chéri, es wird Zeit, etwas zu essen.«

Timo setzte sich auf einen Sessel.

»Isch denke, wir essen 'eute Abend kalt. Wurst und

Käse 'aben wir im Kühlschrank. Was fehlt, ist Brot.« Sie fragte ihn: »Würdest du zum Supermarkt gehen und Brot holen? Die Bäckerei ist schon geschlossen.«

»Ja, mach' ich.«

Er ging zum Supermarkt, kam nach zwanzig Minuten wieder zurück. Monique hatte inzwischen den Tisch gedeckt. Es gab Salami, pikanten Käse, luftgetrockneten Schinken, Oliven und scharfen Peperoni. Dazu eine Flasche Chateau Lafitte.

Sie setzten sich an den Tisch, begannen zu essen. Zwischendurch tranken sie den süffigen Rotwein.

Als sie gegessen hatten, räumte Monique das Geschirr in die Spülmaschine, Timo räumte die Silberplatte mit den restlichen Speisen in den Kühlschrank. Danach machten sie es sich im Wohnzimmer auf der Couch bequem, den Chateau Lafitte hatte er mitgenommen. Nach zehn Minuten stand Monique auf, ging ins Bad.

Timo schlug die Beine übereinander, genoss mit geschlossenen Augen den guten Tropfen aus Bordeaux.

Eine viertel Stunde später kam Monique zurück. Sie hatte geduscht, sich umgezogen, trug jetzt einen superkurzen hellblauen Minirock, der ihre endlos langen Beine verführerisch zur Geltung brachte, ein weißes knappes Shirt. Auch hatte sie sich ein klein wenig geschminkt, duftete sanft nach Manifesto. Sie setzte sich neben Timo, legte den Arm um ihn, sah ihm tief in die Augen.

Er nahm sie in den Arm, küsste sie zuerst zärtlich, dann verlangend. Monique erwiderte seinen Kuss. Er streichelte ihren schlanken Körper. Sie legte beide Arme um seinen Hals. Der Beo pfiff laut. Er flatterte aufgeregt durch die Voliere.

Der junge Mann konnte es nicht mehr aushalten. Er stand auf, zog sie sachte ins Schlafzimmer. Er legte sie aufs Bett, begann sie langsam zu entkleiden, während er sie immer wieder küsste. Sie ließ es geschehen. Timo zog sich nun auch aus, legte sich zu ihr. Als er mehr wollte, verweigerte sich Monique ihm plötzlich, drehte sich auf die Seite. Er war erstaunt, meinte stockend: »Was … was ist los, Monique, was ist mit dir?«

»Nischts«, war die knappe Antwort.

»Wie nichts? Was habe ich falsch gemacht?«

»Ach Timo, lass es einfach sein.«

»Aber warum? Ich verstehe dich nicht.«

»Lass es, okay?« Sie wurde lauter.

Timo drehte sich wortlos auch auf die Seite. Rücken an Rücken schliefen sie spät ein.

Dieburg

Fritz Henkel flüsterte mit Tränen in den Augen: »Ich hatte Angst, dass ich in Verdacht geraten würde.« Er schaute auf: »Ich habe Melissa an diesem Tag gesagt, dass ich mich von ihr trennen will.«

Dröger hob den Kopf, schob die Unterlippe vor: »Und?«

»Daraufhin ist sie weggelaufen, und dann ist es wohl passiert.« Fritz schluchzte: »Sie hat sich das Leben genommen. Wegen mir! Wegen mir hat sie sich umgebracht!« Er setzte sich hin, fasste sich verzweifelt an die Stirn, weinte hemmungslos.

Die Kommissare ließen ihm Zeit.

Einige Minuten später wischte Fritz sich die Tränen vom Gesicht, erhob sich. Mit langsamen Schritten ging er gegenüber ins Großraumbüro zu seinem Schreibtisch, holte aus der Schublade einen Brief. Als er zurückkam, nahm er ein zusammengefaltetes DINA4 Blatt aus dem Umschlag.

»Ich weiß, dass ich es der Polizei hätte melden müssen. Den Umschlag muss sie mir irgendwann zuhause in die Schublade vom Wohnzimmerschrank gelegt haben. Ich habe ihn vor kurzem erst gefunden und nicht ernst genommen. Leider nicht ernst genommen!« Tränen standen ihm wieder in den Augen.

Niedergeschlagen setzte er sich, gab Dröger das handbeschriebene Blatt.

Es war der Abschiedsbrief von Melissa Riem. Darin stand, dass sie sich mit Tabletten vergiften würde, wenn ihr Freund nicht mehr mit ihr zusammen sein wollte.

Die Beamten sahen sich an. Dröger stieß Fränkli in die Seite: »Komm!«

Darmstadt

Im Polizeipräsidium angekommen gingen sie eilig zu Hennes Lehmann, dem Chef der SpuSi.

Lehmann wollte gerade Kaffee trinken, stellte die Tasse zurück auf den Tisch. »Was führt euch zu mir? Ihr macht so einen hektischen Eindruck. Kann ich euch einen Kaffee anbieten?«

»Nein danke, Hennes, jetzt nicht. Wo ist der Strick?« Dröger setzte sich, Fränkli blieb stehen, lehnte sich an den Schreibtisch.

»Was für ein Strick, Heiner? Was meinst du?« Lehmann schaute Dröger fragend an.

»Den angeblichen Suizid des Mädchens aus Nieder-Klingen.«

»Ach so! Der Strick ist ein Nylonseil. Das Seil wurde wahrscheinlich als Wäscheleine benutzt und befindet sich in der Asservatenkammer. Warum?«

»Hier lies!« Dröger gab Lehmann den Abschiedsbrief. Lehmann las ihn: »Tabletten? Wieso Tabletten? Die hat sich doch erhängt!«

»Oder auch nicht.«

»Ich kümmere mich darum.« Lehmann stand auf, ging ins Büro nebenan: »Norbert, hol doch bitte mal das Nylonseil von dem letzten Suizid.«

Bei der Untersuchung des Seils konnte Lehmann Schleifspuren feststellen, lange Schleifspuren.

»Abgescheuert. Das kommt vom Holzbalken«, konstatierte er. Warum war ihm das nicht gleich aufgefallen?

Es war spät geworden, die Beamten fuhren nach Hause.

FREITAG, 22. JULI

Morgens um 7 Uhr trafen sich Dröger und Fränkli im Präsidium in Darmstadt in der Klappacherstraße.

»Was könnte passiert sein, Urs?« Dröger rätselte: »Klinger Kerb. Wir haben alle vernommen, die eventuell verdächtig sein könnten. Außer Timo Hausmann. Aber wo ist der?«

»Der ist erstmal weg, Chef. Die Fahndung läuft. Mehr können wir momentan nicht tun.«

»Wir fahren noch mal zu Henkel. Der hat uns nicht alles gesagt«, knurrte Dröger.

Fränkli rollte die Augen: »Ober sticht Unter.«

»Genau so.«

DIEBURG

Um kurz nach acht waren sie wieder im Baumarkt bei Fritz Henkel. Diesmal gingen sie hinaus auf den Parkplatz, obwohl sich der Himmel langsam eintrübte. Aber es war noch angenehm, ein leichter Wind wehte. Dröger erklärte Henkel, dass er nicht an einen Selbstmord Melissas glaubte. Fritz starrte ihn fassungslos an, Dröger kräuselte die Stirn: »Ja, Herr Henkel, so sehe ich das.«

Der junge Mann wurde etwas zugänglicher. Er erzählte den Beamten, dass Melissa ihn am Kerbsamstagabend über alle Maßen geärgert hatte, weil sie ständig mit Volker Berner und Hans Klauser getanzt und getrunken hatte.

»Warum haben Sie das nicht gleich gesagt?« fragte Dröger gereizt.

Henkel traten Tränen in die Augen. Er winkte ab.

»Deshalb haben Sie Melissa erhängt?« Dröger hatte einen scharfen Ton angeschlagen.

»Nein, nein! Um Gottes willen! Ich habe das nicht getan. Ich habe ihr nur gesagt, dass ich mich von ihr trennen will.«

»Hatten Sie vorher schon vor, sich von Melissa zu trennen?«

»Ja. Hatte ich. Ich hatte nur nicht den Mut, es ihr zu sagen. Aber ich glaube, sie hatte es geahnt.«

»Warum glauben Sie das?«

»Ich weiß es nicht. Es war so ein Gefühl.«

»Aha! Wieso hatten Sie dann plötzlich den Mut, es ihr zu sagen?«

»Es gab, nun ja, einen zusätzlichen Grund. Das mit Berner und Klauser.«

»Verstehe. Halten Sie sich zu unserer Verfügung.«

Die Beamten verabschiedeten sich, fuhren zurück nach Darmstadt.

»Und wenn der jetzt abhaut, Chef? Was dann?«

»Keine Sorge, Urs, der haut nicht ab.«

Urs wiegte zweifelnd den Kopf. Ober sticht Unter.

Darmstadt

Dröger griff in seinem Büro zum Telefon. Als er den Hörer abnehmen wollte, klingelte es. Lehmann.

»Hallo Hennes, wollte dich gerade anrufen. Gibt's was Neues? Habt ihr noch andere Spuren gefunden?«

»Das nicht, Heiner, aber mir ist noch etwas eingefallen.«

»So? Na, da bin ich mal gespannt.« Dröger kannte den Chef der SpuSi. Er wusste, dass Lehmann hartnäckig war, wenn er Lunte gerochen hatte. Und Lehmann hatte Lunte gerochen.

»Der Schemel, Heiner.« Lehmann war aufgeregt. »Der umgefallene Holzschemel unter der Leiche.«

»Was ist mit dem?« Dröger rieb sich die Nase.

»Kommt mit! Wir müssen nochmal nach Nieder-Klingen. Wir müssen nochmal in den Keller des Hauses. Dringend!«

Er legte auf, holte sich die Akte von Melissa Riem, schaute kurz hinein, übergab sie Dröger. »Lies das nochmal durch, Heiner.« Sie eilten auf den Parkplatz, stiegen in Lehmanns Audi, fuhren los.

Michelstadt

Um 8.15 Uhr klingelte der Wecker. Timo erwachte, drehte sich um, sah, dass Moniques Bett leer war.

»Wieder zur Arbeit!« Er schaltete den Wecker aus, schlief weiter.

Etwa eine Stunde später wachte er wieder auf, stieg aus dem Bett, ging in die Küche, wollte Kaffee kochen.

Auf dem Tisch lag ein Zettel, worauf stand: *Hallo Timo, ich glaube jetzt wirklich, dass du gar nicht arbeiten willst. Als ich weggegangen bin, hast du noch geschlafen wie ein Murmeltier. Vielleicht überlegst du dir das mal! Monique.*

Timo war perplex, als er die Zeilen las. »O je!«, murmelte er. Monique war sauer. Vielleicht wegen gestern, weil er den Job nicht angenommen hatte?

Nachdenklich zog er die Rollläden hoch, ließ die Sonne herein. Auf dem Parkplatz standen außer einem Trike nur wenige Fahrzeuge, darunter ein gelber Porsche. Zwei Fahrräder waren an einen Laternenpfahl gekettet. Ein Motorradfahrer stellte seine Suzuki ab, legte den Helm auf den Sitz, ging in die Bäckerei in der Bahnhofstraße.

Timo kratzte sich am Kinn: »Die meisten sind zur Arbeit«, brummte er leise vor sich hin. Schuldgefühle befielen ihn. Deshalb hatte sie sich am Abend so seltsam verhalten. Zuerst das gemütliche Essen ... und dann im Bett lief nichts mehr. Er wusste, wenn das so weiterging, hatte er verloren.

Den Kaffee hatte er vergessen. Hunger hatte er auch keinen mehr. Er nahm sich vor, in die Innenstadt zu gehen, um sich einen Job zu suchen. Er musste endlich Geld verdienen, sonst sah es wirklich aus, als wollte er nicht arbeiten.

Timo zog sich an, lief in Richtung Stadtmitte.

Nachdem er einige Betriebe und Geschäfte aufgesucht, nach einer Beschäftigung gefragt hatte, merkte er ganz schnell, dass das gar nicht so einfach war. Überall gab es Absagen. Entweder waren alle Stellen schon besetzt, oder aus Kostengründen wurde derzeit niemand eingestellt.

Er ging zurück in Moniques Wohnung. Es war 16.15 Uhr. Er nahm das *Odenwälder Echo* zur Hand, setzte sich auf einen Sessel im Wohnzimmer, studierte die Stellenanzeigen.

»Nix gescheites dabei«, murrte er. Er ließ die Zeitung auf dem Tisch liegen, legte sich auf die Couch, schlief kurze Zeit später ein.

Das Wetter war umgeschlagen, dunkle Wolken zogen über Michelstadt. Wind kam auf, der sich eine halbe Stunde später wieder legte. Es begann, in Strömen zu regnen. Donner und Blitze bestimmten für die nächste Stunde das Wetter im Odenwald.

Dann war der Spuk vorbei, die Wolken verzogen sich langsam. Die Sonne kam wieder zum Vorschein.

Um 19.25 Uhr kam Monique von der Arbeit, hängte ihre Tasche über eine Stuhllehne in der Küche. Sie sah Timo schlafend auf der Couch liegen. Unsanft weckte sie ihn: »Sag mal, 'ast du nischts anderes zu treiben, als den ganzen Tag zu schlafen? So geht das aber nischt, 'örst du? Es wird Zeit, dass du was tust!«

Timo schrak auf, sah sie erstaunt an. Diesen Ton kannte er von Monique nicht.

Sie drehte sich um, setzte sich in der Küche an den Tisch, rauchte eine Zigarette, strich sich durch die Haare. Timo setzte sich neben sie. Er wollte den Arm um Moniques Schultern legen, sie stieß ihn weg.

»Lass misch in Ruhe«, zischte sie ihn an, blies den Rauch durch die Nase, drückte die Kippe im Aschenbecher aus.

Er schaute sie an: »Monique, ich war heute in der Stadt und habe nach Arbeit gesucht, ehrlich.«

»Ach ja? Und sag jetzt bloß nischt, du 'ättest welsche gefunden.« Spöttisch fügte sie hinzu: »Sieht nischt so aus.«

»Nischt so aus«, widerholte Filou.

Timo blickte verärgerte zur Voliere. »Halt's Maul, blöder Geier!«

»Filou kann nischts dafür!«, herrschte Monique ihn an.

»Entschuldige.« Er schüttelte den Kopf. »Nein, ich habe keine Arbeit gefunden, obwohl ich in sieben Geschäften war. Alles Absagen.«

»Und? Wie geht's jetzt weiter?«

Betrübt starrte er an die Decke: »Ich weiß es nicht.«

»Wenn du es nischt weißt, kann isch dir auch nicht 'elfen. Isch gehe zu Bett.«

»Jetzt schon? Ohne was zu essen?«

»Ja, jetzt schon! Ohne was zu essen! Isch bin müde. Ich 'abe 'eute gearbeitet«, meinte sie säuerlich.

»Ich weiß«, er senkte den Kopf, »ich nicht.«

Monique ging ins Bad, duschte, putzte Zähne, sprühte sich ein wenig Manifesto hinter die Ohren und legte sich ins Bett.

Nach ungefähr einer viertel Stunde kam Timo ins Schlafzimmer, zog sich aus, legte sich neben Sie. Er roch ihren verführerischen Duft, umarmte sie, küsste zärtlich ihren Hals. Sie ließ es regungslos geschehen, tat, als ob sie schlief. Als er ihr noch näher kommen wollte, wehrte sie ihn ab. »Lass, Timo. Nischt jetzt.«

»Aber …«

»Nischt jetzt!«, zischte sie. »Bitte!«

Timo drehte sich um, brummte verärgert: »Dann halt nicht!«

»Exactement! Genau! Dann 'alt nischt!«

Sie lagen noch eine Weile wortlos nebeneinander. Dann schliefen sie endlich ein.

Otzberg-Nieder-Klingen

Lehmann klingelte bei Frau Solm, der Nachbarin von Timo Hausmann. Sie hatte einen Schlüssel des Nachbarhauses, ging mit den Kommissaren dort in den Keller.

Dröger und Fränkli hatten unterwegs die Akte Riem durchgelesen, konnten aber nichts Besonderes feststellen. Sie wussten immer noch nicht, was Lehmann vorhatte.

Der grobe Holzschemel, der unter Melissa Riehm lag, als sie an dem Seil hing, stand in einer Ecke. Frau Solm hatte ihn dorthin geräumt.

»Sag mal, Hennes, was sollen wir hier?«, fragte Urs.

»Der Schemel!«

Die Ermittler schauten sich verständnislos an.

Lehmann holte den Schemel, maß die Höhe. 25 Zentimeter. Dann maß der die Höhe des Balkens. 2,40 Meter.

»So, Heiner, Urs. Das Seil, an dem Melissa Riem hing, war direkt an dem Deckenbalken geknotet. Und es war abgescheuert. Richtig?«

Dröger antwortete: »Richtig! Aber …«

»Lehmann unterbrach ihn: »Es waren 15 Zentimeter Luft zwischen dem Balken und dem Kopf der Leiche. So steht es in den Akten. Melissa war 1,63 groß. Das heißt im Klartext: Sie kann sich unmöglich selbst erhängt haben. Wenn sie sich selbst an den Balken gehängt hätte, hätte sie sich niemals so hoch, wie sie hing, ziehen können. Versuch mal, deinen eigenen Körper hochzuziehen. Schon dazu braucht man enorme Kraft. Die hatte Melissa Riem ganz sicher nicht. Und dann noch selbst das Seil verknoten? Unmöglich!«

»Das ist einleuchtend«, bemerkte Fränkli.

Lehmann fuhr fort: »Es sollte mit Sicherheit so aussehen, als hätte Melissa sich auf den Schemel gestellt und ihn dann umgetreten. Mann, Mann, das alles haben wir tatsächlich nicht beachtet. Das war Mord!«

»Ja, klar! Du hast recht, Hennes«, bestätigte Dröger. »Das Mädchen wurde aufgehängt. Das beweist auch das abgescheuerte Seil. Der Täter oder die Täterin hat es Melissa um den Hals geschlungen. Dann hat er das Seil über den Balken gelegt und das Opfer hochgezogen, bevor er das Seil verknotete. Auch dazu braucht man viel Kraft. Deshalb war es wahrscheinlich ein Mann.«

»So etwa könnte es gewesen sein«, bekräftigte Lehmann.

Dröger wiegte den Kopf: »Hab ich's nicht geahnt? Mir war das gleich so … so komisch. Ich weiß auch nicht. Vielleicht war es Intuition.«

»Vielleicht! Auf jeden Fall lagst du richtig.«

Lehmann konnte am Schemel Fingerabdrücke, Faserspuren und Hautpartikel feststellen.

Sie fuhren zurück nach Darmstadt ins Präsidium.

Noch am selben Tag informierte Lehmann Dröger über die neuesten Erkenntnisse: »Fingerabdrücke sind natürlich jede Menge auf dem alten Schemel. Von den Kerbburschen und -mädchen ist keiner dabei. Die hellblauen Faserspuren könnten von einem Hemd oder Shirt sein.« Er hob langsam den Kopf: »Aber jetzt kommt's: Die Hautpartikel. Die DNA ist identisch mit der DNA von einem Hans Klauser. Er ist einer der Kerbburschen. Den solltet ihr mal aufsuchen.«

»Danke, Hennes.« Dröger rief Nicki, bat sie, die Adresse von Hans Klauser herauszusuchen. Wie sich herausstellte, wohnte er in Nieder-Klingen, In den Steingärten 75.

Sie fuhren nach Nieder-Klingen. Vor einem weißverputzten Haus hielten sie am rechten Straßenrand an, stiegen aus.

Fränkli drückte den Klingelknopf neben dem Messingschild mit dem Namen Klauser. Nach wenigen Sekunden öffnete ein älterer Herr mit Bauchansatz und Glatze mit dem *Otzberg-Bote* in der Hand die Haustür. Eine schwarze Hornbrille saß auf seiner Nase. Er schaute über den Rand der Brille: »Sie wünschen bitte?«

Die Kommissare stellten sich vor, fragten nach Hans Klauser.

»Ja, der hat oben sein Zimmer. Mein Enkel. Aber er ist nicht da. Er ist zur Arbeit. So kommen Sie doch herein.«

Sie betraten den Flur, dann das mit altdeutschen Möbeln ausgestattete Wohnzimmer. Adolf Klauser bot ihnen Platz auf der Couch an. Er blieb stehen, legte die Zeitung auf den glänzenden Barocktisch: »Hat Hans etwas angestellt?«

Dröger gab keine Antwort. »Wo arbeitet denn Ihr Enkel, Herr Klauser?«, fragte er freundlich.

»Zuerst möchte ich wissen, was er angestellt hat.«

»Wir können Ihnen darüber keine Auskunft geben. Bitte haben Sie dafür Verständnis.«

»Hans arbeitet in Darmstadt in einem Reifenhandel als Monteur.« Er nannte Namen und Adresse der Firma.

Die Polizisten bedankten und verabschiedeten sich, fuhren nach Darmstadt.

Klauser, ein nicht allzugroßer, bulliger junger Mann mit schwarzen kurzen Haaren zog Reifen auf einen Mitsubishi, als die Beamten die Werkstatt betraten. Sie gingen zu ihm, forderten ihn auf, nach Beendigung seiner Arbeit zu ihnen zum Wagen zu kommen.

Einige Minuten später kam Hans Klauser auf den Parkplatz zu Drögers Audi A6. Der Hauptkommissar erklärte ihm ohne Umschweife, dass er des Mordes an Melissa Riem verdächtig sei. Er erklärte ihm auch, dass genügend Beweise vorlägen.

Der junge Mann wurde feuerrot im Gesicht. Er beugte sich über die Motorhaube des Wagens, würgte, musste sich übergeben. Als er wieder etwas freier atmen konnte, beteuerte er, dass er es nicht gewesen sei.

Sie nahmen ihn mit ins Präsidium. Nach eindringlichem Verhör und Vorlage der Beweise gestand Hans Klauser unter Tränen die Tat: »Ich hatte wie alle anderen den Streit zwischen Fritz und Melissa mitbekommen. Da ich schon lange verliebt in sie war, wollte ich die Gelegenheit nutzen und folgte Melissa nach Hause. Ich wollte sie trösten. In ihrer Wohnung haben wir zusammen Schnaps getrunken. Irgendwann versuchte ich, sie zu küssen. Sie aber wehrte mich ab. Wir tranken weiter. Und später legte sie den Kopf auf die Tischplatte und schlief ein.«

Mit weinerlicher Stimme fuhr Klauser fort: »Ich wurde zornig, wusste, dass ich alles vermasselt hatte.

Dann müssen bei mir die Sicherungen durchgebrannt sein. Ich ging in die Küche, holte Gummihandschuhe und zog sie an. Ich wollte sie erwürgen und keine Spuren hinterlassen. Unter der Spüle fand ich auch eine blaue Wäscheleine. Ich entschied mich anders, packte Melissa, hob sie hoch und trug sie in den Keller. Sie rührte sich nicht. Ich knotete die Leine um ihren Hals, schlang sie um den Holzbalken an der Decke und zog sie hoch. Dann rannte ich aus dem Haus.«

»Die Schleifspuren am Seil.« Fränkli nickte Dröger zu: »Das bestätigt deine Überzeugung, Chef.« Er wandte sich wieder zu Klauser: »Und der Schemel?«

»Ach ja, der Schemel. Den hatte ich unter ihr umgeworfen. Es sollte ja nach Selbstmord aussehen.« Klauser fuhr sich über die kurzen Haare. Er senkte den Kopf.

»Was trugen Sie für ein Hemd?«, fragte Fränkli.

»Hellblau.«

»Kurze Ärmel, lange Ärmel?«

Hans Klauser schaute erstaunt auf: »Lange Ärmel.«

»Alles klar. Das waren die Faserspuren. Die DNA-Spuren kamen vom Hautabrieb der Unterarme.«

Dröger schaute Fränkli grinsend an: »Und?«

»Hattest recht, Chef«, gab Fränkli zu. »Respekt.«

Samstag, 23. Juli
Michelstadt

Morgens klingelte der Wecker erneut um 8.15 Uhr. Monique war weg.

»Wieder zur Arbeit«, brummte Timo, »ist ja klar.« Wie es ihm ging, schien sie überhaupt nicht mehr zu interessieren. Da konnte er auch weiter pennen. Er war frustriert, drehte sich auf die andere Seite, schlief weiter.

Um zwanzig Minuten nach zehn wachte er wieder auf, zog sich an, ging zur Bäckerei, holte Brötchen. Als er zurückkam, saß Monique am Küchentisch, las im *Odenwälder Echo*. Sie machte einen sehr ernsten Eindruck.

Timo war erstaunt. »Was machst du denn hier?«

»Entschuldige mal, isch wohne vielleischt 'ier?« Monique rollte die Augen.

»Aber, Monique, so war das doch nicht gemeint. Ich bin nur überrascht. Ich dachte, du wärst zur Arbeit gefahren.« Er kratzte sich an der Nase.

»War isch ja auch. Aber 'eute gibt es für misch nischts zu tun. Wird immer weniger. Dann fehlt mir natürlisch auch wieder Geld. Nix Arbeit, nix Euro. Compris? Verstanden?«

Er senkte den Kopf, kniff die Lippen zusammen.

»Willst du es nischt noch einmal in der Stadt mit Arbeit versuchen? « Sie wirkte traurig.

»Nein, ich glaube, das hat keinen Sinn.« Timo schüttelte den Kopf. »Vielleicht sollten wir uns noch mal mit Jean-Marie in Verbindung setzen.«

»Meinst du?« Sie schaute auf. »Isch dachte, du willst das nischt.«

»Ach, ich weiß auch nicht. Aber irgendetwas muss ich doch tun. Ich brauche Geld. Und wie es aussieht, du auch, oder?«

»Ja, schon.« Sie blickte ihn an. »Okay, Timo. Wenn du willst, rufe isch Jean-Marie noch mal an.«

Timo setzte sich, und Monique ging zum Telefon, rief ihren Halbbruder an.

»Klappt. Wie erwartet.« Jean-Marie spitzte die Lippen. Monique war gerade bei ihm gewesen.

»Gut, kommt heute Abend vorbei. Wir werden dann sehen, ob er bereit ist, mitzumachen.«

»Alles klar, wir sind um achtzehn Uhr bei dir.« Monique legte den Hörer auf die Station, drehte sich zu Timo um: »Du 'ast es gehört.«

Wenige Minuten nach 18 Uhr standen sie vor der Wohnungstür Jean-Marie Leclercs, wo sie freundlich begrüßt wurden. Sie nahmen im Wohnzimmer Platz. Jean-Marie ging zum Schrank, holte aus dem Barfach eine Flasche Calvados und drei Gläser, schenkte ein.

Er entschuldigte sich bei Timo, wollte kurz Monique sprechen. Jean-Marie gab seiner Halbschwester ein Handzeichen, mitzukommen. Sie gingen in die Küche, wo er ihr eröffnete, was er vorhatte.

»Schmuck in allen Variationen! Natürlich nur die teuersten Stücke.«

»Du meinst jetzt aber nicht das Schmuckgeschäft *Lambert* hier in Erbach?« Sie hob die Augenbrauen.

»Doch! Genau das meine ich, das Schmuckgeschäft *'ubertus Lambert* in der Jahnstraße.« Er rieb sich die Hände. »Das gibt ein Ding. Den Lambert nehmen wir aus. Aber richtig!«

»Ah mon Dieu! Du liebe Zeit!« Monique meinte skeptisch: »Ich habe zwar von einem größeren Deal gesprochen aber das ... das ist ...!« Sie schüttelte den Kopf. »Jean-Marie, das ist eine Nummer zu groß.«

Jean-Marie entgegnete ruhig: »Nullement! Keineswegs!« Er nahm die Zigarette aus dem Mund, hielt sie zwischen Daumen und Zeigefinger. »Du wirst es sehen. Zu dritt ist das kein Problem.«

»Aber ich habe dir doch gesagt, dass ...«

»Dass du niemanden überfallen wirst«, unterbrach er sie. »Stimmt! Das hast du gesagt. Du wirst auch niemanden überfallen. Du sollst in einem Wagen mit laufendem Motor vor dem Geschäft warten und mir ein Zeichen geben, wenn jemand uns stören sollte. Wenn alles vorbei ist, müssen wir schnell weg.« Er hustete, zog noch einmal an der Gauloise, drückte sie aus. »Ich habe alles genau geplant.« Jean-Marie sah seine Halbschwester an.

»Erst hast du mich beschimpft, Timo wäre der falsche Mann für einen Überfall. Jetzt auf einmal sagst du …«

»Na und?«, fiel er ihr ins Wort. »Ich habe es mir anders überlegt.«

Monique blieb skeptisch: »Wir wissen beide, dass er von solchen Dingen überhaupt keinen Schimmer hat. Wenn ihm etwas passiert? Was ist dann?«

»Was soll ihm schon passieren? Und wenn schon! Sein Problem.« Jean-Marie verzog den Mund.

»Also, weißt du …«

»Vergiss es!« Jean-Marie machte eine wegwerfende Handbewegung. »Timo ist dabei. Certainement! Aber sicher!«, erklärte er. Er fasste sie an den Schultern. »Monique, was willst du eigentlich? Erst redest du von einem großen Deal und dann zweifelst du. Bekommst du etwa jetzt schon kalte Füße?«

»Nein, Jean-Marie. Es ist nur … einen solchen Überfall hast du doch noch nie gemacht!« Sie nahm seine Hände von ihren Schultern.

»Dann ist es eben das erste Mal!«

»Hinzu kommt, dass Timo wirklich keine Ahnung hat. Wir sollten es lassen«, versuchte Monique ihren Halbbruder umzustimmen.

»Allons donc! Ach was!« Jean-Marie strich sich übers Kinn. »Wenn er genau macht, was ich sage, dann klappt das.« Er drehte sich um, ging zum Fenster, schaute hinunter auf die Straße, wo gerade ein Streifenwagen der Polizei mit hohem Tempo, Blaulicht und heulenden Sirenen vorbeibrauste.

Monique überlegte. »Bon! Gut! Wir machen es. Ich fahre den Wagen. Wann soll es losgehen?«

»Anfang nächster Woche. Sagte ich schon.«

»Richtig, das sagtest du«, erinnerte sich Monique. Sie gingen zurück ins Wohnzimmer, setzten sich wieder.

»Isch konnte in der kurzen Zeit leider keinen anderen Job für disch finden. Tut mir leid.« Jean-Marie hielt inne, nippte am Calvados. »Aber das alte Angebot steht noch.« Er schaute Timo fragend an. »Bist du dabei?«

Timo stützte das Kinn in beide Hände: »Vielleicht.« Er zögerte, trank das Glas mit dem scharfen Schnaps aus, hustete. »Was muss ich tun?«

Jean-Marie erklärte ihm und Monique, wie sie vorgehen wollten.

Timo wiegte den Kopf. Er zögerte, rieb nervös die feuchten Hände gegeneinander: »Ja ... aber ich weiß nicht recht.« Nach kurzer Überlegung klopfte mit der Faust auf den Tisch. »Jean-Marie, ich bin dabei.«

»Bon! Ich sage euch morgen den genauen Termin.«

MICHELSTADT

Sie setzten sich im Wohnzimmer auf die Couch, Monique legte eine Hand auf Timos Oberschenkel. Er wurde unsicher: »Glaubst du, das funktioniert?«

»Mach dir keine Sorgen, Jean-Marie 'at alles gut durschgeplant.« Sie küsste ihn auf die Wange.

»So. Und nun komm, isch 'abe 'unger.«

Sie standen auf, gingen in die Küche. Monique holte Steinpilzsalami, würzigen Saint Albray und eine Flasche Sancerre aus dem Kühlschrank. Timo nahm Brot mit, deckte den Tisch, öffnete den Weißwein.

Nachdem sie zu Abend gegessen hatten, zogen sie sich wieder auf die Couch im Wohnzimmer zurück.

Er nahm sie in den Arm, küsste sie vorsichtig. Sie liebten sich spontan auf der Couch.

Einen langgezogenen Pfiff ausstoßend flog der Beo von der Stange auf den Boden, pickte aufgeregt Apfelstückchen auf.

Später im Bett setzten sie ihr leidenschaftliches Liebesspiel fort.

Morgens um 10.05 Uhr klingelte das Telefon. Timo und Monique lagen noch im Bett.

»Hallo, Monique, hier ist Jean-Marie. Habt ihr gut geschlafen?«, klang es süffisant aus dem Hörer.

»Ging so«, antwortete sie, noch etwas müde.

»Verstehe. Zur Sache. Der Termin ist Montag, also morgen, viertel vor zwölf. Vor der Mittagspause ist im Geschäft nicht viel Betrieb. Von zwölf bis vierzehn Uhr ist geschlossen. Treffpunkt ist um elf Uhr bei mir. Wir besprechen dann die Einzelheiten.«

»Verstanden.«

Monique wandte sich Timo zu: »Morgen um elf Uhr bei Jean-Marie. Alle weiteren Details bei ihm.«

Den Sonntagvormittag verbrachten sie bei herrlichem Sonnenschein mit einem ausgiebigen Frühstück auf dem Balkon. Danach fuhren sie aus Michelstadt hinaus, spazierten an der Mümling entlang. Ein angenehm warmer Wind wehte von Süden. Zum Mittagessen fuhren sie wieder zurück, flanierten durch die verwinkelten Gässchen der von vielen Fachwerkhäusern geprägten Altstadt. Bei der Pizzeria *Romana* bei Angelo setzten sie sich in den Biergarten. Der Wirt, ein netter Italiener, kam sogleich, brachte die Speisekarte. Timo bestellte ein Parmesanschnitzel und ein Glas Pinot Grigio. Monique hatte sich für Spaghetti Bolognese entschieden. Als Getränk wählte sie ebenfalls den italienischen Weißwein.

Es dauerte nicht lange, die Getränke wurden serviert, wenig später das Essen. Das Parmesanschnitzel schmeckte Timo ausgezeichnet. Monique lobte die Spaghetti. Anschließend bummelten sie zum gemütlichen Designhotel und Café *Die Träumerei* in der Oberen Pfarrgasse, das die Schauspielerin Jessica Schwarz mit ihrer Schwester Sandra betrieb.

Sie setzten sich an einen der Tische, die vor dem Eingang des geschindelten Hauses aufgestellt waren, bestellten Espresso und Himbeertorte, was ihnen die freundliche Kellnerin sogleich servierte.

Als sie am Abend bei Rotwein auf der Couch saßen, wurde Timo nervös. Monique spürte es. Sie küsste ihn. »Wir schaffen das.«

Filou beobachtete die beiden neugierig. Er sagte keinen Ton, stieß einen schrillen Pfiff aus.

Um 22.30 Uhr gingen sie zu Bett. Es wurde eine unruhige Nacht.

Montag, 25. Juli

Um 8.10 Uhr wurden sie wieder vom Telefon geweckt. Jean-Marie wollte sicher gehen, dass die beiden nicht verschliefen.

»Wir sind wach«, murmelte Monique. »Um elf sind wir bei dir.«

Timo war aufgestanden und im Bad verschwunden. Als er aus dem Bad kam, ging Monique hinein. Anschließend ging sie ins Schlafzimmer, zog Jeans und Turnschuhe an. Timo war bereits angezogen.

»Wollen wir noch frühstücken?« Monique sah ihn fragend an.

»Nö, ich habe keinen Appetit, höchstens auf Kaffee«, antwortete er tonlos.

»Isch auch nischt. 'öchstens auf Kaffee.«

Nachdem sie schweigend Kaffee getrunken und eine Gitane geraucht hatten, die bei Timo wieder einen heftigen Hustenanfall auslöste, erhob sich Monique: »So, chéri, jetzt geht's los. Lass uns zu Jean-Marie fahren.«

»Okay, Monique.«

Jean-Marie erwartete sie schon an der Eingangstür. »Oh, ihr seid ja überpünktlisch. Bon!« Er zog an der Gauloise, die in seinem Mundwinkel hing. »Dann können wir uns bespreschen. Hinter dem Haus in der Garage, wo mein Wagen steht, ist ein guter Platz.«

Sie gingen um den Wohnblock herum zur Garage Nr. 12. Er öffnete die Tür. Timo staunte, rieb sich die Augen. Ein funkelnagelneuer metallicsilberner BMW 525, blitzblank poliert, stand vor ihnen. Daneben der angerostete dunkelgrüne Renault R6.

»Was … was ist denn das?« Monique war verblüfft.

»Wie, was ist denn das?« Ihr Halbbruder schaute sie fragend an.

»Das Auto!«

»Du meinst den BMW? Der wird uns nach dem Job in Sicherheit bringen.« Er strich Monique übers Haar. »Und du, Schwesterlein, wirst ihn fahren, okay?«

»Klar.«

»Pour plus de détails! Zu den Einzelheiten!«

Timo und Monique bekamen von Jean-Marie Instruktionen. Zum Schluss gab Jean-Marie Timo eine Ruger SR9. »Die wirst du sischer nischt brauchen, aber man weiß ja nie … Isch 'abe die gleische.«

»Aber ich habe noch nie eine Pistole …«

»Isch sagte dir doch, du wirst sie nischt brauchen«, unterbrach ihn Jean-Marie.

Timo schluckte, steckte die Ruger in den Hosenbund.

Jean-Marie sah auf seine Armbanduhr. 11.24 Uhr.

»So, wir müssen los.«

Jean-Marie und Timo setzten sich in den Renault. Leclerc ließ den Motor an, fuhr aus der Garage. Monique fuhr mit dem BMW hinterher. Nach zehn Minuten erreichten sie die Jahnstraße. Monique fuhr auf ein Zeichen von Jean-Marie am Renault vorbei direkt vor das Schmuckgeschäft, wo gerade ein Parkplatz frei wurde. Sie ließ den Motor laufen. Nervös blickte sie sich um, sah durch den Rückspiegel, wie der Renault hinter ihr auf einen Parkplatz fuhr. Jean-Marie hob beide Daumen: »On y va! Los geht's!«

Sie stiegen aus, gingen auf das Schmuckgeschäft zu.

Es war 11.53 Uhr. Vor der Eingangstür zogen sie Strickmasken über, traten ein. Im Geschäft war kein Kunde. Der Mann hinter der Ladentheke, Hubertus Lambert, wie das Namensschild an seinem blauen Tweedblazer verriet, ein älterer kleiner dicklicher Herr mit grauen, lichten Haaren und einem dichten grauen Schnauzer unter der Nase, erschrak. »Was wollen Sie?«

»Alles, mein Herr, alles. Greifen Sie mal in die Theke und nehmen den wunderschönen Schmuck heraus.« Jean-Marie war sehr höflich. Der Mann erblasste, trat einen Schritt zurück.

Timo sicherte die Ladentür. Eine junge Frau ging auf das Geschäft zu. Timo begann zu schwitzen. »Oh Gott«, flüsterte er. »Lass sie vorbeigehen.« Er griff zur Waffe.

Lambert öffnete die Theke. Er zögerte.

Jean-Marie zog seine Pistole, drückte dem Juwelier einen Leinenbeutel in die Hand. »Den Schmuck, du Idiot! Den Schmuck! In den Beutel! Los! Beeil disch!« Er sah Lambert mit flackernden Augen an, senkte die Stimme: »Beeil disch, sonst 'olt disch der Teufel!«

Der Mann warf alles in den Beutel. Die schiere Angst stand ihm in den Augen: »Bitte, bitte schießen Sie nicht! Sie können alles mitnehmen, alles, aber bitte … schießen Sie nicht!« Schweiß lief über sein Gesicht. Er versuchte den Alarmknopf unter der Ladentheke zu drücken.

Die Frau wollte die Eingangstür öffnen, die Timo mit der Linken zuhielt. Mit der rechten Hand hielt er die Ruger SR9 umklammert.

Plötzlich fiel ein Schuss, kurz darauf ein zweiter.

Hubertus Lambert, der Geschäftsinhaber, fiel mit einem Loch in der Stirn vornüber, brach tot über der Ladentheke zusammen. Eine dünne Blutspur lief auf die Theke, wo schnell eine rote Pfütze entstand.

Es roch nach Tod ...

Die Frau brach ebenfalls zusammen. Die zweite Kugel hatte die Glasscheibe der Eingangstür durchschlagen und sie unterhalb der Brust getroffen.

Timo stürmte aus dem Geschäft, riss die hintere Tür des BMW auf. Er sprang auf den Rücksitz, warf die Ruger vor sich auf den Beifahrersitz, hustete laut, würgte. Fast musste er sich übergeben.

Jean-Marie räumte die Regale ab, steckte alles in den Beutel. Drei Minuten später rannte er aus dem Geschäft. Mit einem Satz sprang er durch die geöffnete Vordertür in den Fluchtwagen. Den Beutel warf er vor sich in den Fußraum. Er schrie: »Allez, allez! Los, los!« Dann spürte er, dass er auf der Pistole saß.

Monique schnippte eine Gitane aus dem Seitenfenster, gab Gas. Mit hohem Tempo rasten sie von der Jahnstraße über die Hauptstraße in die Werner-von-Siemens-Straße bis zum Kreisel am Alexanderbad, dann rechts hoch zur B45. Sie bogen erst rechts ab, dann bei roter Ampel links in die Obere Marktstraße, was ein lautes Hupkonzert anderer Fahrzeuge auslöste. Die B45 war stark befahren.

In der Oberen Marktstraße fuhren sie langsamer. Jean-Marie gab Timo die Ruger.

Fünf Minuten später standen sie in der Garage hinter dem Haus in dem Jean-Marie wohnte. Sie stiegen aus dem BMW, gingen wortlos hoch in die Wohnung. Nachdem sie sich im Wohnzimmer gesetzt und eine Zigarette geraucht hatten, löste sich langsam die Anspannung.

»So, wie geht's jetzt weiter?« Timo atmete tief durch.

»Wie geht's weiter, wie geht's weiter! Was für eine Frage! Isch muss das ganze Zeug verkaufen, so geht's weiter!«, schnaubte Leclerc wütend.

Monique sah ihn an: »Jean-Marie, nun 'alt mal den Ball flach. Du 'ast keinen Grund, uns anzuschnauzen.« Sie hatte rote Flecken im Gesicht. »Isch 'abe zwei Schüsse ge'ört. Die Frau vor dem Laden wurde getroffen, das 'abe isch gesehen. Was war mit dem anderen Schuss?«

Jean-Marie blickte stumm geradeaus, zog an der Gauloise, die in seinem rechten Mundwinkel hing. Er schüttelte den Kopf.

Sie blickte ihn streng an. »Sag schon, was war los?«

»Was soll schon los gewesen sein? Der In'aber ist tot. Schuss in den Kopf!«, erklärte Jean-Marie.

»Tot?« Sie schoss vom Sessel hoch. »Und das sagst du so einfach? Du 'ast ihn umgelegt?«

»Warum isch? Timo 'at die gleische Waffe. Er war es«, gab Jean-Marie gelassen zur Antwort, legte die Beine auf den Couchtisch.

Timo wurde wütend. »Ich? Du hast doch geschossen!« Die Adern an seinen Schläfen schwollen an.

Jean-Marie schüttelte den Kopf. Timo beugte sich nach vorne, brüllte: »Wisst ihr was? Ihr könnt mich mal!« Er drehte sich Jean-Marie zu: »Hier hast du deine blöde Pistole. Ich brauche sie nicht mehr.«

Er sprang auf, warf die Ruger SR9 auf den Tisch. Jean-Marie nahm sie, klickte das Magazin heraus. Triumphierend hielt er es Monique hin. »Zwei Patronen fehlen.«

Monique schaute ihn verblüfft an. »Was?« Sie fauchte: »Und dein Magazin? Zeig mir dein Magazin!« Ihre Stimme überschlug sich. »Jetzt sofort! Zeig mir sofort das verdammte Magazin!«

»Mais je vous en prie. Aber sehr gerne.« Jean-Marie nahm langsam das Magazin aus der Ruger, die er aus dem Hosenbund zog. Es war vollgeladen. Alle siebzehn Patronen. Er grinste: »Und? Ist das Beweis genug?« Er stand auf, legte die Pistole neben die andere auf den Tisch.

»Reg disch also wieder ab.« Jean-Marie hob lässig die Hand.

Monique schüttelte ungläubig den Kopf. Sie stellte sich vor Timo, ihre Augen verengten sich zu schmalen Schlitzen. »Du? Du 'ast den Mann erschossen? Du Schwein! Und die Frau 'ast du auch angeschossen? Pfui Teufel!« Sie spuckte vor ihm aus. Jean-Marie zog an seiner Gauloise.

»Aber, Monique! Ich habe nicht ...« Timo brachte keinen Ton mehr heraus. Kalter Schweiß stand ihm auf der Stirn.

»Verschwinde! Verschwinde sofort aus meinem Leben! Tout de suite! Augenblicklisch!«

Timo drehte sich um. Zornig schrie er: »Ich habe die Schnauze voll! Macht mit eurem verfluchten Schmuck was ihr wollt!«

Er riss die Tür auf, rannte die Treppe hinunter aus dem Haus.

Monique stemmte die Arme in die Hüften, schrie ihren Halbbruder entrüstet an: »So, du Idiot! Ich habe gleich gewusst, dass euch dieser Überfall überfordert. Timo hat die Nerven verloren. Mit ihm musst du nun nicht mehr teilen. Aber bei mir kommst du nicht so davon. Das kannst du mir glauben.« Ihr schönes Gesicht war feuerrot. »Sieh zu, dass du alles gut verkaufst. Dann will ich meinen Anteil. Pas de discussion, compris? Keine Diskussion, verstanden?«

Jean-Marie sah sie gleichgültig an: »Du musst schon mir überlassen, wann ich den Schmuck verkaufe. Das ist allein meine Sache.«

»So? Das ist allein deine Sache? Ich will dir mal was sagen, Bruderherz«, giftete sie ihn an, »du hast genau eine Woche Zeit, alles zu verticken. Einen Tag später stehe ich bei dir auf der Matte.«

Zornig drehte sie sich um und verließ die Wohnung.

In Gedanken versunken sah ihr Jean-Marie durchs Fenster nach. Er kannte Monique, wusste, dass sie es ernst meinte.

Auf der B45 brauste Monique in eine Radarfalle. Sie sah zwar den Blitzer, aber es war zu spät. »Sacrément! Verdammt!« fluchte sie laut.

***

Durch die Schüsse aufgeschreckte Passanten sahen den mit Vollgas flüchtenden silbernen BMW. Zwei Männer rannten zum Schmuckgeschäft, vor dem die niedergeschossene Frau lag. Ein dunkelhaariger Mann öffnete ihr Jacke und Bluse, riss sich das Hemd vom Leib, versuchte damit, den Blutfluss zu stoppen. Im Nu war das Hemd blutdurchtränkt. Er legte Mittel- und Zeigefinger an ihre Halsschlagader. »Gott sei Dank, sie lebt«, flüsterte er erleichtert, rief über Handy Rettungsdienst und Polizei.

Der andere Mann rannte ins Geschäft, sah den Inhaber über der Ladentheke hängen. »Mein Gott! Die haben ihn erschossen!«, schrie er fassungslos. Zitternd holte er sein Handy aus der Hosentasche, rief über Notruf ebenfalls Rettungsdienst und Polizei.

Schlagartig hatte sich eine Menschenmenge vor dem Schmuckgeschäft versammelt. Ein kleiner dürrer Mann schrie laut: »Die Frau kenne ich!« Er deutete auf die Niedergeschossene. »Das ist doch die Opernsängerin. Wie heißt sie gleich wieder?«

»Sie meinen die Roth, oder?« Eine ältere Dame mit grauem Haar starrte aufgeregt auf die am Boden Liegende.

»Genau! Die Roth. Carmen Roth. Das ist sie! Du meine Güte!«

Es dauerte keine zehn Minuten, da waren zwei Rettungswagen, sowie ein Streifenwagen vor Ort. Die Polizisten sicherten den Ort des Geschehens weiträumig mit einem rot-weißen Flatterband ab. Die junge Frau wurde sofort vom Notarzt stabilisiert.

Auf die Frage des Streifenpolizisten Heinz Diercks, wie schwer die Verletzung sei, antwortete einer der Sanitäter: »Sie hatte Glück im Unglück. In der Innentasche ihrer Jacke steckten ein Zigarettenetui und ein Portemonnaie. Beides wurde von dem Projektil durchschlagen. Der Schuss wurde etwas abgedämpft, das Projektil blieb im Körper stecken. Einen glatten Durchschuss hätte sie vielleicht nicht überlebt.«

Diercks verständigte über Funk die Regionale Kriminalinspektion Odenwald in Erbach. Er und sein Kollege waren nur bis zum Eintreffen der Kripo für die Sicherung am Tatort und die ersten Maßnahmen zuständig.

Kurze Zeit später waren zwei Ermittler der Kriminalpolizei am Tatort. Die beiden Kommissare gingen in das Geschäft. Mittlerweile waren auch der Erkennungsdienst sowie der Arzt Dr. Anton Klemm eingetroffen. Schnell hatten die Männer vom Erkennungsdienst die weißen Einweg-Overalls angezogen, begannen mit ihrer Arbeit. Die Markierung der Tatortspuren mit Plastikschildchen, die mit Ziffern gekennzeichnet waren, lief. Inzwischen war auch die Rechtsmedizinerin Dr. Katrin Friess vor Ort.

Nach erster Feststellung der Rechtsmedizinerin und der Experten des Erkennungsdienstes ließ das Projektil, das sie am Tatort in der Wand hinter der Theke steckend fanden, auf eine Waffe des Kalibers 9 mm Parabellum schließen.

Das Projektil, das die Opernsängerin Carmen Roth verletzt hatte, war von den Ärzten nach schneller Notoperation sofort an die Kriminalinspektion in Erbach weitergeleitet worden. Es war vom gleichen Kaliber und vermutlich aus der gleichen Waffe abgefeuert worden, wie der Erkennungsdienst feststellte. Jetzt galt es, herauszufinden, aus welcher Waffe die Schüsse abgegeben worden waren.

»Ein verdammt schwieriges Unterfangen. Erst mal die Waffe haben ...« Der Erste Kriminalhauptkommissar Josef Kersten, ein großer schlanker Mann mit Oberlippenbart und schmalen Koteletten, kräuselte die Stirn, nahm die Schirmmütze ab, strich sich über die schwarzen Haare.

»Genau! Aber wir werden alles tun, um die Verbrechen schnell aufzuklären«, versuchte Oberkommissar Hummel optimistisch zu sein.

»Ja schon, Hummel«, meinte Kersten nachdenklich. »Es wird nicht einfach sein.«

Er nannte seinen kleinen dicken Kollegen mit dem schütteren Haar und der runden Nickelbrille wie alle Mitarbeiter beim Nachnamen. Eine Angewohnheit. Niemand nahm es ihm übel.

Noch am Abend wurde die achtköpfige Sonderkommission Lambert unter der Leitung von Josef Kersten gegründet.

***

Jean-Marie packte den Schmuck in einen Metallkoffer, holte seinen Renault vom Parkplatz in der Jahnstraße, fuhr nach Michelstadt, dann in Richtung Englischer Garten, wo er den Koffer im Wald vergrub. Den würde hier niemand finden. Wenn Gras über die Sache gewachsen war, wollte er alles veräußern. Jean-Marie lachte in sich hinein. »Und das ohne Monique. Mir wird schon etwas einfallen.« Er war sich seiner Sache sicher, zündete sich eine Gauloise an, fuhr nach Hause.

Noch am gleichen Tag brachte er den BMW nach Hainstadt zu einem Bekannten, der eine Autowerkstätte betrieb. Der spritzte den Wagen um. Die Farbe war jetzt dunkelblau. Später fand der 525er in Obernburg auf einem Automarkt seinen Käufer.

***

Timo ballte vor Zorn die Fäuste. »Das kann ich Monique nicht verzeihen«, ärgerte er sich. »Sie hat mich benutzt, ebenso wie ihr blöder Halbbruder, dieser Drecksack.« Er musste sehen, dass er hier weg kam. Vor allen Dingen musste er nochmal zu Monique. Seine Sachen waren ja noch bei ihr.

Michelstadt

Timo fuhr mit dem Taxi zu Moniques Wohnung. Die Haustür stand offen. Er ging hoch, klingelte. Sie öffnete, sah ihn böse an: »Du? Was willst du denn noch 'ier? Verschwinde!«

»Was habe ich denn getan?«

»Du schießt auf Menschen!«

»Eines musst du mir glauben. Aus meiner Waffe ist kein Schuss …«, versuchte Timo ihr zu erklären.

»Erzähl mir nischt so einen Mist«, unterbrach ihn Monique. »Nimm deine Sachen, und lass disch 'ier nie wieder sehen, 'ast du verstanden? Mit Mörder will isch nischts tu tun 'aben!«

Timo packte, verließ wortlos Moniques Wohnung. Er eilte zum Bahnhof, setzte sich in den Zug, fuhr nach Darmstadt.

Erbach

Jean-Marie nahm die Drohung seiner Halbschwester ernst. Abends telefonierte er mit Robert Menze, einem Angestellten des Italieners Alberto Gerrini, Inhaber eines Juweliergeschäftes in Reinheim. Jean-Marie hatte Menze auf einer Party in Michelstadt kennengelernt. Er erklärte Menze, er habe hochwertigen Schmuck zum halben Preis zu verkaufen, was diesen aufhorchen ließ: »Jean-Marie, ich bin interessiert. Mein Chef sicher auch. Wo treffen wir uns?«

»Nischt unbedingt in Erbach oder Mischelstadt, das ist mir zu 'eiß.«

»Okay«, erwiderte Menze, »wo dann?«

»Isch komme nach Rein'eim. Demnächst. Isch melde misch noch mal.«

»Ich erwarte deinen Anruf.«

Darmstadt

Jetzt fiel Timo Achim Vanderbildt ein. Er hoffte, dass Achim ihm helfen konnte. Vielleicht hatte der eine Idee. Saublöd, dass er sich auf diese dumme Geschichte eingelassen hatte. Aber er würde daraus lernen. Das sollte ihm nicht mehr passieren. Er suchte die nächste Telefonzelle auf, rief Achim an, erzählte ihm alles. Der Trucker hörte geduldig zu, meinte: »Mein lieber Mann, das ging ja gründlich daneben. Sei froh, dass du mit heiler Haut davongekommen bist. Nach dir wird jetzt ganz sicher gefahndet. Du musst abhauen.«

»Ich weiß. Deshalb rufe ich dich ja an. Ich bin bereits in Darmstadt. Hilf mir! Bitte!«

Achim überlegte kurz: »Okay. Aber das mit Monique. Du schläfst mit meiner Freundin und sagst, Monique und ich wären nur Freunde? Wie kommst du darauf?«

»Stopp, Achim«, unterbrach ihn Timo, »so hat Monique es mir erzählt.«

»Wie, Monique hat es dir so erzählt?« Dann dämmerte es ihm. »Jetzt versteh' ich. Dieses Luder!«

»Achim, das tut mir jetzt echt leid.«

»Das muss dir nicht leid tun.« Der Trucker hatte sich wieder gefasst. »Du kannst nichts dafür. Pass auf«, entschied er kurzentschlossen, »ich komme nach Darmstadt. Dann sehen wir weiter.«

»Das wäre super. Wann kannst du kommen?«

»Vielleicht schon morgen. Solange müsstest du noch dort bleiben.«

»Ein bisschen Geld habe ich noch. Für eine Übernachtung wird es reichen.«

»Schön. Dann geh ins Hotel *Ibis*. Da war ich schon öfter. Ruf' mich in einer Stunde noch mal an. Dann kann ich dir sagen, ob es morgen klappt.«

»Gut, ich melde mich. Bis dann.«

Timo ging in die Bar gegenüber der Telefonzelle, setzte sich an den Tresen, bestellte Kaffee. Eine Stunde später teilte Achim ihm mit, dass er am nächsten Tag um 12 Uhr in Darmstadt sein konnte.

Timo ging zu Fuß zum Hotel, checkte ein. Mittlerweile war es 22 Uhr. Er legte sich ins Bett. Unruhig, mit knurrendem Magen schlief er ein.

Dienstag, 26. Juli

Um 9.30 Uhr wurde Timo von der Morgensonne geweckt. Er gähnte, streckte sich, fühlte sich trotz des vorherigen Tages gut ausgeschlafen. Aber er hatte ein ungutes Gefühl. Die Angst saß ihm im Nacken.

Nach dem Frühstück ging er wieder in sein Zimmer. Er war sehr aufgeregt, legte sich aufs Bett und schlief, obwohl er sehr nervös war, ein.

Als er erwachte, schaute er auf seine Armbanduhr. 13.30 Uhr. Timo erschrak, stieg aus dem Bett, ging unruhig auf und ab, nahm den Telefonhörer, wählte Achims Handynummer. Das Handy war ausgeschaltet.

Er versuchte, sich zu beruhigen, setzte sich auf einen Stuhl, legte die Füße auf den Tisch, blätterte im *Darmstädter Echo*, das er aus dem Frühstücksraum mitgenommen hatte.

Endlich, um 14.10 Uhr klingelte das Telefon. Er nahm den Hörer ab: »Hallo!«

»Hi Timo, hier ist Achim.«

»Hallo, Achim, ich warte schon seit zwölf Uhr. Wo bleibst du? Und überhaupt, wo bist du?«

»Ich bin im Foyer. Komm runter, dann reden wir weiter.«

»Bin sofort da.« Timo legte den Hörer zurück, ging hinunter.

Achim hatte auf einem der Stoffsessel Platz genommen. Als er ihn kommen sah, erhob er sich, ging auf ihn zu. Sie begrüßten sich mit festem Handschlag.

»Schön, dass du hier bist, Achim. Ich weiß wieder mal nicht, wie es weitergehen soll.«

»Ich weiß es auch noch nicht, aber wir werden eine Lösung finden. Ich habe gerade eingecheckt.« Achim sah Timo seltsam an.

»Was ist mit dir? Stimmt etwas nicht?«, fragte Timo. Dann fiel ihm Monique ein. »Warst du bei Monique?«

»Also, erstens ist alles okay, zweitens war ich nicht bei Monique.«

»Aber warum nicht? Ich dachte, du wolltest alles klären.«

»Ach, weißt du, ich habe mir das überlegt. Ich geh' nicht mehr zu ihr. Sie hat mich belogen und betrogen, genau wie dich auch. Wir sollten sie einfach abhaken. Sie ist es nicht wert, dass wir uns Gedanken um sie machen.« Achim schüttelte den Kopf.

»Ja, da hast du wohl recht.« Timo strich sich mit Daumen und Zeigefinger übers Kinn. »Was machen wir jetzt?«

»Lass uns einen Kaffee trinken.«

Sie gingen an die Bar. Bei einem Kaffee besprachen sie, wie es weitergehen sollte.

»Hast du Urlaub?«, erkundigte sich Timo.

»Ja, zwei Wochen. Im Moment ist es bei uns mit der Arbeit nicht so dicke. Da war es meinem Chef gerade recht, dass ich Urlaub mache. Was hast du für Pläne?«

»Vielleicht nach Spanien. Andalusien. Jerez, Cádiz oder so ...«

»Einverstanden. Soll eine sehr schöne Gegend sein.«

Nach kurzer Pause meinte Achim: »Los Timo, geh packen. Wir fahren in einer halben Stunde. Ich checke wieder aus.«

Timo eilte in sein Zimmer, packte seinen Rucksack, war wenige Minuten später wieder unten. Achim hatte inzwischen an der Bar bezahlt und wartete vor der Rezeption, wo er den Portier bat, seine Buchung zu stornieren, er habe es sich anders überlegt.

Timo beglich seine Rechnung. Sie gingen hinunter in die Tiefgarage, wo Achims metallicblauer VW Passat stand.

»So«, Achim setzte sich auf den Fahrersitz, »ich schlage vor, wir nehmen uns erstmal die Strecke nach Südfrankreich vor. Dort bleiben wir über Nacht. Morgen geht's weiter nach Benicasim in Spanien. Dort war ich mit Monique vor zwei Jahren im Hotel *Splendid*.« Er seufzte.

Timo nahm auf den Beifahrersitz Platz. Er fühlte sich schuldig, senkte den Blick.

Achim nahm einen Europa-Atlas zur Hand, den er vorsorglich auf den Rücksitz gelegt hatte, schlug ihn auf, schaute sich die Route an. »Eventuell können wir in Benicasim im *Splendid* übernachten. Von dort sind es schätzungsweise zehn bis elf Stunden nach Jerez de la Frontera. Jerez erwähntest du doch vorhin.«

»Ja, Jerez oder Cádiz.«

Achim legte den Atlas zurück, startete den Wagen, fuhr aus der Tiefgarage in die Kasinostraße, dann über die Rheinstraße zur Autobahn, wo es auf der A5 weiter ging in Richtung Süden. Zwischen Zwingenberg und Bensheim hatte sich ein Stau gebildet, der sich nach zwanzig Minuten auflöste. Ein Kleinlaster hatte eine Panne.

Drei Stunden später passierten sie die deutsch-französische Grenze bei Mühlhausen, waren wenige Stunden später in Lyon. Langsam senkte sich die Dunkelheit über Südfrankreich.

Sie überquerten mehrmals die Rhône, übernachteten in Montélimar im Hotel *La Couronne*.

Nach dem Frühstück fuhren sie weiter. Die wunderschöne südfranzösische Landschaft zog an ihnen vorüber. Bald darauf waren sie am Autobahndreieck Orange. Hier gabelte sich die Autoroute, sie blieben auf der rechten Spur, folgten dem Hinweisschild Espagne. Nach etwa einer Stunde erreichten sie das Mittelmeer, kamen vorbei an südfranzösischen Städten wie Montpellier, Narbonne, Béziers, schließlich Perpignan. Jetzt war es nicht mehr weit zur französisch-spanischen Grenze La Jonquera in den Pyrenäen. Nach einer Zigarettenpause an der Grenze setzten sie ihren Weg fort.

Achim schaute auf die Uhr im Passat. Noch knapp vier Stunden, dann hatten sie es für heute geschafft.

HÖCHST/ERBACH

Am gleichen Tag hatten die Beamten der Regionalen Kriminalinspektion Odenwald um Hauptkommissar Josef Kersten und Oberkommissar Felix Hummel einen Erfolg zu verzeichnen. Durch Zufall wurde Jean-Marie Leclerc um 14.40 Uhr bei einem Einbruch in ein Pelzgeschäft in Michelstadt erwischt. Das Geschäft war wegen der Mittagspause geschlossen. Ein Mitarbeiter, der auf dem Weg in den Aufenthaltsraum war, hatte Jean-Marie beobachtet. Er informierte die Leitstelle des Kommissariats, worauf zwei Beamte sofort reagierten, hinfuhren und Jean-Marie festnahmen. In der Innentasche seiner schwarzen Lederjacke steckte eine Ruger SR9. Die Waffe wurde sofort zur kriminaltechnischen Untersuchung gebracht und dort begutachtet. Die Ruger war der gleiche Typ wie die Pistole, mit der der Juwelier Hubertus Lambert erschossen und die junge Frau vor dem Geschäft angeschossen worden waren, so die Ballistiker.

»Meinst du, Josef, dass der den Juwelier überfallen hat?« Hummel fasste sich an die spitze Nase. »Könnte sein, oder?«

»Ja, vielleicht.« Kersten war unsicher.

Nachdem Jean-Marie beim Erkennungsdienst Fingerabdrücke und Speichelprobe entnommen waren, wurde er von zwei Beamten ins Büro der Kommissare Kersten und Hummel gebracht.

Bei der Vernehmung versuchte Jean-Marie, den Überfall auf das Schmuckgeschäft auf Timo Hausmann zu schieben. Der sei wahrscheinlich abgehauen, erklärte er den Polizisten. Auf die Frage, wo er an diesem Nachmittag gewesen sei, antwortete Jean-Marie: »Isch ’abe bis in den Mittag ’inein geschlafen.«

»Gibt’s dafür Zeugen?«, fragte Kersten.

»Isch lebe alleine.«

Kersten starrte ihn an: »Und am Nachmittag? Was haben Sie am Nachmittag gemacht?«

»Isch bin an der Mümling spazieren gegangen.«

»Haben Sie dort jemanden getroffen, der Sie kennt?«

»No«, antwortete Leclerc knapp.

»Also kein Alibi. Wie kommen Sie darauf, dass der junge Mann das Schmuckgeschäft überfallen hat?«

»Isch 'abe zufällisch, als isch Monique besuchte und 'ausmann bei ihr war, mitge'ört, wie er leise zu ihr sagte: Am Montag überfallen wir das Schmuckgeschäft. Es könnte sein, dass er sisch noch bei meiner 'albschwester aufhält. Bei ihr wohnt er seit einigen Tagen.«

Nachdem er Moniques Adresse genannt hatte, wurde er dem Untersuchungsrichter vorgeführt. Richter Georg Pflug fackelte nicht lange, ließ ihn vorläufig in Untersuchungshaft nehmen. Jean-Marie wurde in die Justizvollzugsanstalt nach Weiterstadt überstellt.

Michelstadt

Kersten und Hummel fuhren in die Bahnhofstraße nach Michelstadt. Sie hofften, Timo Hausmann dort anzutreffen. Kersten drückte die Klingel an der Eingangstür des Mehrfamilienhauses. Niemand öffnete.

Nach mehreren erfolglosen Versuchen drückte er die Klingel daneben. Auch hier öffnete niemand. Kersten stieß einen Seufzer aus: »Das gibt es doch nicht!« Er drückte eine dritte Klingel.

Durch die Sprechanlage ertönte eine kratzige Stimme: »Wer ist da?«

»Endlich«, meinte er leise zu Hummel. Dann rief er: »Polizei! Bitte öffnen Sie!«

»Können Sie sich ausweisen?« Die Stimme war nun sehr dünn, klang ängstlich.

»Keine Sorge, können wir.«

Der Türsummer ertönte, Kersten stieß die Tür auf, sie betraten das Treppenhaus, gingen die Treppe hoch. Vor einer Wohnungstür stand schwankend ein dicker Mann um die fünfzig mit wirren, langen, angegrauten Haaren und ungepflegtem Bart. Die schmutzige Jeans war ihm unter den Bauch gerutscht, das schmuddelige Hemd hing wie ein Ballon über den Hosenbund.

Die Beamten zeigten ihm ihre Dienstausweise.

»Was wollt ihr von mir?«, krächzte der Dicke, »ich habe nichts verbrochen. Führerschein habe ich nicht mehr.« Er hob die Hände. »Den habt ihr ja schon.«

»Wir wollen eigentlich nicht zu Ihnen«, klärte Kersten den Mann auf. »Wir wollen zu Monique Colombin. Haben Sie eine Ahnung, wo sie sein könnte?«

»Aha, zu der Französin wollt ihr.« Der Dicke sah die Polizisten an. »Die wohnt gleich nebenan.« Er hustete, zeigte auf die Wohnung zwei Türen weiter.

»Das wissen wir. Sie öffnet nicht.«

»Aber sie müsste zuhause sein. Ihr Auto steht unten.« Der Mann drehte sich um, ging zurück in seine Wohnung. »Ja, ja, die Monique. Hübsches Ding!« Dann fiel die Tür hinter ihm ins Schloss. Die Beamten sahen sich kopfschüttelnd an.

Hummel klopfte an die Wohnungstür von Monique Colombin. Wieder öffnete niemand. Aus der Wohnung vernahmen sie ein Krächzen. Es hörte sich traurig an. »Ein Papagei?« Er klopfte noch einige Male. »Sollen wir die Tür aufbrechen?«

»Ja. Lass es uns probieren.« Kersten schürzte die Lippen.

Sie stemmten sich gegen die Tür. Nach dem dritten Versuch sprang sie auf, die Kommissare betraten die Wohnung. Sie gingen über den kleinen Flur, kamen ins Wohnzimmer. Kein Mensch war da. Auch kein Papagei. Stattdessen flatterte ein Beo aufgeregt in seiner Voliere umher. Sein Krächzen war zu einem erregten Kreischen geworden.

Im Schlafzimmer war die Bettdecke zurückgeschlagen, ein schwarzes Negligé lag auf dem verrutschten hellblauen Laken. Der Schrank stand offen. Verschiedene Jeans und Kleider, kurze, lange, hingen sortiert darin. Auffällig waren kurze rote Röcke.

Hummel räusperte sich: »Mhmm.«

»Was soll das heißen, Hummel, mhmm?«

»Ach, nur so.«

Kersten schaute ihn irritiert an. »Weiter. Jetzt gibt es nur noch das Bad.«

Felix Hummels Gesicht verfinsterte sich. Er ahnte Schlimmes.

Benicasim, Spanien

Achim parkte den Passat am Hotel *Splendid* in Benicasim, einem Badeort an der Costa del Azahar.

Er weckte Timo. Der erschrak. »Wo bin ich?«

»Du bist in Benicasim.« Achim grinste.

Timo rieb sich die Augen, gähnte.

Achim stieg aus, zündete sich eine Zigarette an. Timo griff hinter sich, nahm seinen Rucksack vom Rücksitz, stieg auch aus. Achim holte seinen Trolley aus dem Kofferraum. Sie gingen vorbei an der Terrasse zur Rezeption des *Splendid*, wo sie durch einen Zufall – zwei Ehepaare hatten kurzfristig abgesagt – die letzten beiden Zimmer belegen konnten.

Nachdem sie ihre Zimmer im Parterre bezogen hatten, trafen sie sich in der Hotelhalle. Touristen aller Herren Länder liefen kreuz und quer durch die Halle, steuerten die Terrasse oder die Bar an.

Michelstadt

Kersten öffnete vorsichtig die Badezimmertür, prallte zurück. Feuchte Luft schlug ihm entgegen. Das Fenster war geschlossen, die Scheiben angelaufen. Im Badezimmer sah es wüst aus. Der Duschvorhang war abgerissen. Der Spiegel des Schrankes zerbrochen. Glassplitter sowie der gesamte Inhalt des Schrankes waren im Waschbecken und im ganzen Raum verteilt. Der Handtuchhalter hing nur noch an einer Schraube an der Wand, Handtücher lagen auf dem nassen, hell gefliesten Fußboden.

»Mein Gott!« Kersten wandte sich entsetzt ab.

»Was ist, Josef?«

»Sieh es dir an.« Kersten schüttelte den Kopf.

Hummel ging an ihm vorbei ins Bad. »Unfassbar!«, entfuhr es ihm, »unfassbar!« Er drehte sich ab.

Benicasim, Spanien

Das *Splendid* lag in unmittelbarer Nähe der Innenstadt. Achim und Timo beschlossen, im nächst gelegenen Restaurant zu essen. Timo gähnte erneut.

»Du bist ja ganz schön platt. Wer von uns beiden ist denn gefahren? Du oder ich?« Achim lachte.

Sie fanden Platz an einem Tisch im *Restaurante Real* in der Avenida Castellon, wo sie Tapas und Forlán Crianza, einen Rotwein aus dem Gebiet Rioja bestellten.

Nach dem Essen spazierten sie zurück ins Hotel, tranken an der Bar noch zwei Bier, dann gingen sie in ihre Zimmer.

Michelstadt

Monique Colombin lag mit starren, weit aufgerissenen Augen und geöffnetem Mund vor der Duschkabine. Sie war nackt. Offensichtlich hatte sie geduscht und war überrascht worden. Ihr Körper war zusammengekrümmt. Die Finger beider Hände waren verkrampft.

»Es muss ein heftiger Kampf gewesen sein.« Hummel holte tief Luft, blies sie langsam wieder aus. Er schürzte die Lippen. »Aber keine Blutspuren. Eigenartig!«

Kersten erkannte rote Striemen an Moniques Hals. So wie es aussah, war sie mit einer dünnen Schnur erdrosselt worden.

»Wer macht so etwas, Josef? Wer?«

»Es ist unsere Aufgabe, das herauszufinden.«

Der schnell herbeigerufene Erkennungsdienst mit dem Ersten Kriminalhauptkommissar Peter Rothman, sowie Dr. Anton Klemm und Dr. Katrin Friess führten ihre Arbeit routiniert durch. Friess wunderte sich: »Schon wieder Odenwald.«

Monique wurde ins Rechtsmedizinische Institut nach Frankfurt gebracht. Rothman nahm die Voliere und den Beo mit: »Vielleicht finden wir Spuren.«

Kersten wollte wissen, wann der Tod des Opfers eingetreten sei. »Ungefähr.« Er wusste, das Klemm noch nichts Genaues sagen konnte.

Klemm wiegte den Kopf: »Ich schätze zwischen zehn und zwölf Uhr. Einen genauen Bericht erhalten Sie aus Frankfurt.«

Kersten und Hummel klingelten anschließend an der Wohnungstür nebenan. Offensichtlich war immer noch niemand da. Als sie wieder an der Tür des Dicken klingelten, öffnete auch er nicht.

Sie gingen die Treppe hinunter ins Erdgeschoss. Eine kleine, alte Frau mit weißen Haaren und gekrümmtem Rücken wässerte die Blumen im Flur, die in Plastiktöpfen an den beiden Fenstern standen.

Die Frage, ob sie etwas gehört habe oder ob ihr sonst etwas aufgefallen sei, verneinte sie.

»Kennen Sie einen dicken Herren, der oben wohnt?« Hummel kratzte sich hinterm Ohr.

»Oh ja, Herr Wecklebach, wer kennt den hier nicht?« Sie drehte sich langsam um. »Vor wenigen Minuten hat er das Haus verlassen. Mir kam es vor, als schwanke er. Sicher war er wieder betrunken.«

»Ach ja? Wo er hin ging, sagte er nicht?« Kersten sah zum Fenster hinaus.

»Nein. Es geht mich ja auch nichts an«, antwortete die Frau.

»Ist er öfters betrunken?«, erkundigte sich Kersten.

»Eigentlich immer.« Die weißhaarige Frau wandte sich wieder den Blumen zu. »Ich habe ihn noch selten nüchtern gesehen.«

»Aha! Wie war doch Ihr Name?«

»Anna Kaiser.«

Kersten bedankte sich. Sie klingelten an der Tür gegenüber. Niemand öffnete.

»Die ist oft nicht da«, bemerkte Frau Kaiser.

»Ach so.« Kersten fragte freundlich: »Wo könnte sie denn sein?«

Die alte Frau schaute ihn schräg von unten herauf an: »Keine Ahnung.« Behäbig schlurfte Sie zurück in ihre Wohnung, schloss die Tür.

Kersten sagte leise zu Hummel: »Wecklebach muss gerade weggegangen sein, als wir bei der Colombin in der Wohnung waren.«

»Der hat nicht gemerkt, was passiert ist, wenn er betrunken war«, antwortete Hummel.

Die dritte Wohnung war nicht bewohnt.

Am späten Abend Uhr fuhren Kersten und Hummel zur JVA nach Weiterstadt, nahmen sich noch mal Jean-Marie Leclerc vor.

Jean-Marie wirkte entsetzt über die Nachricht, dass seine Halbschwester ermordet worden war. Sie ließen ihn zurück in die Zelle bringen.

Inzwischen rief der Leiter des Erkennungsdienstes Peter Rothman Kersten auf dem Handy an: »Hör zu, Josef, wir haben verschiedenen Haare im Bad der Ermordeten gefunden und analysiert. Schwarze, rote und blonde. Auch hatte sie Faserspuren unter den Fingernägeln. Wenn ihr jemanden in Verdacht habt, ist es kein Problem, eine DNA-Analyse zu beantragen. Der zuständige Untersuchungsrichter hat mir schon mündlich die Genehmigung erteilt. Ich habe den Antrag vorbereitet – es kann sofort starten.«

»Alles klar, Rothman, wir melden uns. Danke. Ach, Rothman, noch was. Was ist mit dem Vogel?«

»Ach so! Bei dem haben wir nichts gefunden. Auch an der Voliere gab es keine Spuren. Nicht einmal Fingerabdrücke. Offensichtlich ist sie kürzlich gereinigt worden. Aber was geschieht mit dem Vogel? Ich kann ihn nicht behalten.«

»Kann er sprechen?«, fragte Kersten, »ein Beo kann das normalerweise, oder?«

»Glaub' schon. Aber bisher hat er keinen Ton gesagt. Er hat nur gekrächzt und manchmal kreischt er.«

»Hummel soll ihn nehmen. Vielleicht erzählt ihm der Beo etwas, wenn er den Schock überwunden hat. Vielleicht kann der Vogel uns nützlich sein.«

Kersten legte auf, wandte sich an seinen Kollegen: »Hummel, du könntest doch den Beo von der Colombin nehmen. Bei dir wäre er in guten Händen. Sieh mal, ich ...«

»Ich weiß, du hast keine Zeit für ihn ... und Paula auch nicht. Hör doch auf! Ich nehme den armen Kerl. Er tut mir leid.«

»Gut. Wenn wir zurück im Kommissariat sind, holst du ihn bei Rothman ab.«

Eine halbe Stunde später ließen sie Jean-Marie erneut zu sich kommen. Sie setzten sich an den Tisch.

Jean-Marie erklärte, dass er mit dem Tod von Monique nicht das Geringste zu tun habe. Auch hierfür machte er Timo Hausmann verantwortlich. »Er wohnt bei ihr und 'at auf jeden Fall ein Motiv.«

»Okay, er wohnt oder wohnte bei ihr. Das sagten Sie bereits. Aber wie sieht dieses Motiv aus?« fragte Kersten.

»Sie interessierte sisch nischt mehr für ihn.« Jean-

Marie holte eine Gauloise aus der Hemdentasche, wollte sie anzünden.

»Hier wird nicht geraucht«, fuhr der Hauptkommissar ihn an.

Jean-Marie kratzte sich am Kopf, steckte das Feuerzeug weg, behielt die Zigarette im Mund. »Isch weiß, dass er verrückt nach Monique war. Isch weiß auch, dass sie sisch ihm öfters entzogen 'at.«

»Ach ja? Und woher wissen Sie das?«

»Ganz einfach, sie 'at es mir gesagt.«

»In welchem Zusammenhang?« Kersten zog die Augenbrauen hoch.

»Einfach so.« Jean-Marie neigte den Kopf, verzog den Mund. »Aus einer Laune 'eraus.«

»Aus einer Laune heraus ... Mhmmm!« Kersten stand auf, ging zum Fenster, öffnete es.

Er drehte sich um. »Ach, Herr Leclerc, woher kommt denn dieser, wie heißt er noch?« Er fasste sich mit der flachen Hand an die Stirn.

Hummel hob den Zeigefinger. »Hausmann! Timo Hausmann!«

»Danke, Hummel. Du kannst dir Namen merken? Seit wann denn das?« Er sah ihn erstaunt an.

Kersten hob den Kopf. »Also, Herr Leclerc. Woher kommt dieser Timo Hausmann?«

»Weiß isch nischt. Er 'at es vielleischt mal erwähnt, aber isch kann misch nischt erinnern.«

»Das ist aber sehr schade, wirklich. Sehr schade!« Kersten grinste. »Und noch was, Herr Leclerc.«

»Was denn noch?«

»Ich bitte um ein paar Haare von Ihnen. Kleine Routinesache. Nicht weltbewegend. Es geht nur um Ihre DNA. Ist für Sie kein Problem, oder? Sie haben ja mit dem Mord an Monique Colombin nichts zu tun.«

»Genau, 'err Kommissar.« Er stockte. »Aber sie 'aben doch schon ...«

»Ja, ja«, unterbrach ihn Kersten, zog Einweghandschuhe an, nahm eine kleine sterile Schere aus der Tasche, schnitt ihm ein Büschel Haare ab, die er in einen Spurenbeutel verpackte.

Dann ließen sie Jean-Marie wieder abführen und fuhren zurück ins Kommissariat. Unterwegs fragte Hummel seinen Chef: »Wieso noch die Haare, Josef? Wir haben doch schon eine Speichelprobe. Wegen der DNA, meine ich.«

»Sicher ist sicher, Hummel. Außerdem wollte ich sehen, wie er reagiert.«

»Wie ... wie er reagiert?«

Kersten sah seinen Kollegen ausdruckslos an.

»Mhm.« Hummel lehnte sich zurück, schaute in sich gekehrt aus dem Fenster.

Im Kommissariat angekommen, übergab Hummel den Spurenbeutel an Peter Rothman.

***

Die Rechtsmedizinerin Dr. Katrin Friess teilte Kersten telefonisch mit, dass Monique Colombin zwischen 12 und 13 Uhr erdrosselt worden war. »Ich werde Ihnen sofort per E-Mail meinen Bericht zukommen lassen.«

Kersten bedankte sich, legte auf, ging in Gedanken versunken ein paar Schritte auf und ab, setzte sich dann an seinen PC, fuhr ihn hoch. Der Bericht war bereits auf dem Rechner. Darin stand: Monique Colombin wurde nicht vergewaltigt. Der Ringfinger an der rechten Hand und der Mittelfinger, sowie der Daumen an der linken Hand waren gebrochen. Ihre Fingernägel waren allesamt blutunterlaufen. Sie wurde mit einer dünnen Schnur erdrosselt. Auffällig war, dass die Schlinge mehrere Male zugezogen wurde. Das bewiesen die Einschnitte an ihrem Hals.

Ihre gebrochenen Finger und die blutunterlaufenen Fingernägel, sowie die verkrampfte Haltung wiesen darauf hin, dass sie mit aller Kraft um ihr Leben gekämpft hatte. Der Täter hatte Handschuhe benutzt. Außer ein paar Faserspuren, vermutlich von einem gelben Pullover und einer hellblauen Jeans, gibt es keine brauchbaren Spuren an Monique Colombins Leiche.

»Also Hummel, du hast richtig vermutet. Du wirst ja immer besser.« Er klopfte seinem Kollegen auf die Schultern. »Es hat ein Kampf stattgefunden«, fuhr Kersten fort, »und das nicht zu knapp. Morgen werden wir Leclerc durch den Wolf drehen. Lass uns jetzt nach Hause fahren. Es ist spät.«

»Ja. Den Vogel hole ich morgen ab«, entgegnete Hummel.

Sie gingen die Treppe hinunter auf den Parkplatz, fuhren heim.

Mittwoch, 27. Juli
Benicasim, Spanien

Um 9 Uhr trafen sich Achim und Timo im Frühstücksraum. Dann holten sie ihr Gepäck, Achim bezahlte die Rechnung. Timo bedankte sich: »Ich werde es dir eines Tages zurückgeben. Versprochen.«

»Ach, das ist nicht so wichtig. Mach dir darüber keine Sorgen.«

Sie gingen zum Wagen, stiegen ein. Achim drehte sich Timo zu. »So, jetzt ab nach Jerez!«

»Ja. Vielleicht habe ich da mehr Glück als in Michelstadt.«

Sie fuhren bei sonnigem Wetter auf der Autopista die spanische Küste entlang. Den Mittelstreifen zierten üppige Blumen. Der Duft nach Mittelmeer lag in der Luft.

Es war 14.30 Uhr und sehr heiß. Bei Alicante legten sie an einer Raststätte eine Pause ein, tranken Café con leche, aßen Bocadillos de chorizo. Achim rauchte eine Zigarette, weiter ging's.

Timo fielen die Augen zu.

Jerez de la Frontera, Spanien

Um 21.15 Uhr waren sie am Stadtrand von Jerez de la Frontera. Timo erwachte, blinzelte, schaute aus dem Fenster.

Im Zentrum von Jerez buchten sie Zimmer im Hotel *Campo Alto* in der Calle Medina. Nach dem Abendessen im *Restaurante Meson El Pueblo* meinte Achim: »Lass uns schlafen gehen. Es war ein langer Tag.«

Sie standen auf, schlenderten zurück zum *Campo Alto*, tranken dort in der Bar jeder noch einen Fundador, gingen dann hoch in ihre Zimmer.

»Wir treffen uns morgen früh um neun Uhr. Gute Nacht, Timo.«

»Gut' Nacht.«

Erbach

Um 7.45 Uhr saß Kersten an seinem Schreibtisch. Hummel holte den Beo bei Rothman ab, brachte ihn nach Hause.

Unterwegs kaufte er in einem Zoogeschäft Vogelfutter. Er stellte die Voliere auf dem Küchentisch ab. Der Beo protestierte kreischend.

»Keine Zeit jetzt!« Hummel klopfte sachte auf die Voliere.

»Warte, bis ich heute Abend heimkomme, dann können wir uns unterhalten. Da ich deinen Namen nicht kenne, werde ich dich Victor nennen. Bist du einverstanden?« Der Beo zeigte keine Regung, beäugte ihn argwöhnisch. Nachdem Hummel ihn gefüttert hatte, kehrte er zurück ins Kommissariat.

Die DNA-Auswertung des Erkennungsdienstes hatte ergeben, dass fünf der unter der Leiche von Monique Colombin gefundenen Haare eindeutig Jean-Marie Leclerc zugeordnet werden konnten.

»Also doch. Heute knacken wir Leclerc!« Kersten war fest entschlossen, stand auf, ging zur Kaffeemaschine, die fauchend und dampfend auf einem Beistelltisch stand, goss zwei Tassen Kaffee ein, stellte seinem Kollegen eine hin, warf drei Würfel Zucker in seinen Kaffee, setzte sich wieder, trank vorsichtig einen Schluck des dampfenden Getränks.

»Hummel, ich glaube, wir brauchen eine neue Kaffeemaschine«, meinte er beiläufig«, die macht's nicht mehr lange.«

»Mhm.« Hummel nippte an seinem Kaffee, verzog das Gesicht. »Stimmt! Die Brühe wird immer schlechter. Gallenbitter!« Er nahm gleich vier Stücke Zucker, rührte vorsichtig mit einem Plastiklöffel um, trank erneut. »Schon besser.«

»Das ist die Hauptsache«, zwinkerte sein Vorgesetzter ihm zu, zündete sich ungeachtet des Rauchverbotes einen Zigarillo an, blies den bläulichen Qualm in Richtung seines Kollegen.

»Ja, ja.« Hummel wedelte mit der rechten Hand den Rauch vor seinem Gesicht weg, wischte sich mit dem Handrücken über den Mund. Er hustete.

Hummel war im Odenwald geboren. In Höchst, einem 9.000-Seelen-Städtchen, etwa 30 Kilometer südöstlich von Darmstadt gelegen. Seine Mutter war zwei Monate nach seiner Geburt mit ihrem Liebhaber verschwunden. Er hatte sie nie kennen gelernt. Sein Vater war Bildhauer, was er eigentlich auch hatte werden wollen. Jedoch stellte sich schnell heraus, dass er dafür kein Talent hatte. Er absolvierte eine Ausbildung bei der Polizeiakademie Hessen in Wiesbaden, erreichte den Titel des Oberkommissars. Auch hier lief ihm der Erfolg nicht unbedingt hinterher.

»So, Josef, wir können fahren.«

Auf dem Weg in die Haftanstalt, in der Jean-Marie einsaß, fiel Hummel ein, dass er die Kaffeemaschine nicht ausgeschaltet hatte.

»Hoffentlich fliegt die nicht in die Luft«, brummelte er leise.

Kersten schaute ihn an: »Was hast du gesagt?«

»Ach, nicht so wichtig.«

Weiterstadt

In der JVA angekommen, ließen sie Jean-Marie in einen für Verhöre vorgesehenen Raum bringen.

»Na, Leclerc, gut geschlafen? Nehmen Sie Platz«, begann Kersten und wies auf einen Stuhl vor dem Tisch. Hummel lehnte mit verschränkten Armen an der Wand.

»Für Sie immer noch Monsieur Leclerc«, entgegnete Jean-Marie mürrisch während er sich setzte. »Worum geht's?«

Hummel wurde wütend: »Was erlauben Sie ...«

»Stopp, Hummel.« Kersten hob die Hand, flüsterte ihm zu: »Lass dich von dem nicht provozieren. Wir kriegen ihn schon. Lass mich nur machen.«

Hummel schwieg, biss sich auf die Unterlippe. Jean-Marie blickte starr geradeaus. Kersten blieb ruhig, starrte Leclerc ins Gesicht, was diesen nun doch verunsicherte. Er ließ Jean-Marie einige Minuten schmoren. Plötzlich stellte er die knappe Frage: »War ihre Halbschwester bei dem Überfall dabei?«

»Bei welschem Überfall? Sie sprechen in Rätseln.«

»Leclerc, wo waren Sie am 25. Juli?«

»Immer noch Monsieur Leclerc!«

»Monsieur Leclerc, wo waren Sie am 25. Juli?« Kersten blieb gelassen, legte die Arme auf den Schreibtisch, spielte mit seinem Kugelschreiber.

»Schon besser. Was war das für ein Tag, Kommissar?« Jean-Marie gab sich nun freundlich.

»Es war ein Montag. Um genau zu sein, es war der vergangene Montag, Monsieur Leclerc. Vorgestern.« Kersten legte den Kugelschreiber aus der Hand.

»Zum Teufel mit den Höflichkeiten.« Hummel stellte sich vor Jean-Marie, bellte ihn an: »Wo warst du am Montag, den 25. Juli? Antworte!«

»Pfeifen Sie Ihren Kollegen zurück, 'err Kommissar. Außerdem möschte isch meinen Anwalt spreschen.«

»Später, Monsieur Leclerc, jetzt ermitteln wir, und da Sie nicht sehr kooperativ sind, hat das noch Zeit. Immerhin sitzen Sie in Untersuchungshaft.« Er hob den Kopf: »Oder, Hummel?«

»Genau!«

Kersten gab seinem Kollegen ein Handzeichen, dass er sich zurücknehmen sollte und sah Jean-Marie scharf an. »Sie können selbstverständlich Ihren Anwalt sprechen. Aber erst, wenn ich es will.«

»Aber mir steht ein Anw…« Jean-Marie war nun deutlich leiser. Umso lauter wurde jetzt der Hauptkommissar. Er haute mit der Faust auf den Tisch, donnerte: »Ich habe gesagt, erst wenn ich es will!« Er sah Leclerc böse an. »Und außerdem, was war am 26. Juli? Wann waren Sie bei Monique Colombin?« Er wartete ein paar Sekunden. »Wenn ich nicht bald eine vernünftige Antwort von Ihnen bekomme, Leclerc, kann ich für nichts mehr garantieren.« Er legte abermals eine kurze Pause ein, sah Leclerc an.

Jean-Marie schwieg. Seine Stirn wurde feucht. Nach erneuter Pause setzte Kersten, nun wieder ruhiger, hinzu: »Von Ihren Haaren wurden welche unter der Leiche von Monique gefunden.«

»Das kann nischt sein!«, ereiferte sich Jean-Marie, sprang auf.

»Wissen Sie, was das für Sie bedeutet?«, fuhr Kersten fort. »Das bedeutet, Sie stehen unter Mordverdacht. In mindestens zwei Fällen.« Er schaute ihn an. »Haben Sie dazu etwas zu sagen?«

Jean-Marie setzte sich wieder, senkte den Kopf, ließ die Frage unbeantwortet. Dann sah er auf. »Isch sage keinen Ton mehr. Entweder isch kann sofort meinen Anwalt anrufen, oder ihr kriegt von mir nischts mehr zu 'ören.«

»Gib ihm das Ding, Hummel.« Kersten zeigte genervt auf das Telefon. Angewidert gab Hummel Jean-Marie den Hörer. Dieser rief das Büro seines Anwaltes an.

Fünfzig Minuten später kam ein schlanker, kahlköpfiger Mann mit einer abgewetzten Aktentasche in die Vollzugsanstalt von Weiterstadt. Er betrat das Verhörzimmer, stellte sich als Dr. Herbert Kress von der Anwaltskanzlei Kress & Beller in Erbach vor. Kress setzte sich an den Tisch, legte die Aktentasche auf seinen Schoß, hielt sie mit einer Hand fest.

Nach halbstündiger Verhandlung musste er unverrichteter Dinge wieder gehen. Er konnte seinem Mandanten im Moment nicht helfen, empfahl ihm, nichts mehr zu sagen.

Kersten rief einen Beamten, ließ Jean-Marie wieder abführen. Wütend blickte Hummel ihm nach: »Dieses Dreckschwein kriegen wir.«

»Bleib' ruhig, Hummel«, unterbrach ihn Kersten, »wir kriegen ihn. Wir kriegen ihn, selbst wenn der Teufel auf Stelzen geht. Ich bin auch überzeugt, dass er es war. Und zwar in allen Fällen. Aber wir brauchen den Sachbeweis. Nur so bringen wir ihn zur Strecke. Wir haben viel Arbeit vor uns.«

Sie fuhren zurück ins Kommissariat. Hummel war keineswegs beruhigt. Er knallte wutentbrannt die Tür zu, so fest, dass der Griff draußen polternd auf den Boden des Flurs knallte. Kersten schaute Hummel nachdenklich an, schüttelte den Kopf. Er strich sich mit Daumen und Zeigefinger über den Oberlippenbart, setzte sich hinter seinen Schreibtisch, nahm die Schirmmütze ab, legte sie vor sich auf die Tischplatte, überlegte halblaut: »Was ist mit dem Blonden, dem Leclerc alles anhängen will? Den brauchen wir.« Er blickte gegen die Zimmerdecke, faltete die Hände, murmelte etwas lauter: »Und Wecklebach! Auch den brauchen wir.«

»Wecklebach? Wen meinst du, Josef?« Hummel sah seinen Vorgesetzten fragend an, setzte sich ihm gegenüber.

»Ich meine den Nachbarn von Monique Colombin. Den versoffenen Wecklebach.«

DONNERSTAG, 28. JULI
JEREZ DE LA FRONTERA, SPANIEN

Um 9.40 Uhr kam Timo in den Frühstücksraum, wo Achim bereits auf ihn wartete. »Guten Morgen.«

»Moin, Timo, wie geht's? Hast du gut geschlafen?«

»Ja, schon. Ich war ganz schön müde nach dem langen Trip gestern.« Timo holte zwei Gläser Orangensaft vom Buffet, stellte eines vor Achim, setzte sich.

Achim biss in sein mit Jamón Ibérico belegtes Toastbrot. »Jetzt musst du versuchen, Arbeit zu bekommen.«

»Ja, klar. Ich habe fast kein Geld mehr. Vielleicht sollten wir aus Jerez raus fahren, mehr ins Ländliche. Da würde ich mich wohler fühlen als in der Stadt.«

»Kein Problem. Wir schauen uns heute mal die Gegend an. Vielleicht finden wir etwas Passendes.«

»Okay, Achim. Gute Idee.«

Sie holten ihr Gepäck, gingen in die Seitenstraße, wo Achims Passat parkte, setzten sich in den Wagen, fuhren raus aus Jerez de la Frontera.

Medina-Sidonia, Spanien

Ihr Weg führte in Richtung Küste. In Conil de la Frontera legten sie einen Stopp ein, tranken in der Bar *Dos Hermanos* Café solo.

»Was für einen Job suchst du überhaupt, Timo?«

»Am besten wäre etwas in einem Restaurant oder in einer Bar. Als Kellner oder Küchenhilfe.«

»Dann lass uns mal sehen.« Achim nahm eine Reval aus der Packung, zündete sie an.

Sie suchten mehrere Lokale in Conil auf. Ohne Erfolg. Sie fuhren weiter nach Vejer, versuchten dort in verschiedenen Restaurantes und Bars für Timo Arbeit zu bekommen. Ohne Erfolg. In Medina-Sidonia fanden sie nach mehreren vergeblichen Versuchen eine Tapas-Bar, die Timo endlich, wenn auch nur auf Probe, anstellte.

Das Städtchen mit seinen etwas über elftausend Einwohnern lag fünfunddreißig Kilometer nördlich von Jerez de la Frontera an der Ruta del Toro.

»So, Timo, jetzt, da du Arbeit hast, kann ich mich ja verabschieden. Ich fahre für zehn Tage ans Meer, vielleicht nach Cádiz oder Matalascañas an die Costa de la Luz.« Achim gab Timo die Hand: »Mach's gut, mein Freund, melde dich mal.«

Bevor Timo richtig verstanden hatte, setzte sich Achim in seinen Wagen, winkte, fuhr davon.

Timo winkte Achim überrascht hinterher.

Erbach

Trotz Befragungen vieler Personen kam die Polizei keinen Schritt weiter. Auch besuchten zwei Mitarbeiter der inzwischen erweiterten Sonderkommission, die jetzt SoKo Collam genannt und weiterhin von Kersten geleitet wurde, die schwer verletzte Opernsängerin Carmen Roth im Krankenhaus. Nur konnte sie nicht befragt werden, weil sie noch zu schwach war.

Freitag 29. Juli
Medina-Sidonia, Spanien

El Mariachi hieß die Tapas-Bar, in der Timo einen Job bekommen hatte. Dort konnte er im ersten Stock in einem kleinen Zimmer wohnen.

Das *El Mariachi* befand sich im Zentrum von Medina-Sidonia. Serranoschinken und Chorizowürste hingen an der Decke. Ein Spiegel bedeckte die gesamte Wand gegenüber dem Tresen aus dunklem Holz. Vor der Bar waren fünf Tische aufgestellt, die meistens besetzt waren.

Wenn viel Betrieb war, kellnerte Timo. Er half in der Küche mit, verrichtete alle Arbeiten, die anfielen. Da er immer freundlich und zuvorkommend war, war er nach kurzer Zeit sehr beliebt. Timo war zufrieden und froh darüber, dass er etwas Geld verdiente.

Erbach

Die darauf folgende Woche wieder nur Misserfolge der Regionalen Kriminalinspektion Odenwald. Die Medien mokierten sich schon über die Unfähigkeit der Polizisten.

Kersten rotierte: »Wir brauchen dringend Erfolge. So geht's nicht weiter. Wir haben alles getan, nicht wahr, Hummel?« Er stand erregt auf, kratzte sich am Kinn. »Wir haben eine Öffentlichkeitsfahndung initiiert. Wir haben alle möglichen Personen befragt. Und was haben wir? Noch nicht einmal einen einzigen tauglichen Hinweis! Es ist zum Verzweifeln.«

Er nahm missmutig seine dunkelblaue Schirmmütze vom Schreibtisch, warf sie wieder hin, raufte sich die schwarzen Haare. Die Mütze rutschte quer über den Schreibtisch, blieb an einer Ecke hängen.

»Ja, Josef, du sagst es, es ist zum Verzweifeln«, bemerkte Hummel, sah seinen Chef an. »Aber die Jagd geht weiter. Wir geben nicht auf.«

»Nein, ganz sicher nicht.« Kersten schaute auf. »Hummel, koch mal Kaffee. Der wird uns gut tun.«

Hummel befüllte die Maschine, wollte einschalten. Sie funktionierte nicht. Er schüttelte sie einige Male, jetzt schaltete sich das rote Kontrolllämpchen ein. Kurze Zeit später konnten sie Kaffee trinken.

»Ich glaube, wir brauchen eine neue Maschine«, meinte Kersten. »Sagte ich schon mal.«

»Ja, aber sie tut's ja noch. Hat halt manchmal ihre Macken. Bei Gelegenheit kaufe ich eine neue.«

»Na ja ...« Kersten setzte sich wieder auf seinen Bürostuhl, legte die Füße auf den Schreibtisch, verschränkte die Arme hinter dem Kopf. Tiefe Furchen gruben sich in seine Stirn. Er überlegte, sagte leise: »Wenn ich etwas ändern kann, dann muss ich das sofort tun. Kann ich es nicht, dann muss ich mich auch nicht aufregen.« Jetzt wurde er laut: »Aber ich muss etwas ändern. Es muss etwas passieren. Und zwar schnell! Also muss ich mich aufregen!« Voller Zorn stierte er auf die Mütze, die immer noch an der Ecke des Schreibtisches hing.

»Verdammt nochmal!«, brüllte er, haute mit der Faust wütend auf den Schreibtisch. Die Schirmmütze fiel zu Boden. Er ließ sie liegen. Hummel hob sie auf, hängte sie zurück an die Schreibtischecke. Kersten rollte die Augen.

Das Telefon klingelte. Die Leitstelle. Hummel nahm den Hörer ab.

»Hier ist ein Gespräch. Ich stelle durch.« Der Oberkommissar nahm das Gespräch entgegen: »Hummel.«

»Guten Tag«, sagte leise eine Frauenstimme, »hier spricht Hedwig Meister. Bin ich mit der Polizei in Erbach verbunden? Ich habe die Dame eben nicht so genau verstanden. Ich bin etwas erkältet und höre deshalb nicht so gut, verstehen Sie?«

»Ja, verstehe.« Hummel kratzte sich an der Nase, »aber es ist richtig, Sie sind mit der Polizei verbunden. Worum geht es bitte?«

Medina-Sidonia, Spanien

Abends wurde Timo von einem Herrn mittleren Alters angesprochen, der einige der köstlichen Tapas aß, die Timo ihm serviert hatte. Dazu trank er Sherry Fino. Die glänzenden schwarzen Haare hatte er glatt zurückgekämmt. Dunkelbraune, fast schwarze Augen sahen den jungen Mann freundlich an. Er trug blank geputzte Lederstiefel, ein weißes Hemd mit langen Ärmeln, goldenen Manschettenknöpfen, darüber eine weinrote Weste aus Samt. Seine schwarze Jacke hing über der Stuhllehne. Der Mann machte auf Timo einen geheimnisvollen Eindruck. Der Fremde beobachtete ihn wohlwollend. Er fragte ihn, ob er auf seiner Hacienda arbeiten wolle.

Timo war überrascht. »Hacienda? Señor, was soll ich da tun?«

»Amigo mío, mein Freund, auf einer Hacienda gibt

es immer allerhand zu tun.« Der Mann schmunzelte. »Du könntest dich um die Pferde kümmern. Oder die Stiere.« Er strich sich über den schwarzen Kinnbart.

Sechs junge Leute betraten das *El Mariachi*, setzten sich an einen Tisch, riefen nach dem Kellner.

Timo entschuldigte sich: »Ich komme gleich wieder. Sie sehen ja ...«

Der Hacendado nickte.

Timo bediente, dann kehrte er an den Tisch zu dem Fremden zurück.

»Sie haben Stiere, Señor? Echte Kampfstiere?« Er sah den Spanier gespannt an. Der lächelte: »Na ja, Kampfstiere sollen es erst noch werden. Ich züchte Stiere und lasse sie zu Kampfstieren ausbilden.«

»Auf der Hacienda?«

»Genau.« Der Hacendado lächelte. »Und das ist noch nicht alles.«

»Wie, das ist noch nicht alles? Was gibt es denn noch auf ihrer Hacienda?«

»Pferde, amigo, sagte ich schon. Wunderschöne, reinrassige Andalusier und Lusitanos, eine portugiesische Rasse.«

Timo war beeindruckt.

Nach kurzer Pause bemerkte der Fremde: »Du könntest wesentlich mehr verdienen als hier.« Er schaute ihn an.

Timo zögerte. Dann sagte er: »Señor, ich nehme ihr Angebot an.«

»Bueno! Gut! Trinken wir darauf einen Sherry. Wie ist dein Name?«

»Ich heiße Timo Hausmann.«

»Aha. Deutscher, richtig?«

»Ja, Señor.«

»Ich bin Juan Gonzales.« Gonzales drückte Timo kräftig die Hand. Der verzog das Gesicht, hielt kurz die Luft an. Der Spanier lachte: »Nun geh schon, hol zwei Sherry.«

Timo eilte zum Tresen, ließ sich vom Barkeeper zwei Tio Pepe Fino einschenken, brachte sie an den Tisch. Gonzales hob das Glas, stieß mit ihm an: »Salut! Zum Wohl!«

»Salut, Señor!«

Am Abend kündigte Timo seinen Job im *El Mariachi*, wo man ihn nur ungern gehen ließ.

ERBACH

»Ich habe eine vielleicht wichtige Information für Sie«, begann die Anruferin. Hummel schaltete den Lautsprecher des Telefons ein, damit Kersten mithören konnte.

»Bitte sprechen Sie«, sagte er höflich.

»Als ich vor ungefähr zwei Wochen auf der Bank war, um Überweisungen zu tätigen, stand am Schalter ein Mann, der mir auffiel. Ich glaubte, ihn schon mal gesehen zu haben, war mir aber nicht sicher. Er zahlte eine große Menge Geld ein. Soviel habe ich mitbekommen.« Hedwig Meister nieste laut in den Hörer.

»Gesundheit!«, sagte Hummel trocken.

»Danke.« Sie schniefte. »Wissen Sie, ich habe einen schlimmen Schnupfen.«

Hummel hörte, dass sie laut schnäuzte.

»Wo waren wir stehen geblieben? ... Ach ja, der Mann am Schalter. Wie gesagt, er fiel mir auf. Plötzlich wusste ich, wo ich ihn schon mal gesehen hatte.« Sie legte eine Pause ein, nieste erneut.

Hummel wartete einen Augenblick: »Ja, und? Wo haben Sie ihn gesehen?«

»Ich habe vor einiger Zeit ein Bild von ihm in der Zeitung gesehen.«

»In welcher Zeitung?«

»Ich glaube, es war das *Odenwald Journal*, bin mir

da aber nicht so sicher. Es könnte auch das *Odenwälder Echo* gewesen sein. Er ging zwischen zwei Polizisten in die Polizeistation hier in Erbach.«

Hummel horchte auf. »Wann war das? Wie sah der Mann aus? Versuchen Sie sich zu erinnern, Frau Meister.«

Stille im Telefonhörer, dann nieste sie abermals. Hummel verzog das Gesicht, Kersten grinste.

»Es war, glaube ich, Mitte des Monats, aber so ganz genau kann ich es nicht sagen.« Dann beschrieb sie den Mann. »Ich meine ja nur«, fuhr sie fort. »Das viele Geld, das er einzahlte. Vielleicht war es gestohlen. Wenn einer in die Polizeistation geführt wird, dann hat er doch bestimmt etwas angestellt, oder?«

»Ja, oftmals ist das so. Er könnte aber ebenso unschuldig sein. Wieso haben Sie sich nicht früher gemeldet? Das war immerhin schon vor ungefähr zwei Wochen.«

»Ach, wissen Sie …« Sie nieste wiederholt. Hummel schüttelte wieder den Kopf. Sein Chef lachte leise.

»Wissen Sie, ich bin nicht mehr so jung und hatte es schnell vergessen. Aber als ich heute früh in der Zeitung über den Einbruch in das Pelzgeschäft in Michelstadt gelesen habe, habe ich wieder daran gedacht. Deshalb rufe ich erst jetzt an.«

»Na gut. Vielen Dank für Ihre Informationen. Sie haben uns sehr geholfen.«

Nachdem Hummel ihre Personalien notiert hatte, legte er auf.

»Die sehr vage Beschreibung trifft eher nicht auf Leclerc zu. Was meinst du, Josef? Haken wir nach?«

»Klar, Hummel. Jede noch so kleine Spur kann enorm wichtig sein. Wir brauchen die Ausgaben des *Odenwald Journal* und des *Odenwälder Echo* vom 11. bis 26. Juli. In diesem Zeitraum könnte das Bild in der Zeitung gewesen sein. Ich war bis zum 23. Juli in Italien im Urlaub. Dir ist nichts aufgefallen, Hummel?«

»Nein, Josef, gar nichts. Ich lese das *Echo* nicht jeden Tag. Das *Odenwald Journal* lese ich nie.«

»Solltest du aber, solltest du. Ich habe dir oft genug gesagt, dass du die lokalen Zeitungen lesen sollst. Zumindest die Polizeiberichte.«

»Wäre kein Problem, wenn ich sonst nichts zu tun hätte.« Hummel holte umständlich ein Papiertaschentuch aus der Hosentasche, schnäuzte heftig. Kersten senkte den Kopf, schaute dann wieder auf, knurrte: »Schon klar, Mann. Aber du siehst, wie wichtig so etwas sein kann.«

»Schon gut.«

»Gut, dann besorg im Archiv die Zeitungen. Wir müssen uns alle ansehen.«

Hummel verließ das Büro, ging hinunter ins Archiv.

Keine zwanzig Minuten später kam er zurück, einen Packen Zeitungen in den Händen, knallte sie auf den Schreibtisch. Sie blätterten alle Zeitungen durch.

»Hier«, rief Hummel aufgeregt, »hier ist ein Bild von einem Mann, der zwischen zwei Polizisten ins Kommissariat geht.«

In der Ausgabe vom 16. Juli befanden sich auf der regionalen Seite des *Odenwälder Echo* ein Bild sowie ein kurzer Bericht. Hummel wischte sich über das spärliche Haar: »Und, das glaubst du mir jetzt nicht.«

»Was? Was glaube ich nicht? Sag schon!« Kersten wurde ungeduldig.

Hummel deutete mit dem Zeigefinger auf das Bild: »Der Mann in der Mitte ist Jean-Marie Leclerc.«

»Das glaube ich jetzt nicht«, staunte Kersten, riss Hummel die Zeitung aus der Hand. »Der Leclerc?«

»Sagte ich doch, du glaubst es nicht. Ja! Der Leclerc!«

Kersten setzte die Lesebrille auf. »Tatsächlich!« Er las den Bericht. »Betrug. Da haben wir doch schon mal was.«

Samstag, 6. August
Medina-Sidonia, Spanien

Pünktlich um 9 Uhr stand Timo vor dem Eingangstor des riesigen Geländes, das etwa fünf Kilometer südlich von Medina-Sidonia lag. Ein Mitarbeiter der Hacienda *Mil Toros* holte ihn mit einem grünen Range Rover ab.

Nach ungefähr zehn Minuten begrüßte Juan Gonzales im Haupthaus freundlich den jungen Deutschen: »Willkommen, Timo.« Er lächelte. »Komm, wir erledigen zuerst die Formalitäten. Du bekommst einen Arbeitsvertrag. Dann stelle ich dich meiner Familie vor. Meine beiden Töchter werden dir das Anwesen zeigen. Heute Abend wirst du dann die anderen Mitarbeiter kennenlernen. Einverstanden?«

Timo war begeistert. Sie gingen in das mit antikem Holz möblierte Büro des Patriarchen. Es war ausgestattet wie eine Bibliothek, mit unzähligen, zum Teil uralten Büchern. Ein mächtiger Schreibtisch stand in der einen Ecke, eine komfortable, lederne Sitzgarnitur mit einem blankpolierten Tisch aus feinstem Wurzelholz befand sich an der mit rustikalem Putz versehenen Wand gegenüber der Bücherregale. Schwere dunkelgrüne Gardinen umgaben die drei hohen, zweiflügeligen Fenster. Der Fußboden war mit hellem Marmor belegt.

Der Don schaltete die Stereoanlage ein. Klassische Musik ertönte aus den Lautsprechern links und rechts der Regale. Ravels *Bolero*.

Gonzales bat Timo, auf einem der Ledersessel Platz zu nehmen. Unsicher setzte der sich. Der große Hacendado ging zu seinem Schreibtisch, nahm aus der Schublade einige Papiere, setzte sich Timo gegenüber an den Tisch, legte ihm den vorbereiteten Vertrag vor: »So, amigo, hier ist dein Arbeitsvertrag. Lies ihn heute Abend mit Ruhe durch, bevor du unterschreibst. Ich will, dass wir fair miteinander umgehen.«

Er stand auf, ging zu dem neben dem Schreibtisch stehenden Humidor, nahm eine Cohiba Esplendido heraus. »Magst du auch eine, oder rauchst du nicht?«

»Oh Señor, ich glaube, lieber nicht.«

Gonzales lachte. »Ist auch besser. Vor allem ist es gesünder.« Er drehte sich um, ging zum Schrank, holte eine Flasche Gran Duque d'Alba und zwei Gläser, setzte sich wieder. Augenzwinkernd meinte er zu Timo: »Aber ein kleiner Brandy geht doch, oder?« Er fügte hinzu: »Es ist reine Medizin.«

»Ja, gerne, Señor.«

Der Hacendado schenkte ein, hob das Glas, prostete Timo zu: »¡Salud, amigo mío! Willkommen auf *Mil Toros*!«

»¡Salud, Señor Gonzales! Vielen Dank.«

Sie tranken. »Oh, Señor, Ihre Medizin schmeckt wirklich ausgezeichnet.«

Gonzales grinste: »Ich weiß, amigo mío, ich weiß.«

Er zündete mit einem langen Streichholz die Cohiba an. Würziger Duft durchzog den Raum. Dann gingen sie hinaus auf die Terrasse, wo die beiden Töchter und die Frau des Hacendados auf Korbsesseln bei Kaffee und Gebäck an einem Tisch aus Korkeichenholz saßen. Gonzales stellte ihnen seinen neuen Mitarbeiter vor: »Timo wird sich um die Pferde und Stiere kümmern.«

Seine Frau Maribel, groß, schlank mit dunklen Locken und einem klassisch schönen Gesicht sowie seine Töchter Cristina und Evita luden Timo zum Kaffee ein. Schüchtern setzte er sich an den Tisch. Gonzales entschuldigte sich mit den Worten: »Ich habe noch zu tun.« Er sah Cristina und Evita an. »Zeigt Timo doch bitte die Hacienda, bevor wir uns zum Mittagessen treffen.«

»Gerne, Papa«, sagte Cristina, stieß ihrer Schwester mit dem Ellbogen leicht in die Rippen, »oder was meinst du, Evita?«

»Si, con mucho gusto! Ja, mit Vergnügen!«

»Na dann, viel Spaß«, freute sich ihr Vater und ging zu den Stallungen, wo er Primero und Corazón mit ihrem Fohlen La Bonita einen Besuch abstatten wollte. Corazón war das Pferd Cristinas. Da das Fohlen ziemlich schwach war, wollte der Don es noch nicht auf die Weide bringen, sondern es mit der Mutter im Stall lassen, wo er es besser unter Aufsicht hatte.

***

Die Hacienda *Mil Toros* mit grünen Weiden und Olivenhainen lag am Rande der Sierra de Grazalema. Das Haupthaus stand den Wohnungen der Arbeiter und Bediensteten gegenüber. Der Swimmingpool mit bunten Sonnenschirmen und weißen Liegestühlen befand sich inmitten des gepflegten Blumengartens mit üppig blühendem Oleander, sowie roten und gelben Rosen an der Rückseite des Haupthauses.

Neben dem Haupthaus zogen sich die Stallungen und die Schmiede ungefähr fünfhundert Meter in Richtung der endlosen Weiden. Vor den Stallungen gab es einen Ziehbrunnen und einen Löschteich, der von einem Bach gespeist wurde. Bunte Bougainvilleas rings um den gesamten Komplex rundeten das Bild ab.

***

Die beiden Töchter des Hacendado gingen mit Timo zu dem vor der Terrasse stehenden perlmuttweißen BMW 320i Cabrio. Cristina setzte sich ans Steuer, Evita auf den Rücksitz. Timo nahm auf dem Beifahrersitz Platz. Cristina legte den Gang ein, fuhr los. Es war bereits sehr heiß an diesem Vormittag. Timo wischte sich mit einem Taschentuch den Schweiß von der Stirn.

»An die Hitze wirst du dich gewöhnen müssen«, lachte Cristina, »hier ist es im Hochsommer nur heiß.« Sie neigte ein wenig den Kopf. »Wir zeigen dir jetzt die Weiden mit den Stieren und den Pferden. Wir nehmen uns zuerst den östlichen und südlichen Teil vor. Einverstanden?«

»Ja, natürlich.« Timo fühlte sich wohl neben Cristina, deren dunkelblonde, lange Haare im Fahrtwind flatterten. Sie war gertenschlank, trug eine weiße Baumwollhose und weiße Sneakers. Die gelbe Bluse ergab einen schönen Kontrast zu ihrem tiefgebräunten, elegant geschnittenen Gesicht. Sie war zweiundzwanzig Jahre alt. Ihre zwei Jahre ältere Schwester war eher das Gegenteil. Evita war kräftiger und kleiner, trug eine kurze blaue Jeans, ein einfaches, dunkelrotes Hemd. Die schwarzen Haare waren kurz geschnitten. Ihr Gesicht war wettergegerbt, wirkte fast ledern.

Sie fuhren über das Gebiet der Hacienda, wo eine Weide an der anderen grenzte. Timo war überwältigt beim Anblick der Stiere, der herrlichen Pferde.

»Alles reinrassige Tiere«, erklärte Evita.

Nach ungefähr einer Stunde kamen sie an eine Bar, wo die Arbeiter der Hacienda eine Pause einlegen konnten. Evita sah Cristina und Timo an: »Lasst uns etwas trinken gehen.« Sie setzten sich an den Tresen. Cristina holte Café con leche. Später fuhren sie zurück ins Hauptgebäude. Der Hacendado und seine Frau erwarteten sie auf der Terrasse. Nach kurzem Gespräch gingen sie zum Essen ins Speisezimmer.

Am Nachmittag fuhr Timo mit den beiden Schwestern wieder hinaus, diesmal in westliche Richtung. Achtunddreißig Grad im Schatten. Er ächzte unter der Hitze. Cristina und Evita schien sie nichts auszumachen. Sie wirkten beide frisch.

Unendliches Weideland. Stiere und Pferde im Wechsel. Kleine Flüsse, knorrige alte Korkeichen. Er war erstaunt über die Vielfalt an Natur und Tieren. Zehn Minuten später erreichten sie einen Olivenhain.

»Davon hat euer Vater aber nichts gesagt.« Timo blickte Cristina und Evita an.

»Er interessiert sich ausschließlich für die Tiere. Um die Oliven kümmert sich ein Verwalter«, antwortete Cristina.

»Verstehe.«

»Wir zeigen dir jetzt noch unsere Ölmühle.«

»Ihr produziert Olivenöl?«

»Natürlich.«

Nach wenigen Kilometern hatten sie die Mühle erreicht.

»Die Mühle gibt es schon über siebzig Jahre. Sie hat immer mit für den Unterhalt der Familie gesorgt.«

Ein kleiner, krummbeiniger alter Mann mit einem weißen Schnauzbart kam auf sie zu. Als er erkannte, wer vor der Mühle stand, schwenkte er seinen breitkrempigen staubigen Hut: »Hola, ihr Süßen, dass ihr mich mal wieder beehrt!« Er warf den Hut in die Luft, fing ihn wieder auf, setzte ihn zurück auf seinen kahlen Kopf. Evita und Cristina rannten zu ihm hin, warfen sich ihm in die Arme: »¡Hola, Esteban! ¿Cómo estás? Wie geht's?«

»Bien, muy bien, Señoritas.« Er drückte die beiden Schwestern an sich, warf einen prüfenden Blick auf Timo: »Wen habt ihr denn da mitgebracht? Einen neuer Mitarbeiter?«

»Ja, Esteban, Timo ist ein neuer Mitarbeiter.« Cristina lachte.

»Na, na, Cristina.« Er flüsterte ihr ins Ohr: »Deine Augen leuchten. Sollte ich da etwas wissen?« Esteban lächelte verschmitzt.

Sie knuffte ihn in die Seite: »Wer weiß, Esteban, wer weiß?«

Nachdem Timo sich die Mühle angesehen hatte, verabschiedeten sie sich von dem alten Mann.

Es dämmerte, als sie im Haupthaus ankamen. Sie wurden bereits erwartet. Der Patriarch sah auf seine Taschenuhr. »Wird Zeit. Beinahe hättet ihr ein tolles Essen verpasst.«

Gemeinsam setzten sie sich an den Esstisch, tranken Sherry Fino. Die Köchin Esmeralda, eine dicke, kleine Frau mit grauen Strähnen im schwarzen, gelockten Haar, trug üppige Speisen auf. Als Vorspeise mit Ziegenfrischkäse gefüllte Peperoni. Eingelegten Kaninchenbraten, mit Maronen gefüllten Spießbraten vom Wildschwein, verschiedene Salate, Bohnengemüse und Kartoffeln. Dazu dunkelroten Viña Albali Gran Reserva aus Valdepeñas.

Timo lobte die Kochkünste Esmeraldas.

»Danke, ich freue mich, wenn es schmeckt.« Sie lächelte Timo zu. »Wenigstens merkt es mal einer!«

Der Don lachte.

Während des Essens unterhielt sich Gonzales mit Timo, fragte ihn, ob ihm die Hacienda gefalle. Timo antwortete: »Oh ja, Señor, sie ist wunderschön.«

Esmeralda räumte das Geschirr weg. Als Nachspeise gab es Vanilleeis auf Freixenet seco mit einem Spritzer Zitrone.

»Wie sieht es mit Kaffee aus, Esmeralda? Gibt's heute noch welchen oder nicht?« Gonzales drehte sich erneut lachend weg.

»¡Dios mío! Mein Gott! Diese Ungeduld! Ich kann es nicht glauben! Als hätte ich schon einmal den Kaffee vergessen. Desastroso!«, knurrte die Köchin. »Furchtbar!« Sie ging betont langsam in die Küche, holte zuerst die Tassen und Untersetzer, dann den längst fertigen Café solo, brachte ihn an den Tisch.

Nachdem alle ausgetrunken hatten, ging Señora Maribel mit ihren Töchtern hinaus auf die Terrasse. Esmeralda zog sich zurück in die Küche.

Mittlerweile senkte sich die Nacht über *Mil Toros*. Ein Sternenmeer und der volle Mond tauchten die Hacienda in ein romantisches Licht. Der Don wandte sich an Timo: »So, amigo, komm mit. Wir suchen deine Kollegen auf.«

Gonzales und Timo gingen hinüber in die Bar. Es war eine einfache Holzkonstruktion aus dicken Blockbohlen. Der Hacendado stellte Timo vor. Die Mitarbeiter empfingen den jungen Deutschen zunächst mit skeptischen Blicken. Ein großer kräftiger Mann mit langen schwarzen Haaren brach den Bann, trat auf ihn zu, gab ihm die Hand: »Hola, ich bin Miguel. Ich bin der Vorarbeiter. Wir freuen uns, dass du bei uns bist, und wünschen dir viel Glück.«

»Muchas gracias, Miguel. Vielen Dank.«

Nachdem sie einige Brandys getrunken, sich mit den Kollegen vorwiegend über die Hacienda unterhalten hatten, verließen Gonzales und Timo die Bar, gingen hinüber ins Haupthaus. Timo wünschte dem Hacendado eine gute Nacht, ging hoch in sein Zimmer, las den Vertrag durch, den Gonzales ihm gegeben hatte. Ohne zu zögern unterschrieb er das Papier.

Sonntag, 7. August

Frühmorgens um 7 Uhr erwachte er, stand auf. Er war noch etwas benommen, griff sich an den Kopf. Der Brandy gestern Abend! Nachdem er geduscht und Zähne geputzt hatte, zog er sich an, nahm seinen Arbeitsvertrag, ging hinunter in den Frühstücksraum.

Timo wunderte sich, dass noch niemand da war. Doch dann hörte er das Klappern von Geschirr. Esmeralda kam aus der Küche geschlurft, sah ihn erstaunt an: »Hola, Timo, du bist früh!«

»Früh? Es ist nach halb acht.«

»Amigo, heute ist Sonntag.«

»Ach ja, daran habe ich gar nicht gedacht.«

»Sonntags schläft die ganze Sippschaft länger«, schimpfte Esmeralda.

»Aber die Tiere müssen doch versorgt werden.«

»Die sind außer Primero und Corazón auf der Weide.« Sie sah auf die Küchenuhr an der Wand, die eher einer Bahnhofsuhr glich. Paddington Railway Station stand auf dem Ziffernblatt. Gonzales hatte sie von einem Engländer, der irgendwann auf der Hacienda übernachtete, geschenkt bekommen.

»Der Boss könnte aber auch schon längst aus den Federn sein. Du liebe Zeit, wie kann man nur so lange schlafen.« Die Köchin schüttelte den Kopf.

In diesem Moment kam Gonzales zur Tür herein. Er lächelte: »Na, Esmeralda, sind wir wieder mal am Lästern?«

»Oooch!« Esmeralda drehte sich um, eilte in ihr Reich, die Küche.

Gonzales rief ihr nach: »Zu deiner Beruhigung, Esmeralda, ich bin seit zwei Stunden auf und war schon bei Primero und Corazón. Primero geht es etwas besser. Corazón und La Bonita sind auch munter. Ich habe alle drei versorgt. Ist das in Ordnung?«

Der Hacendado und Timo setzten sich schmunzelnd an den Tisch. Señora Maribel Gonzales kam mit den beiden Töchtern Evita und Cristina hinzu. Esmeralda trug das Frühstück auf.

»Que aproveche, Señoras y Señores. Guten Appetit!«

An diesem Tag begann für Timo die Arbeit auf *Mil Toros*. Er wurde vom dienstältesten Mitarbeiter, dem über siebzig Jahre alten Pedro Martinez angelernt. Martinez war ein knorriger, sehniger Typ mit braungebranntem faltigem Gesicht. Er war immer noch gut in Form.

Montag, 8. August
Erbach

Kersten und Hummel saßen sich an ihren Schreibtischen gegenüber und schwiegen sich an. Jeder war in seine eigenen Gedanken versunken. Kersten ließ seinen Blick durchs Büro schweifen. Ihm fiel auf, dass die Wände auch mal wieder tapeziert werden konnten. Auch das Bild vom Erbacher Schloss, das gegenüber seinem Schreibtisch an der Wand hing, wies einen trüben Schleier auf.

Plötzlich schaute Kersten auf, haute mit der flachen Hand auf den Schreibtisch. Sein Gegenüber fuhr erschrocken zusammen, schüttelte den Kopf.

»Hummel, wir gehen folgendermaßen vor: Du fragst in der Abteilung für Diebstahl nach. Dieser Franzose hat bestimmt auch gestohlen. Ich kümmere mich um den Betrug.« Er stand auf. »Und dass du mir nicht ohne ein vernünftiges Ergebnis kommst.«

Hummel stand auch auf, zog scharf die Luft durch die Zähne. Kersten blinzelte, musste laut niesen. »Mist! Jetzt ich auch noch. Ich glaub', die Alte hat uns übers Telefon angesteckt.«

Hummel grinste, verließ schnell das Büro.

Bei den Betrügern, so nannte der Hauptkommissar scherzhaft die Kollegen im ersten Stock, konnte er so manches über Jean-Marie Leclerc erfahren. Der ließ Heiratsannoncen in Zeitungen setzen. Mehrere Frauen meldeten sich über Chiffre. Nach einigen Treffen gab er den Frauen vor, Geld auf ausländischen Banken festgelegt zu haben. Er sei deshalb im Moment nicht flüssig, müsse sich aber einen neuen Wagen kaufen, weil sein alter Renault in absehbarer Zeit nicht mehr rentabel sei. Einige der Frauen fielen darauf herein. Wenn er abkassiert hatte, ließ er sich einfach nicht mehr blicken, versuchte es bei der Nächsten, was meistens funktionierte.

Bis eines Tages eine Frau namens Isabella Roscher die ganze Geschichte auffliegen ließ. Sie hatte sich ebenfalls auf eine Annonce gemeldet. Von ihrer Freundin, einer von Leclerc betrogenen Frau, hatte sie den Hinweis bekommen, dass dieser ein Betrüger sei. Sie ging zur Polizei, zeigte Jean-Marie an. Der wurde wegen Betrugs zu einer Geldstrafe verurteilt.

Vorerst zufrieden ging Kersten zurück in sein Arbeitszimmer. Er setzte sich auf seinen Bürostuhl, faltete die Hände über der Schreibtischplatte, sinnierte vor sich hin. Ungefähr eine Stunde später erschien Hummel.

»Und? Fündig geworden?«

»Na klar, Josef. Die Kollegen erzählten mir, dass Leclerc schon mehrfach wegen verschiedener Einbrüche und Hehlereien aufgefallen ist. Einen größeren Coup wollte er mit einem bisher unbekannten Mann landen. Von ihm weiß man nur, dass er blonde Haare hatte und deutsch sprach. Es war ein Einbruch in einen Elektromarkt vor vier Jahren in Frankreich. In Saint Peray. Das jedoch ging gründlich in die Hose. Zumindest für Leclerc. Leclerc wurde verhaftet, sein Kompagnon ist mit der Beute verschwunden. Sozusagen über alle Berge.« Er fuhr fort: »Bei den kleineren Einbrüchen gab es jeweils nur Geldstrafen, bei dem Einbruch in den Elektromarkt wurde Leclerc zu einer Gefängnisstrafe verurteilt. Ein Mitarbeiter des Wachpersonals ertappte die Einbrecher. Der Mann wurde von Leclerc niedergeschlagen und erlitt einen doppelten Schädelbasisbruch.«

»Also ist er gewaltbereit, dieser Leclerc.« Kersten spitzte die Lippen.

»Ganz sicher ist er das«, bestätigte Hummel.

»Was hat der andere damals mitgehen lassen?«, fragte Kersten.

»Notebooks, Handys, Fotoapparate. Alle möglichen Artikel, die man gut verstauen kann.«

»Der Kompagnon wurde nie erwischt?«, fragte Kersten weiter.

»Nein, bis jetzt nicht, es wird noch immer nach ihm gefahndet«, antwortete Hummel.

»Mhm«, Kersten wurde nachdenklich, »ein Blonder, vielleicht deutsch, sagtest du?«

»Genau, ein Blonder, der deutsch sprach.« Hummel starrte seinen Vorgesetzten an. »Du liebe Zeit, ein blonder Deutscher!« Er fasste sich an die Stirn. »Hat Leclerc nicht von einem jungen Blonden gesprochen?«

»Du hast es erfasst, Hummel. Wir müssen wieder zu Leclerc.« Kersten wirkte entschlossen. »Wir fahren hin, jetzt gleich. Auf geht's!«

Weiterstadt

Sie eilten aus dem Kommissariat, fuhren zur Justizvollzugsanstalt nach Weiterstadt, wo sie sich im Verhörzimmer an den Tisch setzten.

Zehn Minuten später wurde Jean-Marie gebracht. »Was wollt ihr denn schon wieder von mir? Soll isch gleisch meinen Anwalt anrufen?«

»Moment, Moment, Monsieur Leclerc, wir haben nur ein paar Fragen, ja?« Kersten gab sich charmant.

Jean-Marie sah die Polizisten misstrauisch an. »Was gibt's?«

»Setzen Sie sich.«

Jean-Marie nahm auf dem Stuhl gegenüber Kersten Platz. »So, was wollt ihr?«

Kersten versicherte: »Es wird nicht lange dauern, Monsieur.«

»Fangen Sie endlisch an.«

Kersten wurde direkt: »Sie wurden schon des Öfteren verhaftet. Diebstähle, Betrügereien.« Er wartete einen Moment.

Jean-Marie schaute auf: »Aber ...«

Kersten hob die Hand. »Sie sind gewalttätig, Leclerc!«, unterbrach er ihn schroff. »Deswegen haben Sie bereits eingesessen, richtig?«

»Kommissar, was soll das?«, rief Jean-Marie, »das ist doch Schnee von gestern!« Er schnellte vom Stuhl hoch. »Dafür 'abe isch gebüßt.«

»Nehmen Sie bitte wieder Platz, Monsieur Leclerc.« Kersten war die Ruhe selbst, während Hummel vor Wut die Zähne zusammen biss. Jean-Marie setzte sich wieder.

»Mitte Juli haben Sie einen größeren Betrag auf der Bank eingezahlt«, schaltete sich nun Hummel ein. »Woher hatten Sie das Geld?«

»Das 'abe isch mir zusammengespart. Ist doch nischts Schlimmes, oder?«

»Nein, ist es nicht. Nur ob ich es glaube?« Hummel wandte sich an Kersten, zischte: »Diesem Lügner könnte ich glatt die Fresse polieren.« Kersten schüttelte den Kopf. Jean-Marie verzog den Mund zu einem Grinsen.

Kersten ergriff wieder das Wort, wechselte das Thema: »Dann sprachen wir mal von einem blonden jungen Mann mit Namen Timo Hausmann, der, so sagten Sie, unter anderem Monique Colombin ermordet haben soll.«

»Der wars«, entgegnete Jean-Marie. »Wer sonst?«

»So?«, fuhr Josef Kersten fort. »Wie sieht er denn aus?«

»Mittellange 'aare. Ziemlisch groß und schlank. Reischt das?«

»Mhm. Da wäre noch der Überfall auf das Schmuckgeschäft *Hubertus Lambert* ...«

»Damit 'abe isch nischts zu tun«, fiel ihm Jean-Marie ins Wort, »das können Sie mir nischt nachweisen.«

Kersten wiegte den Kopf.

»Das war auch der Blonde. Isch dachte, die Sache wäre für misch vom Tisch.«

»Aber, Monsieur Leclerc«, erwiderte Kersten, »solange wir noch keinen Täter haben, ist für Sie überhaupt nichts vom Tisch. Außerdem haben Sie kein Alibi. Wie also kommen Sie auf den Gedanken, es wäre für Sie erledigt?« Er lehnte sich zurück, verschränkte die Arme. »Vergessen Sie nicht, dass die Waffe, mit der Sie beim letzten Einbruch in das Pelzgeschäft erwischt wurden, vom gleichen Typ ist, wie die, die bei dem Überfall auf Lambert benutzt wurde, nicht wahr? Auch der Schuss auf die junge Frau vor dem Geschäft stammte aus einer solchen Waffe.« Kersten setzte hinzu: »Wer es letztendlich war, wird sich herausstellen. Da können Sie sicher sein.« Er beugte sich vor, faltete die Hände auf der Tischplatte. »Kommen wir noch mal zurück auf Dienstag, den 26. Juli. Wo waren Sie an diesem Vormittag zwischen neun und dreizehn Uhr?«

Jean-Marie überlegte einen Moment: »Bien! Gut! Isch werde Ihnen sagen, wo isch an diesem Vormittag war.«

»Ja? Ich bitte darum.«

»Isch war im Café *Könisch*. Sind Sie nun zufrieden?«

»Noch nicht ganz.« Kersten schaute ihn an. »Erst wenn wir das überprüft haben, dann vielleicht.« Er ließ Jean-Marie zurück in die Zelle bringen.

»So, Hummel.« Kersten wandte sich an seinen Kollegen. »Jetzt werden Nägel mit Köpfen gemacht. Du gibst die Beschreibung von Hausmann an das LKA in Wiesbaden und an das deutsche Verbindungsbüro bei Europol in Den Haag. Den Blonden müssen wir finden. Möglicherweise hat er sich abgesetzt. Ein Bild von ihm haben wir leider nicht. Okay?«

»Okay.«

»Anschließend fährst du in dieses Café und überprüfst Leclercs Aussage.«

Wieder im Kommissariat, wollte Hummel nach der Kaffeemaschine sehen, Kersten blaffte ihn an: »Mach' dich vom Acker! Wir haben unsere Zeit nicht gestohlen.«

Hummel sah an seinem Chef vorbei. Er erwiderte freundlich: »Ja, Josef«, setzte sich an den Computer. Nachdem er Wiesbaden und Den Haag informiert hatte, fuhr er zum Café *König*. Der Inhaber und die Kellnerin bestätigten, dass Leclerc an diesem Tag am Vormittag im Café war und Cognac getrunken hatte. Es sei noch vor zwölf Uhr gewesen, als er ging, so Julia Brandt, die Kellnerin.

Als Hummel zurück ins Büro kam, stand Kersten händeringend vor den Trümmern einer Kaffeemaschine. Sie war tatsächlich explodiert.

»Sieh dir diesen Mist an, Hummel!«, maulte der Hauptkommissar laut. »Wie oft habe ich dir gesagt, dass wir eine neue Maschine brauchen? Wie oft, hä? Du bist wirklich für nichts zu gebrauchen. Feg den Kram zusammen, und kümmere dich um eine neue Maschine. Verstanden?«

»Jetzt gleich?«, fragte Hummel.

»Ja! Jetzt gleich! Sofort!«

Hummel drehte sich um, wollte Besen und Schaufel holen.

»Halt!«, tobte Kersten. »Mach das später! Was hast du in diesem Café rausgekriegt?«

Hummel schüttelte den Kopf. Er erstattete seinem Vorgesetzten Bericht.

»So ein Mist«, knurrte der Hauptkommissar, »klang das glaubhaft? Welchen Eindruck hast du?«

»Auf jeden Fall war das die Aussage des Inhabers und der Kellnerin. Ich habe sie unabhängig voneinander befragt.«

Kersten schnaubte: »Hätte mich auch gewundert,

wenn du eine eigene Meinung dazu hättest. Alles wieder nur halbgares Zeugs. Nix genaues!«

Hummel senkte den Blick, rückte seine Brille zurecht. Kersten dachte nach. Dann sagte er leise: »Ich traue diesem Leclerc alles zu. Vielleicht hat er den Inhaber und die Kellnerin vom Café *König* bestochen.« Er hob die Stimme: »Alles möglich, Hummel, oder?«

»Was ist möglich, Josef?« Hummel hob fragend den Kopf.

Kersten sah zum Fenster hinaus: »Man könnte meinen, der sei taub.« Laut fuhr er ihn an: »Mann, Mann, Hummel! Wenn du ein Jagdhund wärst, müsste man dich zum Jagen hintragen!« Er faltete die Hände, legte sie auf den Schreibtisch, schaute auf: »Lass den versoffenen Nachbarn der Colombin holen. Aber schnell! Weißt du noch wie er heißt? Nein, du weiß es ganz sicher nicht mehr. Ich sag's dir! Wecklebach heißt er. Wecklebach! So, und nun ein bisschen plötzlich!«

»Ja, Josef. Ich weiß wie der blöde Nachbar heißt. Du glaubst wohl, ich wäre nur doof.«

Kersten legte die Stirn in Falten.

Hummel drehte sich um, rief laut zwei Beamte, herrschte sie an: »Fahrt sofort nach Michelstadt in die Bahnhofstraße. Ihr geht in das Haus gegenüber dem Parkplatz, wo immer der Bienenmarkt stattfindet. Dort klingelt ihr bei ... äh, Moment, bei ... äh ...« Er fasste sich an die Stirn, überlegte angestrengt.

»Wecklebach!« Kersten sah ihn fassungslos an.

»Genau! Wecklebach! Also, ihr klingelt bei Wecklebach. Diesen Wecklebach bringt ihr so schnell wie möglich hierher. Habt ihr mich verstanden?« Hummel verschränkte die Arme vor der Brust, hob mit strenger Miene den Kopf, tippte mit dem Fuß mehrfach auf den Boden. »So, und jetzt haut ab!«

Die beiden Polizisten sahen sich verblüfft an, verließen wortlos das Büro. Im Flur sagte Paul Graser zu seinem Kollegen Friedhelm Bracht: »Was ist denn mit dem los? Hat der einen Ochsen gefrühstückt? Der tut ja, als hätte er alle Kraft alleine.«

Bracht lachte: »Ach, lass ihn. Komm, wir fahren nach Michelstadt und holen diesen Typ ab.«

Vierzig Minuten später brachten sie Richard Wecklebach ins Kommissariat. Hummel hatte inzwischen die explodierte Kaffeemaschine entsorgt und eine neue gekauft.

Kersten bot Wecklebach einen Platz gegenüber an seinem Schreibtisch an. Hummel blieb stehen, lehnte sich mit verschränkten Armen gegen einen der hellgrauen Büroschränke.

Wecklebach war wieder ziemlich angetrunken. Mit wirren Haaren, ungepflegtem Bart, schmuddeliger Jeans und einem ebenso schmuddeligen braunen Hemd saß er zusammengekrümmt auf dem Stuhl vor Kersten. Unter seinen Achseln hatten sich dunkle Schweißränder gebildet. Die Hände hatte er zwischen die Knie geklemmt.

»Herr Wecklebach, wir haben nur einige Routinefragen an Sie. Es dauert nicht lange«, begann Kersten.

Aus kleinen wässerigen Äuglein schaute ihn der Betrunkene ängstlich an: »Was habe ich denn getan? Warum haben Sie mich herbringen lassen, Herr Kommissar?«, fragte er leise mit verwaschener Stimme. Sein Atem roch nach billigem Fusel. Er stank nach kaltem Schweiß. Kersten verzog das Gesicht.

Hummel wusste, dass Kersten das nicht mochte. Er beugte sich zu seinen Chef hinunter: »Ich geh zur Toilette.« Draußen auf dem Flur grinste er vor sich hin.

»Nun«, sagte der Hauptkommissar angeekelt, »wie Sie mittlerweile sicher wissen, ist Ihre Nachbarin Monique Colombin ermordet worden.«

»Ja, das weiß ich. Ich ... ich habe es gehört.« Dem

Mann tränten die Augen. »Sie tut mir so leid. So ein hübsches Mädchen. Aber … bitte …«, er wischte sich mit einem schmutzigen Taschentuch die Tränen ab, »was habe ich damit zu tun?«

»Genau das wollen wir herausfinden, ob oder ob Sie nichts damit zu tun haben. Sie waren ja nicht zuhause, als wir an diesem Tag noch mal bei Ihnen klingelten.«

»Kann sein. Weiß ich nicht mehr«, entgegnete Wecklebach.

»Aha. Hatten Sie näheren Kontakt zu Monique Colombin?«

»Was heißt Kontakt? Ich hatte bei ihr keine Chance.« Wecklebach schüttelte den Kopf. Hummel war inzwischen zurück, lehnte sich wieder an den Büroschrank.

»Haben Sie versucht, mit ihr in Kontakt zu treten?«, fragte Kersten weiter.

»Ja, schon. Ich hatte sie mal auf einen Drink eingeladen. Aber sie wies mich ab. Sie hat mich eben nicht beachtet.«

»Wo waren Sie am Dienstag, den 26. Juli, vormittags?«

»Oh je, ich habe keine Ahnung. Das ist zu lange her.« Wecklebach senkte den Kopf.

»Ja, sehr lange.« Kersten legte die flache Hand an die Stirn. »Zwei Wochen. Überlegen Sie gut. Es ist von allergrößter Wichtigkeit.«

Wecklebach überlegte angestrengt, jammerte dann: »Ich habe es vergessen, verdammt noch mal. Möglicherweise war ich betrunken, oder ich war einkaufen. Was weiß denn ich!« Schweißperlen traten ihm auf die Stirn.

»Es war der Tag, an dem Monique Colombin ermordet wurde. Haben Sie nichts gehört?« Kersten sah ihn an: »Keine Stimmen oder Schreie oder sonst was? Sie können sich sicher erinnern, dass wir nachmittags bei Ihnen geklingelt hatten.« Kersten trommelte mit den Fingern auf die Schreibtischplatte.

Jetzt fiel es Wecklebach ein: »Ja! Jetzt, da Sie es sagen! Jetzt weiß ich es wieder.« Er fasste sich an die Stirn, lispelte undeutlich: »Ich war vormittags in der Innenstadt und wollte Schuhe kaufen, stellte dann aber fest, dass ich nicht genügend Geld bei mir hatte.« Er schluckte. »Ich ging in eine Kneipe und trank einige Gläser Schnaps und Bier. Gegen vierzehn Uhr bin ich nach Hause gegangen.«

»Mhm. Wie hieß das Lokal, in dem Sie waren?«

»Das weiß ich nicht mehr. Es gibt ja mehrere.« Wecklebach hob die Schultern. Das Sprechen fiel ihm zusehends schwerer. Er hustete.

»So, das wissen Sie nicht mehr? Das ist schade. Wirklich! Sie sind später nochmal weggegangen. Wo waren Sie am Abend? Ab achtzehn Uhr.«

Wecklebach schaute Kersten mit trübem Blick an, überlegte. »Da habe ich die Schuhe gekauft.« Er zeigte auf die neuen Schuhe.

»Aha!« Kersten stand auf. »Ich mache Ihnen einen Vorschlag: Sie verbringen die Nacht heute bei uns. Möglicherweise fällt Ihnen dann ein, in welchem Lokal sie an dem bewussten Vormittag waren.« Er schaute den zitternden Mann, der wie ein Häufchen Elend auf dem Stuhl saß, prüfend an: »Kennen Sie einen blonden jungen Mann? Er soll eine Zeitlang bei Monique gewohnt haben. Timo Hausmann heißt er.«

Wecklebach verneinte: »Keine Ahnung. Ich kann mich nicht an einen Blonden erinnern.« Seine Stimme wurde zunehmend schwächer.

»Na gut. Sie werden hier übernachten.«

»Aber, Herr Kommissar«, schluchzte Wecklebach, »Sie können mich doch nicht ein ...«

»Oh doch, ich kann.« Kersten rief laut: »Graser, bring den Mann in eine unserer wunderschönen Unterkünfte ... und, eh' ich es vergesse, nimm ihm eine

Haarprobe für die DNA-Analyse.« Er wandte sich an den Betrunkenen: »Herr Wecklebach, Sie sind damit einverstanden?« Kersten, der im wahrsten Sinne des Wortes die Nase voll hatte, setzte hinzu: »Ansonsten fahren wir zum Untersuchungsrichter, der das anordnen kann.«

Wecklebach sah ihn verwundert an, gab keine Antwort, nickte nur schwerfällig mit dem Kopf. Graser tat, wie ihm geheißen, verpackte die Haare, brachte sie Rothman vom Erkennungsdienst.

Dienstag, 9. August

Auch am darauf folgenden Tag konnte Wecklebach nicht sagen, wo er an dem fraglichen Tag vormittags gewesen war. Er wusste einfach nicht mehr, in welchem Lokal er sich aufgehalten hatte. Beweise gegen ihn gab es keine. Also musste er vorläufig freigelassen werden.

»Weißt du, Hummel«, Kersten strich sich über den Oberlippenbart, »könnte sein, dass er es war. Vielleicht aber auch nicht. Als wir nachmittags bei ihm waren, machte er nicht den Eindruck eines Mörders. Jetzt auch nicht. Obwohl ... Monique Colombin hat ihn abgewiesen.«

»Meinst du, dass er etwas mit dem Überfall auf den Juwelier zu tun hat?«

»Nein, nein, Hummel, das glaube ich nicht. Das können wir ausschließen. Dazu ist er nicht fähig.«

»Tja Josef. Aber man kann sich auch schwer täuschen.«

»Was soll das heißen, Hummel? Was?«, fuhr Kersten den Oberkommissar an.

Erschrocken über den plötzlichen Wutausbruch seines Chefs antwortete Hummel: »Ich meine ja nur.«

»Ja, ich weiß, Hummel, ich weiß«, gab Kersten jetzt

ruhiger zu, »Irrtümer sind zwar nicht allzu oft passiert, sind aber schon passiert …«

Es klang wie eine Entschuldigung. Er klopfte seinem Kollegen auf die Schulter.

***

Auch nach wochenlanger Fahndung der Regionalen Kriminalinspektion Odenwald stellte sich kein Erfolg ein. Timo Hausmann wurde von niemandem gesehen oder erkannt. Es gab keinen Hinweis, es gab rein gar nichts. Auch kam keine Information vom Landeskriminalamt und von Europol. Hausmann schien wie vom Erdboden verschluckt.

Die DNA von Richard Wecklebach blieb ergebnislos. Von seinen Haaren waren in Moniques Bad keine gefunden worden. Es gab überhaupt keine Spuren von ihm, was aber nicht ausschloss, das er trotzdem der Täter gewesen sein konnte.

Mittwoch, 14. September
Medina-Sidonia, Spanien

Frühmorgens stand Timo wie gewohnt um 6 Uhr auf, zog den Rollladen hoch, öffnete das Fenster, schaute hinüber zur Sierra de Grazalema. Es war diesig. Ein auffrischender Wind wehte von der Sierra ins Tal. Timo fröstelte.

Roch es hier nach Rauch? Er atmete tief durch. Vielleicht hatte jemand verbrauchtes Stroh oder sonst etwas verbrannt. Kam ja nicht selten vor. Timo schloss das Fenster, ging ins Bad. Plötzlich verspürte er eine innere Unruhe, ging zurück in sein Zimmer, öffnete noch einmal das Fenster. Der Geruch nach Rauch war intensiver geworden. Etwas stimmte nicht. Das spürte er.

Eilig zog er sich an, rannte die Treppe hinunter auf die Terrasse des Haupthauses. Jetzt sah Timo, was los war. Die Stallungen standen in Flammen. Niemand außer ihm hatte es bemerkt. Alle schliefen noch. Er rannte zum Feuermelder, drückte den Knopf, der gleichzeitig die Feuerwehr von Medina-Sidonia alarmierte. Die Sirene heulte laut.

In wenigen Minuten waren alle Mitarbeiter auf den Beinen. Da ein Tanklöschwagen zur Hacienda gehörte, konnte schnell reagiert werden. Mittlerweile war auch die Feuerwehr eingetroffen. Mit vereinten Kräften versuchten sie, das Feuer in den Griff zu bekommen.

Gonzales rannte in den Stall, in dem Primero, der kranke Hengst und Corazón, Cristinas Pferd sowie das Fohlen La Bonita vor Angst laut wieherten und immer wieder mit den Hufen gegen die Boxenwände ausschlugen. Cristina und Evita folgten ihrem Vater.

»Bleibt weg!«, schrie Gonzales seinen Töchtern zu. Evita blieb stehen, während Cristina weiter rannte. »Bleib hier, Cristina!«, kreischte Evita ihrer Schwester nach. Cristina rannte weiter. Timo wollte sie abfangen, aber sie ließ sich nicht aufhalten.

Sie rannte ihrem Vater nach in den brennenden Stall. Kaum war sie durch die Stalltür, brach das Dach zusammen, die Tür wurde durch die Trägerbalken versperrt. Timo wollte hineinschlüpfen, aber es war aussichtslos. Es gab keine Möglichkeit mehr, in den Stall hineinzukommen. Alles brannte lichterloh. Glut stob aus allen Ecken.

Drinnen trat Primero um sich. Corazón mit dem Fohlen in der Box nebenan war ebenso verzweifelt, trat mit aller Macht gegen die Wände der durch Eisengittertüren verschlossenen Boxen.

Irgendwie schaffte es Cristina, die glühend heißen Riegel der Boxentüren zu öffnen. Primero, Corazón und La Bonita rasten in wilder Angst aus den Boxen, traten um sich, wobei Primero mit dem Vorderhuf Cristina am Hinterkopf traf, so dass sie vornüber fiel und regungslos liegen blieb. Ihr Vater wollte ihr helfen, sie aufheben, aber ihm fiel ein Balken auf den Kopf, er schlug der Länge nach hin.

Inzwischen konnten die Feuerwehrleute die Tür zum Stall mit Äxten aufbrechen. Sie entfernten die brennenden Balken. Timo und drei weitere Mitarbeiter rannten in den Stall. Er und Miguel hoben Cristina auf, trugen sie ins Freie. Die beiden anderen brachten den Don hinaus.

Mittlerweile waren zwei Notärzte, auch Beamten der guardia civil vor Ort. Die beiden Verletzten wurden sofort ins Krankenhaus gebracht. Sie schwebten nach Aussage der Ärzte in Lebensgefahr.

Die Pferde gelangten ins Freie, rannten in bloßer Todesangst fort, bis sie nicht mehr zu sehen waren. Sie konnten nach längerer Suche wieder eingefangen werden, wurden in ein Nebengebäude gebracht, das dem Brand nicht zum Opfer gefallen war.

Die Stallungen von *Mil Toros* waren trotz aller Anstrengungen der Mitarbeiter und der Feuerwehr zum größten Teil bis auf die Grundmauern niedergebrannt. Auf das Haupthaus konnten die Flammen nicht übergreifen. Außer Cristina und ihrem Vater wurde niemand verletzt. Da alle Stiere und Pferde, ausgenommen Primero und Corazón mit La Bonita, auf den Weiden grasten, kam auch keines der Tiere zu Schaden.

Die Beamten der guardia civil begannen sofort mit den Ermittlungen. Alle Mitarbeiter wurden befragt. War es Brandstiftung? Lag es an der Hitze?

Die guardia civil war über die spanische policía nacional, die wiederum von Europol informiert worden war, in Kenntnis gesetzt worden, dass nach einem jungen Deutschen mit blondem Haar gefahndet wurde.

Eduardo Suerte stieß seinen Kollegen Tomas Diaz in die Seite: »Es wird doch ein Deutscher gesucht. Hier ist ein junger Mann mit blondem Haar. Sieht germanisch aus, oder?«

»Hast recht«, antwortete Diaz, »wir werden mit ihm sprechen.«

Timo war mittlerweile ins Haus gegangen, um sich bei Señora Maribel und Evita nach dem Befinden des Don und Cristinas zu erkundigen. Die Señora saß am Tisch im Esszimmer, das Gesicht voller Tränen. Evita lief unruhig auf und ab.

»Wie geht es ihnen?«, fragte Timo aufgeregt.

»Ach, Timo«, schluchzte Evita, »immer noch der gleiche kritische Zustand. Die Ärzte haben mir am Telefon gesagt, wenn sie die Nacht durchstehen, haben sie gute Chancen, zu überleben. Wir wissen nicht mehr als vorher.«

»Evita«, versuchte Timo sie zu trösten, »die Ärzte tun alles Menschenmögliche.«

»Ja«, flüsterte Evita weinend, »hoffentlich.«

»Hab Vertrauen. Es wird schon gut gehen.« Er nahm sie in die Arme, drückte sie an sich.

In der Diele wurde es plötzlich laut. Esmeralda, die Köchin polterte mit ihrer kräftigen Stimme: »Was wollt ihr? Ihr behauptet, Timo würde wegen Mordes gesucht? Ich glaube, ihr spinnt! Schert euch fort! Ich will euch hier nicht mehr sehen. So eine Frechheit!« Sie sah die Polizisten verächtlich an. »Na, dann geht doch hinein! Er wird sicher im Wohnzimmer sein.«

Timo verstand die Warnung. Er wusste, warum Esmeralda so laut war. Eilig verließ er das Esszimmer, rannte hoch in sein Zimmer, packte das Nötigste in seinen Rucksack, eilte ins Nebenzimmer zum Tresor, wo er sein erspartes Geld deponiert hatte, nahm alles heraus, flüchtete über die Feuerleiter aus dem Haus.

Als die Polizisten das Wohnzimmer betraten, war er längst weg.

Nachdem sie das Haus durchsucht hatten, sprangen die Beamten in ihren Geländewagen, fuhren los, in der Hoffnung, Timo unterwegs auf der Hacienda aufzustöbern. Es gelang ihnen nicht, denn Timo hatte sich von Miguel, der ihm ein guter Freund geworden war, mit dem Range Rover nach Jerez de la Frontera zum Bahnhof bringen lassen.

Während der Fahrt hatte er Miguel über alles unterrichtet. Miguel glaubte ihm.

Jerez de la Frontera, Spanien

Timo verabschiedete sich vor dem Bahnhof von Jerez von Miguel, bat ihn, alle Kollegen von ihm zu grüßen, besonders die Familie Gonzales und Esmeralda, der er es verdankte, dass er sich so schnell absetzen konnte. Er versprach ihm, sich zu melden.

»Muy bien, amigo.« Sie umarmten sich zum Abschied. Miguel gab Timo seine Handynummer. »Ruf' mich an.« Er fuhr zurück nach *Mil Toros*, wo nach dem Brand viel Arbeit auf ihn und seine Kollegen wartete.

Laut Anzeigetafel ging in eineinhalb Stunden ein Zug nach Madrid. Timo löste eine Fahrkarte.

Madrid, Spanien

Nach vier Stunden Fahrt traf der Talgo Avril im Bahnhof Atocha in Madrid ein. Mit dem Taxi fuhr Timo weiter zum Aeropuerto Adolfo Suárez Madrid-Barajas. Mittlerweile war es Abend geworden. Hastig ging er zu einer der Anzeigetafeln in der Abflughalle. Auf einem der Monitore las er unter anderem, dass Donnerstagfrüh um 8.30 Uhr eine Maschine via Frankfurt nach Windhoek flog.

Da kam ihm die Idee. Namibia. Er hatte vor einiger Zeit das Buch *Traumland Südwest* von Hans Otto Meissner über das ehemalige Deutsch-Südwest-Afrika gelesen und war davon beeindruckt.

Timo buchte bei Air Namibia ein Ticket.

Donnerstag, 15. September
Madrid, Spanien; Frankfurt am Main

In der Früh fuhr Timo mit dem Taxi zum Flughafen. Er checkte ein, um 8.35 Uhr hob der Airbus A 340 der Air Namibia nach Frankfurt ab.

Da er dort genügend Zeit bis zum Abflug nach Namibia hatte, fuhr er mit dem Bus in die Innenstadt. Er war nervös. Timo lief unruhig durch die Stadt, aß in der Freßgass' Rippchen mit Kraut. Auf der Zeil trank er in einer Bäckerei Kaffee. Am späten Nachmittag kaufte er sich einen Koffer und notwendige Kleidung, fuhr mit dem Bus zum Flughafen zurück.

Um 20.15 Uhr startete die Maschine in den wolkigen Nachthimmel über Frankfurt mit Ziel Windhoek. Erst jetzt fiel die Anspannung von ihm ab. Er schloss die Augen, lehnte sich zurück. Bei einer Flugbegleiterin bestellte er Gin Tonic. Er leerte das Glas mit einem Zug.

Freitag, 16. September
Windhoek, Namibia

Nach zehnstündigem Flug landete die Maschine frühmorgens auf dem Hosea-Kutako-Airport in Windhoek. Es war noch kühl, als er den Airbus verließ. Aber die Sonne versprach einen schönen Tag.

Sobald alle Formalitäten erledigt waren, bot ihm ein Afrikaner, der in Offenbach seinen Bruder besucht hatte und den er im Flugzeug kennengelernt hatte, an, ihn mitzunehmen. Jakob Moto hatte neben ihm in der Maschine gesessen. Timo erzählte ihm, dass er nach Swakopmund wolle. Moto wollte nach Walvis Bay. »Kein Problem. Du kannst gerne mitfahren. Ich komme eh durch Swakop.«

Moto nahm sich am Flughafen einen Leihwagen, einen VW Polo. Sie fuhren in Richtung Swakopmund, zwischen der Wüste Namib und dem Atlantischen Ozean gelegen. Mittlerweile waren die Temperaturen angestiegen. Es waren jetzt neunundzwanzig Grad im Schatten.

Swakopmund, Namibia

Gegen 18 Uhr kamen sie in Swakopmund an. Es war eine ermüdende Fahrt gewesen auf der endlos scheinenden Schotterpiste, die nur teilweise durch Asphalt ersetzt worden war.

Am ehemaligen Bahnhof in der Altstadt von Swakopmund ließ Jakob Moto Timo aussteigen: »Mach's gut, mein Freund. Melde dich mal.« Er schrieb ihm seine Telefonnummer auf einen Zettel.

»Danke, Jakob, oder wie ihr auf Afrikaans sagt: Dankie!«

»Met plesier! Gern geschehen!« Der weiße Afrikaner fuhr lächelnd los.

Hier am Atlantik war es nicht so heiß wie in Windhoek. Das elektronische Thermometer an einem Souvenirladen zeigte gerade einmal dreiundzwanzig Grad an. Zudem war es etwas nebelig. Aber das war Timo im Moment gleichgültig. Er war erschöpft, suchte ein Hotel.

Er checkte im Hotel *Zum Deutschen Kaiser* in der Bismarckstraße ein.

Gut ausgeschlafen ging er in den Frühstücksraum. Auf dem Weg dorthin sah er einen Aushang im Foyer: *Kellner gesucht*. Er ging zur Rezeption, bat um Auskunft.

»Sorry Sir, einen Moment bitte.« Der Portier händigte einer Dame ihren Zimmerschlüssel aus. Dann begleitete er Timo ins Büro der Verwaltung. Timo fragte, ob er den gesuchten Job bekommen könne. Es klappte. Timo konnte am nächsten Tag anfangen.

Nachdem er den Vertrag bei der Managerin unterschrieben hatte, ging er frühstücken. Danach bummelte er durch Swakopmund, flüsterte vor sich hin: »Unglaublich, diese Stadt!«

Die Deutschen hatten ihre Spuren hinterlassen. Die Häuser, so manche Straßennamen, das Alte Amtsgericht, das Brauhaus und vieles mehr. Hier spürte man noch die einstige Kolonialzeit.

Ihm fiel die Hacienda *Mil Toros* in Andalusien ein. Er griff zum Handy, wählte die Nummer von Miguel. Der freute sich sehr, als er hörte, dass es Timo gut ging. »Dem Don und Cristina geht es besser. Sie sind außer Lebensgefahr, müssen allerdings noch eine Zeitlang im Krankenhaus bleiben. Allen anderen geht es gut. Alles muss wieder aufgebaut werden. Das schaffen wir schon«, berichtete er.

»Wie kam es zu dem Brand, Miguel? Wurde das herausgefunden?«

»Oh ja, beinahe hätte ich vergessen, es dir zu sagen. Ruiz del Paso war an diesem Tag sehr früh aufgestanden, weil er nicht mehr schlafen konnte. Er ging zu den Stallungen und wollte nach dem Fohlen von Corazón sehen. Ruiz zündete sich eine Zigarette an, merkte nicht, dass etwas Glut in einen Strohballen flog. Das Stroh fing Feuer. Da es sehr trocken war, brannte plötzlich alles lichterloh.« Miguel nahm einen tiefen Zug aus seinem Zigarillo, erzählte weiter: »Ruiz konnte sich gerade noch aus den Flammen retten. Er versteckte sich. Erst später gestand er der guardia civil, dass er den Brand verursacht hatte. Die Polizisten haben ihn mitgenommen. Was mit ihm passiert, wissen wir nicht.« Miguel räusperte sich: »Aber nun was anderes: Wann sehe ich dich wieder?«

»Das steht in den Sternen, amigo. Irgendwann sicher. Das verspreche ich dir«, gab Timo zur Antwort.

»Wo bist du überhaupt?«

»In Afrika. Namibia. Schöne Grüße an alle Kollegen, besonders an den Don und seine Familie. Vergiss Esmeralda nicht. Ohne sie säße ich jetzt wahrscheinlich im Gefängnis. Adiós, Miguel.«

»Adiós, amigo.«

ERBACH

Die Kriminalinspektion in Erbach hatte trotz Bildung der Sonderkommission Collam mit zehn Beamten keinen Erfolg. Die einzige Person, die vielleicht etwas Genaueres hätte sagen können, konnte sich an nichts erinnern. Carmen Roth, die Opernsängerin. Alle waren frustriert.

Kersten konnte keine Ruhe finden. Die ungelösten Fälle zerrten an seinen Nerven. Seiner Frau Paula gegenüber war er nur noch mürrisch und übel gelaunt. Es ging so weit, dass sie sich nicht einmal mehr zum Essen mit ihm an einen Tisch setzte.

Also frühstückte er auch dieses Mal wieder alleine. Danach stand er auf, brummelte: »Ich fahr' ins Büro«, und ging nach draußen. Paula rief ihm nach: »Wann kommst du wieder, Josef?«

Er gab keine Antwort.

»Du weißt, wir wollen heute zu meiner Schwester nach Beerfelden fahren.«

Kersten knurrte ärgerlich: »Die kann ich sowieso nicht leiden.«

Paula sah ihm betrübt nach, flüsterte: »Mein Gott, hoffentlich kann er diese Fälle bald lösen. Sogar Anton merkt, dass hier etwas nicht mehr stimmt.« Anton war ihr junger Windhund. Sie setzte sich traurig auf die Bank im Garten.

Kersten fuhr ins Kommissariat, stellte den Opel auf dem Parkplatz ab, betrat das Gebäude. Aromatischer Duft stieg ihm in die Nase, er runzelte die Stirn. Kaffee? Er hob die Schultern, ging in sein Büro. Zu seiner Überraschung saß Hummel am Schreibtisch, las Berichte in vor ihm liegenden Zeitungen.

»Oha, Hummel!«, rief er laut, »du hier?« Er beugte sich über ihn. »Hast du etwa vergessen, dass heute Samstag ist?«

»Ja, ja, Josef, mach dich nur lustig über mich. Als ob ich mir mit Ruhe ansehen könnte, wie nix klappt.«

»Entschuldige, Hummel. War nicht so gemeint. Das Ganze geht einem schon böse auf den Geist. Man kommt nicht mehr zur Ruhe.« Er war nun etwas freundlicher. »Du hast Kaffee gekocht? Sehr schön!«

Kersten holte zwei Tassen, ließ Kaffee hineinlaufen, stellte Hummel eine hin, die andere behielt er in der Hand, warf zwei Würfel Zucker hinein, rührte um, trank. Er verzog den Mund: »Verdammt heiß! Aber gut! Die neue Maschine ist ...«

»Josef, lass uns nicht dumm rumlabern«, unterbrach ihn Hummel, »lass uns zur Sache kommen.«

Kersten schaute seinen Kollegen erstaunt an: »Woher der Eifer, Hummel? Du wirst dich doch nicht bessern? Zeitungen hast du auch gelesen? Alle Achtung!« Er pfiff leise.

Hummel biss sich auf die Unterlippe.

»Okay, Hummel. Wir fahren noch mal zu diesem Monsieur Leclerc. Den nehmen wir jetzt in die Mangel.«

In der JVA saß Jean-Marie Leclerc dem Hauptkommissar wieder gegenüber. Er hatte lässig die Beine übereinander geschlagen, wirkte überheblich, was dem dicklichen Hummel die Zornesröte ins Gesicht trieb. Aber er lehnte sich, wie er es bei Verhören gerne machte, an die Wand, verschränkte die Arme vor der Brust, tippte mit dem Fuß einige Male auf den Boden, schaute Jean-Marie scheinbar gelangweilt an.

Kersten sagte erstmal keinen Ton. Dann meinte er plötzlich: »So, Leclerc ...«

»Monsieur Leclerc!«, warf Jean-Marie ein.

»Nix da! Es reicht!«, tobte Kersten, »ich pfeif' auf dieses Getue. Wir haben hier zwei Morde aufzuklären, und ich bin mir sicher, dass Sie den Juwelier Lambert erschossen haben. Den Schuss auf die Frau vor dem Geschäft haben Sie auch abgegeben.« Er haute mit der Faust auf die Tischplatte. »Und der Mord an Monique Colombin ist immer noch ein Thema für Sie. Nur damit Sie richtig informiert sind!« Er rieb sich die Hand.

Trocken gab Leclerc zur Antwort: »'aben Sie Beweise gegen misch? Isch glaube nischt. Sie können mir diese Dinge nischt nachweisen. Und über'aupt ... was Monique betrifft«, er grinste, »da 'abe isch, wie sie wissen, ein Alibi.«

»Haben Sie das wirklich? Ich weiß nicht ...« Kersten strich sich übers glattrasierte Kinn. Sein Handy klingelte. Dieter Simons vom Empfang. Eine junge Dame sei im Kommissariat und wolle eine wichtige Aussage machen.

»Hummel kommt«, sagte Kersten knapp. »Sie möchte so lange warten.« Er wandte sich an den Oberkommissar: »Nimm meinen Wagen und fahr ins Kommissariat, Hummel. Eine Frau will eine Aussage machen. Ich komme mit dem Taxi nach.«

Vierzig Minuten später begrüßte Hummel die attraktive Frau, die im Foyer Platz genommen hatte, stellte sich vor, ging mit ihr ins Besprechungszimmer in den ersten Stock. Er versuchte, so charmant wie möglich zu sein, bot ihr einen Platz an, entschuldigte sich mit den Worten: »Gedulden Sie sich bitte einen Moment, gnädige Frau, ich bin sofort wieder da.«

»Fräulein!«, korrigierte sie mit Augenaufschlag. »So möchte ich auch genannt werden.«

Hummel errötete. »Entschuldigung. Selbstverständlich. Fräulein.« Er ging nach nebenan, rief Kersten an: »Dauert es bei dir noch lange, Josef? Hier ist eine Dame, die mir sehr bekannt vorkommt.«

»Den Namen weißt du natürlich wieder nicht. Hätte mich auch gewundert. Ist aber nicht weiter schlimm.« Kersten bemerkte spöttisch: »Sie wird ihn dir schon mitteilen.« Er drehte Jean-Marie den Rücken zu. »Sprich mit ihr. Wenn ich mit Leclerc fertig bin, komme ich, okay?«

Hummel war bewusst, dass das lange dauern konnte. Er nahm sich zusammen, fuhr sich über die spärlichen Haare, zog so gut er konnte den Bauch ein, betrat das Besprechungszimmer, setzte sich der jungen Frau gegenüber an den Tisch. »Darf ich Ihnen Kaffee oder etwas anderes zu trinken anbieten?«

»Vielleicht ein Mineralwasser.«

»Sehr gerne.«

Er holte eine Flasche Odenwald-Quelle und zwei Gläser, schenkte ein, setzte sich wieder.

Nachdem beide getrunken hatten, fragte Hummel: »Was führt Sie zu uns?«

»Zunächst, Herr Hummel, mein Name ist Carmen Roth. Ich ...«

Felix hielt den Atem an, schlug sich mit der flachen Hand an die hohe Stirn. »Frankfurter Oper, *La Tra-*

viata von Verdi, richtig?«, platzte es aus ihm heraus.

»Richtig. Aber das tut nichts zur Sache.«

»Ich habe die Aufführung im Fernsehen gesehen. Traumhaft!«, schwärmte er.

»Ich freue mich, wenn es Ihnen gefallen hat, Herr Hummel«, entgegnete sie lächelnd.

»Ja, sehr!« Der Oberkommissar wartete einen Augenblick, wurde dann dienstlich. »Wie geht es Ihnen? Haben Sie ihre Verletzung gut überstanden?«

»Ja. Es geht mir wieder gut. Danke der Nachfrage.«

»Das freut mich.« Er beugte sich vor, legte die Hände auf die Oberschenkel, blickte nun genau in den Ausschnitt der Opernsängerin. Carmen Roth trank erneut, benetzte mit der Zunge ihre Lippen. Hummel schluckte.

»Herr Hummel«, begann sie mit ernster Miene, »ich möchte eine Aussage machen.« Sie tupfte sich mit einem seidenen Taschentuch die Nase.

»Bitte, Fräulein Roth.« Hummel begann zu schwitzen. Er schloss für einen Moment die Augen.

»Ich kann mich dunkel daran erinnern«, sie räusperte sich, wiederholte etwas lauter: »Ich kann mich dunkel daran erinnern, dass der Schuss nicht von dem Mann kam, der die Tür zugehalten hat. Der hatte keine Waffe auf mich gerichtet.«

Hummel erwachte aus seinem Traum, starrte sie an: »Was? Was sagen Sie da?« Er sprang auf, blinzelte, nahm die Brille ab: »Das ist ja ... das ist ...« Hummel war plötzlich aufgeregt. »Wie sah der aus? Können Sie sich auch daran erinnern?«

»Sicher. Ich wollte ja in das Geschäft hineingehen und konnte durch die Glastür schauen. Er hatte so eine merkwürdige Maske über den Kopf gezogen. Ich wunderte mich, dachte: Was ist denn hier los?«

Hummel setzte die Brille wieder auf. »Sie konnten in den Innenraum des Geschäftes hineinschauen?« Er sah sie gespannt an.

»Ja, aber nur kurz. Da war noch ein Mann vor der Theke, auch maskiert. Hinter der Theke stand der Inhaber, Herr Lambert, den ich kenne. Ich habe einen großen Teil meines Schmuckes bei ihm gekauft. Der Maskierte hat dem Inhaber eine Pistole an den Kopf gehalten. Sie atmete tief durch. »Ja … und dann … dann fielen die Schüsse.«

»Sind … sind Sie ganz sicher?« Hummel war endgültig erwacht.

»Todsicher.« Sie tupfte sich mit dem Taschentuch eine Träne ab.

»Entschuldigen Sie.« Hummel griff zu seinem Handy, rannte aus dem Zimmer, rief Kersten an.

Weiterstadt

Kersten nahm das klingelnde Handy aus der Tasche seines Sakkos, schaute auf das Display. Hummel! Er rollte die Augen: »Was ist denn los? Du weißt doch, dass ich mitten in einer Vernehmung bin«, sagte er.

Hummel war völlig aufgelöst: »Josef, Josef, brauchst du noch lange? Komm schnell, komm ganz, ganz schnell.«

Kersten ging hinaus auf den Flur, schloss die Tür hinter sich. »Hast du noch alle Tassen im Schrank? Ich bin gerade dabei, Leclerc zu knacken, und du rufst mich wahrscheinlich wegen einer Lappalie an und unterbrichst mich. Das kann ja wohl nicht wahr sein.«

Hummel achtete diesmal nicht auf die Beleidigungen seines Chefs. Er berichtete ihm von der Aussage der Opernsängerin: »Und wenn der Schuss aus der Ruger SR9 auf Carmen Roth nicht von dem Blonden kam, dann hat der auch nicht auf den Juwelier geschossen, der Blonde. Das kann dann nur Leclerc gewesen sein! Nur der! Der hatte ja die Waffe auf den

Juwelier ...« Den Rest des Satzes verschluckte er. »So wie sie mir ...« Hummel war völlig aufgelöst.

»Was?« Kersten beendete das Gespräch, eilte ins Verhörzimmer zu Jean-Marie, setzte sich ihm gegenüber, meinte leise: »So, mein Freund ...«

»Isch bin nischt ihr Freund«, unterbrach ihn Jean-Marie grinsend.

»Das ist richtig.« Kersten war immer noch leise, »Aber kommen wir zur Sache. Ich habe soeben erfahren, dass sie ein eiskalter Mörder sind.« Er ließ seine Worte einen Moment wirken, sah Jean-Marie triumphierend an.

Der wurde kreideweiß. »Wer be'auptet so etwas? Isch will sofort meinen Anwalt spreschen.« Er schnellte vom Stuhl hoch. »Sie bluffen!«

»Sie glauben also, ich hätte das nötig? Gut!« Kersten lehnte sich zurück. »Dann rufen Sie mal ihren Anwalt an. Sie werden ihn brauchen. Und das ist kein Spaß!«

Jean-Marie nahm den Telefonhörer, den Kersten ihm entgegen hielt, rief seinen Anwalt an.

Dr. Herbert Kress, der eine Stunde später das Verhörzimmer der JVA betrat, konnte seinem Mandanten nicht helfen. Jean-Marie war mit den Nerven am Ende, schluchzte nach einem Gespräch in einem separaten Raum unter vier Augen mit gebrochener Stimme: »Isch kann nischt mehr ... Isch werde geste'en.«

Trotz erheblicher Einwände seines Verteidigers blieb er bei seinem Entschluss. Jean-Marie wurde wieder in die Zelle zurückgebracht. Der Anwalt verließ frustriert die Justizvollzugsanstalt.

Hummel bedankte sich bei Carmen Roth für ihre Aussage. Er ließ ein Taxi rufen, das sie nach Michelstadt brachte.

Ungefähr eine Stunde später kam Kersten, betrat das Büro. Kersten, Hummel, und das gesamte Ermittlerteam waren erleichtert, dass zumindest der eine Fall eine Wende genommen hatte.

»So, Hummel«, sagte Kersten gut gelaunt, »jetzt machen wir Feierabend. Wir sehen uns am Montag früh im Büro. Schönes Wochenende.« Er ging zur Tür hinaus, hinunter auf den Parkplatz, setzte sich in seinen Wagen und fuhr davon. Zum Glück war es schon nach fünfzehn Uhr. Da musste er nicht mehr zu seiner Schwägerin. Geraume Zeit später bog er in den Hof seines Hauses Am Reihberg im Erbacher Stadtteil Erlenbach ein. Er stellte den Wagen in der Garage ab.

Seine Frau pflückte Blumen im Garten, um sie später auf den Wohnzimmertisch zu stellen. Sie liebte bunte Blumensträuße. Als sie ihren Mann kommen sah, eilte sie ins Haus, schlug die Tür hinter sich zu. Kersten murmelte: »Jetzt ist sie verärgert, weil wir nicht nach Beerfelden gefahren sind. Na ja, ist mir egal. Soll sie sich ärgern. Es gibt ja noch Manuela.« Fröhlich pfeifend betrat er den Bungalow, den er vor einigen Jahren gekauft hatte. Er ging ins Wohnzimmer, setzte sich auf einen Sessel, legte die Beine auf den niedrigen Tisch. Paula würdigte ihn keines Blickes, ging hinaus auf die Terrasse, setzte sich auf eine Bank, stützte den Kopf in beide Hände. Tränen traten in ihre dunklen Augen.

Hummel räumte auf, stellte die Stühle an ihren Platz, dann ging auch er. Er freute sich auf den freien Sonntag, den er mit seiner Freundin Manuela Willert, der Kollegin von der Leitstelle, verbringen wollte. Da es immer noch warm und sonnig war, versprach es, ein schöner Tag zu werden.

Montag, 19. September

Um 7 Uhr trafen sich Kersten und Hummel im Büro, setzte sich an ihre Schreibtische. Nachdem sie Kaffee getrunken und Zeitungen gelesen hatten, hob Kersten den Kopf: »Hummel, wir müssen uns um den Mord an Monique Colombin kümmern.« Er holte tief Luft, fuhr fort: »Hier ist Leclerc möglicherweise raus. Zumindest hat er ein Alibi. Aber ... wir sind damit noch nicht durch. Der kann ebenso gelogen haben. Wer käme dann noch in Frage außer dem Blonden?«

Er blickte zur Decke, senkte wieder den Blick, fuhr Hummel an: »Mach dir halt auch mal Gedanken. Könnte ja nicht schaden. Aber was kann ich von dir schon erwarten? Ich werde wieder alles alleine machen müssen.«

Ganz ruhig meinte Hummel: »Tja Josef, es wird sicher nicht leicht werden. Leclerc hat vielleicht die vom Café *König* bestochen. Die Kellnerin und den Inhaber.«

»Sagte ich doch schon beim letzten Mal, aber du hast ja wieder, wie so oft, nicht zugehört.«

Hummel zog ärgerlich die Augenbrauen zusammen, konnte sich nicht erinnern. Laut verkündete er: »Wir kriegen auch das hin.«

»Wir?« Kersten rollte die Augen. »Na ja.«

»Wir sollten versuchen, Timo Haushalt ausfindig zu machen«, meinte Hummel.

»Hausmann, Hummel. Hausmann!« Kersten fasste sich an die Stirn, atmete durch, blies die Backen auf, stieß langsam die Luft aus: »Ja, sicher. Das sollten wir.«

Hummel überlegte. »Und wir besuchen noch mal

diesen, wie heißt er schnell wieder, diesen ... oh Mann, jetzt fällt mir der Name wieder nicht ein ...«

Kersten sah auf: »Na, das ist ja nun wirklich nichts Neues. Wen willst du wo besuchen? Vielleicht kann ich dir ja helfen«, meinte er sarkastisch.

»Ach, du weißt schon, den Nachbarn der Colombin. Fällt mir jetzt einfach nicht ein, verdammt noch mal.« Er schlug sich mit beiden Händen auf die Oberschenkel. »Der hat aber auch einen blöden ...«

»Ach so, du meinst diesen Wecklebach?«, erwiderte Kersten. »Sag's doch gleich! Ja, das ist keine schlechte Idee. Manchmal kann man dich doch gebrauchen. Komm, das machen wir sofort.« Kersten stand auf.

»Auf geht's!« Hummel erhob sich ebenfalls, nahm sein graue Jacke, die er an den Garderobenständer gehängt hatte, zog sie an.

Michelstadt

Sie fuhren nach Michelstadt in die Bahnhofstraße. Hummel läutete. Durch die Sprechanlage klang die Stimme Richard Wecklebachs: »Wer ist da?«

»Hauptkommissar Kersten und Oberkommissar Hummel.«

»So? Was wollt ihr denn schon wieder von mir?«

»Nur ein paar Fragen, Herr Wecklebach, nur ein paar Fragen.«

»Kommen Sie.« Der Öffner summte, Hummel drückte gegen die Tür. Sie gingen nach oben, wo sie von Wecklebach erwartet wurden. In der Wohnung roch es muffig. Abgestandene, verbrauchte Luft. Wecklebach sah noch schlimmer aus, als Kersten ihn in Erinnerung hatte. Haare und Bart strubbelig. Er war verschmutzt bis über die Ohren. Sein Atem stank nach Schnaps. Er roch wieder stark nach Schweiß.

»Haben die Ihnen das Wasser abgestellt?« Kersten wandte sich ab. Ihm wurde übel.

»Wieso das Wasser abgestellt?« Wecklebach verstand die Frage nicht.

»Vergessen Sie's.« Der Hauptkommissar setzte sich unaufgefordert auf einen der vier Holzstühle, die an einem länglichen Tisch standen. Wecklebach setzte sich ihm gegenüber. Als Hummel sich setzen wollte, stellte er fest, dass der Stuhl reichlich zerbrechlich aussah. Er ging einen Schritt zurück, wollte sich an die Wand lehnen, blieb mit dem rechten Fuß an einem Stuhlbein hängen. Das Stuhlbein brach ab. Hummel fiel seitwärts um, rollte sich auf den Rücken, blieb einen Moment stöhnend liegen. Dann stand er langsam und ächzend auf.

»Verdammt!«, fluchte er, rieb sich mit schmerzverzerrtem Gesicht die Schulter.

Kersten lachte laut, was Hummel veranlasste, einen bitterbösen Blick auf ihn zu richten. Wecklebach verzog die Mundwinkel.

Der Oberkommissar wischte mit den flachen Händen seine dunkelblaue Hose ab, lehnte sich mit dem Rücken an den alten zerkratzten Küchenschrank, tippte mehrmals mit dem Fuß auf den schmutzigen grauen Boden, brummte verärgert: »Der ist ganz bestimmt vom Sperrmüll. Der Stuhl.«

Kersten verbarg kopfschüttelnd das Gesicht in den Händen. Er zwang sich, ernst zu sein, legte die Hände auf den Tisch: »So, Herr Wecklebach, wir kommen noch mal wegen des Mordes an Monique Colombin. Sie haben gesagt, dass Sie damit nichts zu tun haben. Gut. Aber vielleicht können Sie uns weiterhelfen.«

Wecklebach schaute den Hauptkommissar verwundert an. Seine Hände zitterten. Er griff zum Glas, das zu drei Viertel mit Schnaps gefüllt war, setzte es an, trank es aus, stellte es wieder auf den Tisch. Er nahm die Schnapsflasche, füllte nach. Mit krächzender Stimme fragte er: »Wie soll ich Ihnen helfen können?«

»Vielleicht ist Ihnen irgendetwas aufgefallen. Hat Monique Colombin oft Männerbesuche gehabt? Oder standen auf dem Parkplatz mal auffällige Autos, oder war sonst irgendetwas? Sie können doch von Ihrer Wohnung direkt auf den Parkplatz sehen.«

»Oh ja. Männerbesuche hatte sie schon ab und zu. Kein Wunder, sie war ja ein hübsches Mädchen.«

»War sie eine Prostituierte?«, fragte nun Hummel.

Wecklebach trank erneut das Glas leer, lispelte müde: »Nein, das glaub ich nicht. Aber wer weiß?« Dann fiel ihm ein: »Manchmal stand ein weißer LKW, so einer mit Anhänger, auf dem Parkplatz.« Er stützte den Kopf in beide Hände. »Aber wem der gehörte, weiß ich nicht«, nuschelte er.

»Stand ein Firmenname auf dem Fahrzeug oder auf dem Anhänger?«

»Es stand etwas auf den Planen«, antwortete Wecklebach müde, »ich glaube *Europatransport* oder so ähnlich. Auf jeden Fall war die Schrift blau.«

»War es ein deutscher LKW oder kam er aus dem Ausland?«

Hummel schaute Wecklebach in sein rotes Gesicht.

Wecklebach gab keine Antwort, hustete, zündete sich einen billigen Stumpen an, hustete abermals. Gelber Schleim lief aus seinen Mundwinkeln. Hummel wandte sich kopfschüttelnd ab. Obwohl ihm übel war, fragte er Wecklebach: »Wer war der Fahrer? Wie sah er aus? War er blond? War er jung? War er älter?«

Wecklebach reagierte nicht mehr. Kersten bedeutet seinem Kollegen, Schluss zu machen. »Komm Hummel, wir geh'n.«

Sie verabschiedeten sich von Wecklebach. Der legte den Kopf auf den Tisch, schlief sofort ein. Der Stumpen fiel auf den Boden.

Kersten klingelte nebenan. Eine alte, fast zahnlose

Frau mit schlohweißem, fettig herunterhängendem Haar öffnete die Tür einen Spalt breit, lugte heraus.

»Ja, wasch ischt?«, nuschelte sie durch große Zahnlücken.

»Polizei.« Kersten hielt ihr seinen Dienstausweis hin. Das schien sie jedoch nicht zu interessieren. Mit einem Rumms knallte sie die Tür wieder zu. Die Kommissare sahen sich sprachlos an. Kersten klingelte erneut, rief laut: »Bitte öffnen Sie die Tür.«

Nichts passierte.

Hummel klopfte nun energisch an die Tür: »Machen Sie bitte die Tür auf oder wir lassen sie aufbrechen.«

Jetzt ging die Tür wieder auf, die Alte zischelte: »Wasch wollt ihr? Verschwindet! Isch kann Bullen nischt leiden. Die haben meinen Schohn eingesperrt, die blöde Bullen. Den guten Arthur. Haut ab!«

»Moment Moment, gute Frau, lassen Sie uns darüber reden.«

Mürrisch ließ die Alte die Polizisten eintreten. In der Wohnung herrschte Chaos. Vor lauter Decken und Kissen war kaum ein Stuhl oder ein Sessel zu sehen. Auch war alles mit ungewaschenen Hosen, Hemden, Pullovern und Röcken belegt. Ein heilloses Durcheinander. Es roch nach faulen Eiern. Sicher war hier tagelang nicht gelüftet worden.

Letztendlich konnten die Beamten bei der alten Frau rein gar nichts über Monique Colombin erfahren. Sie habe sie noch keine dreimal gesehen. Gehört habe sie an dem bewussten Tag auch nichts Ungewöhnliches. Sie sei ja fast taub. Sie erzählte, dass ihr Sohn wegen Diebstahls einsaß, war der Meinung, das sei ungerecht, weil, er hätte ja keine Arbeit und von irgendetwas müsse er sich ja ernähren. »Und misch!« betonte sie. »Misch muss er auch ernähren. Bei meiner kleinen Rente.«

Kersten und Hummel sahen sich wiederholt wortlos an. Kersten hob die Arme, wollte etwas sagen. Er verkniff es sich.

Auf die Frage, ob sie schon mal einen weißen Lastwagen mit Anhänger auf dem Parkplatz vorm Haus gesehen habe, antwortete sie: »Ja, schon.« Mehr war aus ihr nicht herauszukriegen.

Die Beamten verabschiedeten sich, verließen die vergammelte Wohnung Johanna Gärtners.

»So, Hummel, das war's hier im ersten Stock. Gehen wir hinunter.« Kersten ging zur Treppe, wischte sich mit dem Handrücken über die Lippen. Er hatte das Gefühl, eine Menge Staub geschluckt zu haben. Im Erdgeschoss standen zwei der drei Wohnungen leer. Hummel läutete an der Tür der bewohnten Wohnung. Bergner stand auf dem Messingschild neben der Klingel. Eine rothaarige, schlanke Frau, vielleicht fünfunddreißig Jahre alt, öffnete, sah die Polizisten fragend an.

»Guten Tag, Frau Bergner«, grüßte Hummel höflich, »... oder Fräulein?«

»Frau«, antwortete sie knapp.

»Wir kommen von der Kriminalpolizei in Erbach.« Sie wiesen sich aus.

»Was kann ich für Sie tun?« Nadine Bergner ließ die beiden Männer eintreten, bot ihnen im Wohnzimmer Platz an. Von ihr erfuhren sie auch nur wenig über Monique Colombin. Sie kannte sie zwar, sie grüßten sich, wenn sie sich im Treppenhaus oder sonst wo begegneten, mehr sei nicht gewesen. Von Männerbesuchen, wie Wecklebach bestätigt hatte, wusste sie nichts.

»Dass sie ermordet wurde, ist tragisch. Sie war sehr schön.«

»Wir hörten, dass in unbestimmten Abständen ein weißer LKW mit Anhänger auf dem Parkplatz vor dem Haus stand. Haben sie den schon mal gesehen?«, fragte Kersten.

Jetzt errötete die attraktive Frau. Sie stotterte: »Ja, ja, aber ...«

»Aber was, Frau Bergner?« Kersten wurde hellhörig.

»Konnten Sie Details erkennen, und stand etwas auf der Plane?«

»Der Truck kommt aus Bochum. Er hat das Kennzeichen BO-ET 12 ... Den Rest der Nummer weiß ich nicht mehr, nur so viel, es sind vier Stellen. Auf der Plane stand in blauen Buchstaben *Eurotrans*. Das ist vermutlich die Firma«, erzählte sie.

»Das haben Sie aber genau beobachtet, Frau Bergner.« Kersten sah sie an.

»Ja, warum nicht? Der Fahrer kommt ab und zu nach Michelstadt. Manchmal kommt er zu mir. Da war ich halt interessiert.«

Kersten hob die Brauen.

»Ach! Sie haben mit dem Fahrer ein Verhältnis?«, warf Hummel ein.

»Nein. So kann man es nicht nennen.« Sie sah verlegen auf den kieferfarbenen Parkettboden.

»Wie sollen wir es denn nennen?«, fragte Hummel.

»Ich muss dazu etwas sagen ...« Sie zögerte.

»Was müssen Sie dazu sagen? Raus mit der Sprache. Hier geht es um Mord!«

»Nun ja, kurz und gut«, sie holte Luft, zündete sich eine Marlboro an, blies den Rauch gegen die Decke. »Ich arbeite als Model.« Sie atmete tief durch.

»Ach ja? Als Model! Mhm, interessant. Also als Callgirl!«

»Ich sagte, als Model!«, erklärte sie energisch. Sie zog an ihrer Zigarette, blies den Rauch aus. »Ich muss zugeben, dass ich gerne mit verschiedenen Männern zusammen bin. Ich liebe die Abwechslung.«

Hummel schaute ihr ein wenig verstört ins Gesicht: »Aha! Wie heißt der Mann, und wann war er das letzte Mal bei Ihnen?«

»Er heißt Achim Vanderbildt. Wann er das letzte Mal hier war? Das war irgendwann gegen Ende Juli. Moment.« Sie stand auf, ging zum Wohnzimmerschrank, zog eine Schublade auf und holte ein in Wildleder gebundenes Notizbüchlein hervor, blätterte kurz darin. »Genau. Am 26. Juli war er morgens um acht Uhr da. Aber nur für eine kurze Nummer. Dann ging er wieder. Ich dachte: Der ist heute aber früh. Und dann auf die Schnelle? Das kannte ich von ihm gar nicht. Aber ich machte mir keine weiteren Gedanken.« Sie hob die Hände. »Wer weiß schon, was in Menschen vorgeht? Was mich mehr wunderte, war, dass der Truck nicht auf dem Parkplatz stand. Aber auch darüber machte ich mir keine Gedanken. Das sind Dinge, die mich nichts angehen.«

»Und Sie haben an diesem 26. Juli nichts gehört? Keinen Schrei oder Streit oder was auch immer?«

»Nein, ich versichere Ihnen, das ich nichts gehört habe. Das müssen Sie mir glauben.«

»Müssen tu ich gar nichts. Aber Sie sind sicher, dass dieser, wie heißt er schnell wieder, dieser ... Mannomann ...!« Hummel zog die Augenbrauen nach oben.

»Achim Vanderbildt, Hummel.« Kersten schüttelte den Kopf.

»Danke, Josef.« Hummel hatte einen knallroten Kopf bekommen. »Frau Bergner, Sie sind sicher, dass dieser Vanderbildt den weißen Truck fuhr?«

»Ganz sicher.« Nadine Bergner drückte die Zigarette in einem gläsernen Aschenbecher aus. Sie kokettierte mit Hummel, was diesen noch verlegener machte.

»Ich frage nur, weil er diesmal offensichtlich nicht mit dem Truck kam. Aber möglicherweise hatte er ihn ja anderswo geparkt.«

»Möglicherweise, ja.«

»Okay, wie sieht er denn aus, dieser«, Hummel stockte, »dieser Vanderbolt?«

Kersten schüttelte wiederholt den Kopf, sagte aber nichts.

»Achim ist groß, ungefähr einsneunzig, schlank, hat schwarze Locken. Dunkelbraune Augen. Ein gut aussehender Mann. So stellt man sich einen echten Trucker vor.«

»Danke.«

Kersten erhob sich, sah seinen Kollegen an. »Lass uns gehen, Hummel.«

Nadine Bergner begleitete die Beamten zur Tür. »Auf Wiedersehen, meine Herren.«

»Ach Frau Bergner, eine kurze Frage noch.« Hummel dreht sich noch mal um.

»Ja?« Nadine Bergner sah ihn fragend an.

»In der Wohnung neben Ihnen lebte doch eine alte Frau. Ist sie ausgezogen?«

»Nein, Frau Kaiser ist vor vier Tagen verstorben.«

»Oh! Das tut mir leid. Auf Wiedersehen.«

»Wiederseh'n.« Nadine Bergner schloss die Tür.

»Was war denn das?« Kersten schaute seinen Kollegen an. »Das mit der alten Frau, meine ich.«

»Ach, nur so! Die alte Frau hatte doch damals gesagt, als wir diesen Weckle ... Wecklebach«, er zupfte sich an der Nase, »zum zweiten Mal aufsuchen wollten, er sei vor wenigen Minuten aus dem Haus gegangen. Mit ihr hätte ich gerne noch mal gesprochen. Aber mit ihr können wir ja nun nicht mehr sprechen.« Hummel legte verlegen den Kopf schief.

»Ja! Da hast du ausnahmsweise mal recht.« Der Hauptkommissar reckte einen Daumen hoch. Sie gingen auf den Parkplatz, setzten sich in den Wagen.

»Nun, das ist doch schon mal was, oder?«

»Was ist schon mal was, Josef?«, fragte Hummel.

»Das mit dem LKW und dem Fahrer.« Kersten schaute kopfschüttelnd aus dem Seitenfenster.

»Ach so, ja! Der Fahrer ist zwar nicht blond und heißt auch nicht Tim Hausherr, sondern Armin Vanderboldt.« Hummel sah Kersten unsicher von der Seite an. »Oder wie?«

Kersten verdrehte die Augen, holte tief Luft, blickte nach rechts zu seinem Kollegen, schnarrte: »Hummel, Hummel! Du solltest es mal mit Ginsengkapseln versuchen. Vielleicht helfen die deinem nicht gerade fabelhaften Kurzzeitgedächtnis ein wenig auf die Sprünge.« Er winkte ab: »Aber was sag' ich! Hat ja eh' keinen Zweck!«

»Es ist nur schade, dass wir mit dem Trunkenbold nicht mehr anfangen können«, fuhr Hummel unbeirrt fort. »Der ist ja total fertig.«

Kersten ließ das Seitenfenster herunter, zündete sich einen Zigarillo an, blies den Rauch durch die Nase aus. »Aber vielleicht hat er uns doch geholfen. Wer weiß.«

Erbach

»So«, sagte Kersten zu seinem Kollegen, als sie an ihren Schreibtischen saßen, »jetzt wird erst mal etwas gegessen. Ich habe einen barbarischen Hunger. Du auch?«

»Ja, Hunger habe ich auch. Ich hab' eigentlich immer Hunger.«

»Ist mir klar! Dann schwing dich ans Telefon und ruf' das Dönerlokal an. Diesen Türken. Du weißt schon.«

»Ja, ich weiß. Turgü oder Tugulü, oder wie er heißt.«

»Ich nehme einen normalen Döner.«

»Ich nehme Adana Kebab mit Fladenbrot und Pommes frites.«

»Oha! Fettes Hammelfleisch! Und dazu auch noch Pommes. Ja, mein Freund, auf diese Art wirst du immer dicker oder, wie du sagst, kleiner oder so ähnlich.« Kersten grinste.

Hummel ignorierte den Satz seines Vorgesetzten. Er bestellte, fünfzehn Minuten später konnten sie essen.

»Du, Josef«, meinte Hummel mit vollem Mund. »Ich rufe dann in … wie hat die Bergmann …«

Kersten prustete los, ein guter Teil seines gerade abgebissenen Stückes Döner landete vor Hummel auf dem Schreibtisch.

Er schnappte nach Luft. Als er wieder normal atmen konnte, sah er den Oberkommissar an: »Mein lieber Scholli, du machst ja in einem halben Satz schon zwei Fehler. Man muss sich auch mal was merken können. Eurotrans, Bochum! Und nicht Bergmann, sondern Bergner.« Er buchstabierte: »B-e-r-g-n-e-r«, fügte grinsend hinzu: »Übrigens, deine Turnübung vorhin bei Wecklebach, die war große Klasse. Und die Landung! Mein lieber Mann, ein Rollmops könnte das nicht besser.«

Hummel verzog das Gesicht. »Also, noch mal von vorne und ganz langsam zum Mitschreiben, Hummel. Was hast du vorhin gemeint?« Kerstens Stimme triefte vor Ironie.

»Jetzt reicht's!« Hummel nahm den Plastikteller mit dem Kebab und die Schale mit den restlichen Pommes frites, ging zum Abfalleimer, warf alles hinein. Der Appetit war ihm vergangen.

»Was ist los? Hast du keinen Hunger mehr? Oder hat es nicht geschmeckt? Ich hab es mir gleich gedacht. Zu viel Fett.«

Hummel gab keine Antwort, fuhr seinen Rechner hoch, suchte über Google die Firma *Eurotrans* in Bochum. Es dauerte nicht lange bis er fündig wurde. Er notierte sich die Telefonnummer, rief dort an, ließ sich mit der Geschäftsleitung verbinden.

Geschäftsführer Norbert Brandtner war am anderen Ende der Leitung. Während des Telefonats stellte sich heraus, dass Achim Vanderbildt am 25. Juli seinen Urlaub angetreten hatte. Eine Woche später habe er angerufen und telefonisch gekündigt.

»Er teilte mir nur mit, er wäre im Ausland und würde sich melden, wenn er wieder zurück sei. Bis jetzt hat er noch nicht einmal seine Papiere angefordert.« Dann fragte Brandtner: »Hat er etwas verbrochen?«

»Das wissen wir noch nicht«, antwortete Hummel.

»Ach so. Bitte informieren Sie uns, sobald Sie mehr wissen«, bat der Geschäftsführer.

»Sicher. Wieso haben Sie nicht die Polizei informiert?«, hakte Hummel nach. »Immerhin haben wir mittlerweile den 19. September. Das sind fast zwei Monate.«

»Herr Kommissar, da er gekündigt hatte, spielte das für uns keine Rolle. Die Sache war erledigt.«

»Wissen Sie denn wenigstens, in welchem Land er sich aufhält?«

»Nein, das hat er nicht gesagt. Außerdem war das Gespräch sehr kurz. Kündigung, bumm, aus, fertig.«

»Wo wohnt denn dieser Vanderbolt?«

Kersten verdrehte die Augen.

»Er wohnt in Gelsenkirchen in der Paulusstraße.«

»Haben Sie vielen Dank, Herr Brandtner.«

»Keine Ursache.«

Hummel legte den Hörer auf, Kersten sah ihn an: »Hörte sich gerade an, als ob du etwas herausgefunden hättest, Hummel. Sag schon, wie sieht's aus?«

»Dieser Achim Vander … dingsbums hat sich wahrscheinlich ins Ausland abgesetzt. Seit dem 25. Juli ist er verschwunden.« Er erstarrte. »25. Juli? Der Überfall! Einen Tag später wurde die Colombin ermordet!«

»Du sagst es, mein lieber Hummel, du sagst es.« »Wir müssen Achim Vanderbolt finden. Wir müssen noch mal zu dieser Bergmann …«

»Vanderbildt und Bergner«, korrigierte Kersten.

Sie fuhren abermals in die Bahnhofstraße, stellten den Wagen auf dem Parkplatz ab. Daneben parkten ein silberner BMW und ein blauer VW Passat, dahinter ein gelber Porsche 911. Davor stand der rote Minicooper von Monique Colombin. Weitere Wagen und Motorräder befanden sich auf dem Parkplatz. Sie gingen zum Haus, die Eingangstür stand offen. Etwas später klingelten sie erneut bei Nadine Bergner.

Im kurzen, quittengelben Morgenmantel wurden sie von ihr empfangen. Sie schien überrascht, ließ die Kommissare im Türrahmen stehen. »Sie?« Nadine Bergner sah verlegen auf den Fußboden. »Was kann ich noch für Sie tun?«

»Können wir bitte hineinkommen?«, fragte Hummel höflich.

»Ja, selbstverständlich. Es dauert nur noch einen Moment. Einer meiner Auftraggeber ist da. Sie wissen ja, was ich tue.« Sie zwinkerte Hummel zu. Der wurde feuerrot im Gesicht.

»Bitte nehmen Sie so lange im Wohnzimmer Platz. Ich bin gleich zurück.« Nadine Bergner ging ins Zimmer nebenan, Hummel starrte ihr nach.

Es dauerte nicht lange, da hörten sie, wie jemand aus dem Zimmer nebenan ging. Die Tür schloss sich leise. Nadine kam einige Minuten später ins Wohnzimmer zurück. Sie hatte einen hellblauen kurzen Rock und eine rot-weiß gestreifte Bluse angezogen. Barfuß setzte sie sich den Männern gegenüber auf die Couch, zog die Beine an. Ein rosa Slip blitzte kurz hervor. Hummel bekam einen trockenen Mund, fuhr sich mit der Zunge über die Lippen. Nadine Bergner zeigte keine Regung. »So, meine Herren, jetzt bin ich für Sie da. Möchten Sie etwas trinken?«

Kersten verneinte: »Machen Sie sich keine Mühe, wir gehen gleich wieder.«

Hummel traute sich nicht, um ein Glas Wasser zu bitten. Er fragte: »Wann war Achim Vanderb …«, er stockte, »Vanderbildt?«

Nadine nickte amüsiert.

»Vanderbildt nahm ab 25. Juli Urlaub und verschwand spurlos. Wann war er zuletzt bei Ihnen?«

»Das sagte ich Ihnen bereits, am 26. Juli«, gab sie zur Antwort.

»Wenn ich mich recht erinnere, sagten Sie, er war nur kurz bei Ihnen. Ist das richtig?«

»Das ist richtig.« Sie zündete sich eine Marlboro an.

»Und er hat Ihnen nicht gesagt, wohin er fährt?«

»Nein, hat er nicht. Das musste mich ja nun wirklich nicht interessieren. Aber sagen Sie, was soll diese Fragerei? Ich habe Ihnen alles, was ich weiß, erzählt.«

»Okay, ich war der Meinung, er habe Ihnen vielleicht mitgeteilt, was er vorhat.«

»Nein, hat er nicht.«

»Haben Sie uns sonst noch etwas zu mitzuteilen? Sie wissen, es geht um den Mord an Monique Colombin.«

Hummel fiel auf, dass Nadine Bergner nervös wurde. »Wenn Sie sonst nichts haben«, sagte das Model schroff, »bitte ich Sie, nicht mehr meine Zeit zu verschwenden und meine Wohnung zu verlassen. Ich habe in zwanzig Minuten einen Termin und muss weg.«

»Komm, Hummel.« Kersten stand auf.

Hummel, schaute seinen Chef an. Die Kommissare verabschiedeten sich, gingen aus dem Haus.

Mit lautem Gebell jagte ein kleiner schwarzer Hund, eine Promenadenmischung, hinter einer schneeweißen Angorakatze her. Die Katze sprang auf einen Mauervorsprung, fauchte giftig. Der Hund blieb laut kläffend davor stehen, solange, bis die Katze von der Mauer sprang, über den Parkplatz rannte und schnell auf der anderen Seite der Straße zwischen den Häusern verschwand. Die Promenadenmischung rannte über den Parkplatz hinter ihr her, dann gab sie hechelnd auf.

Die Beamten hatten das kurze Schauspiel beobachtet. Kersten frotzelte: »Wie du, Hummel! Der hat erst Krach gemacht, dann hat er schnell aufgegeben. Der Hund, meine ich. Er ist einfach zu fett und deshalb zu langsam.« Er lachte.

Hummel grummelte leise, als er die Wagentür öffnete: »Warte nur ab, du Depp!« Er setzte sich auf den Beifahrersitz. Ihm fiel auf, dass der Passat nicht mehr neben ihrem Wagen stand. Kersten startete den Motor. Hummel legte aufgeregt die Hand auf Kerstens Arm. »Warte mal, Josef, warte!«

Sein Chef sah ihn erstaunt an: »Was ist denn?«

»Der VW. Vorhin stand da ein blauer Passat.«

»Na und? Der gehörte vielleicht dem Auftraggeber der Bergner. Was ist schon dabei?«

»Eigentlich nichts. Aber mein siebter Sinn sagt mir, dass hier etwas nicht stimmt.«

Kersten lachte laut auf: »Du und dein siebter Sinn! Wo hast du den versteckt, den siebten Sinn?« Er schüttelte den Kopf: »Hummel, Hummel! Ich muss schon sagen ...«

Hummel ließ sich nicht beirren: »Der Typ war so schnell weg.«

»Welcher Typ war schnell weg?«, fragte Kersten ungehalten.

»Der bei Nadine Bergner. Wir waren kaum in der Wohnung, da ist er ganz schnell verschwunden.«

»Da hast du recht«, überlegte Kersten. »Und die Erleichterung der Bergner, als der Mann gegangen war. Das fiel mir auch auf.« Kersten kratzte sich am Ohr. Er schaltete den Motor aus, blickte Hummel von der Seite an. »Was hatte der Passat für ein Kennzeichen? Hast du das gesehen?«

»Nein, habe ich nicht. Hab' nicht darauf geachtet.«

»Das hätte ich mir denken können.« Der Hauptkommissar klopfte mit der Hand auf das Armaturenbrett.

Hummel schaute ihn verärgert an, erwiderte: »Dir ist ja noch nicht einmal aufgefallen, dass der Passat nicht mehr hier steht.«

»Na klar ist mir das aufgefallen. Los! Zur Bergner!«

Sie waren gerade aus dem Wagen gestiegen, als sie sahen, wie ein Taxi von dem Haus, in dem Nadine Bergner wohnte, wegfuhr. Kersten konnte erkennen, dass sie es war, die auf dem Rücksitz des Taxis saß. »Zu spät, Hummel, zu spät. Gerade ist sie weggefahren.«

»Ja, verdammt! Wir müssen noch mal wiederkommen.«

Kurz darauf saßen sie wieder an ihren Schreibtischen im Kommissariat in Erbach.

Freitag, 23. September
Swakopmund, Namibia

Abends lernte Timo im Swakopmunder Gasthaus *Zur Deutschen Eiche* eine schöne junge Frau kennen. Sie hatte kaffeebraune Haut, hieß Joanna Samura. Sie verliebten sich auf Anhieb.

Samstag, 24. September
Erbach

Nach tagelanger Fahndung, Ermittlungen in alle Richtungen, dem Einsatz der zehnköpfigen Sonderkommission, blieben die Erfolge immer noch aus. Presse, Funk und Fernsehen waren längst eingeschaltet worden. Zahllose Leute wurden von den Beamten der SoKo Collam befragt. Der blaue VW Passat blieb verschwunden, ebenso wie der Trucker Achim Vanderbildt. Auch von Timo Hausmann fehlte jede Spur. Ein erneuter Versuch, von Nadine Bergner etwas herauszubekommen, blieb erfolglos. Die Beamten waren der Verzweiflung nahe.

Nur einer blieb erstaunlich ruhig: Oberkommissar Felix Hummel, der von seinem Chef so oft Gescholtene. »Denen werde ich zeigen, was ich kann,« brummte er bei einem Muscadet zuhause auf seinem Balkon, strich sich über das dünne Haupthaar. Die Bergmann hatte noch längst nicht alles gesagt. Dieser Vanderboldt hatte Dreck am Stecken, oder vielleicht sie selbst? Er war sich nicht sicher, würde es aber herausfinden. Sein siebter Sinn!

»Auch wenn Kersten meint, ich hätte den nicht.«, grantelte er. Er trank sein Glas leer, schenkte nach.

Sonntag, 25. September

Hummel hatte eigentlich vor, den Tag mit seiner Freundin Manuela Willert zu verbringen. Er wollte Kraft tanken für die kommende Woche. Jedoch musste Manuela ins Kommissariat, weil ihr Kollege Peter Stuck plötzlich an einer Grippe erkrankt war. Deshalb nahm Hummel sich vor, ein wenig zu arbeiten. »Nicht so viel, aber ein bisschen.« Er neigte etwas den Kopf nach links. »Mal gucken, was die Bergmann … Bergner heute so macht.« Er machte sich auf den Weg nach Michelstadt.

Michelstadt

Wie er es sich gedacht hatte. Nadine Bergner hatte wieder Besuch. Er zog die Unterlippe durch die Zähne. »Model. Das ich nicht lache.«

Hummel wartete wieder im Wohnzimmer, während Nadine Bergner ihren Besuch verabschiedete. Diesmal passte er auf, als er hörte, wie sich eine Tür öffnete. Die Wohnzimmertür war nur angelehnt, er zog sie ein klein wenig auf, sah jemanden schnell durch die Haustür eilen.

»Verdammt!«, entfuhr es ihm, »eine Frau!« Er drehte sich ab. In diesem Moment kam das Model zur Tür herein, schaute ihn an: »Haben Sie etwas gesagt, Herr Humpel?«

»Hummel!«

»Verzeihung.«

»Nein, nein, ich habe nichts gesagt.« Er fasste sich verlegen an die Nasenspitze.

»Sie hatten Besuch?«

»Ja. Warum fragen Sie? Das ist doch nicht verboten«, antwortete sie, zündete sich eine Zigarette an, blies ihm den Rauch ins Gesicht. Sie lehnte locker am Wohnzimmerschrank.

»Nein. Ist es nicht.« Er zog die Stirn kraus, hüstelte verlegen, rieb mit Daumen und Zeigefinger ein Ohrläppchen.

»Also, Frau Bergner, was war das für ein Besuch?«

»Es war eine Freundin, die öfter mal auf ein Gläschen Champagner zu mir kommt.«

»Ach ja?« Er setzte sich unaufgefordert auf einen Sessel.

»Nehmen Sie ruhig Platz.« Das Model schaute ihn zynisch an.

»Wie? Ah ja.« Er hob peinlich berührt die Schultern, wurde aber gleich wieder dienstlich: »Was ich eigentlich wissen wollte: Was fährt dieser Achim Vanderbint für einen Wagen? Können Sie mir das sagen?«

»Keine Ahnung. Er kam immer nur mit dem Truck.«

»Immer?«

»Immer.«

»Wenn ich Ihnen jetzt sagen würde, dass er einen blauen VW Passat fährt, würde Sie das überraschen?« Er beobachtete das Model von der Seite.

»Ich ... kenne keinen blauen Passat.« Sie wurde puterrot. »Außerdem kam er immer mit dem LKW.«

»Blieb er über Nacht?«, wollte Hummel wissen.

»Nein. Nie. Ich hatte ja später meistens noch andere Gäste. Er übernachtete in einem Hotel.«

»Hier in Michelstadt oder in Erbach?«

»Nein, meistens in Darmstadt. *Ibis*, glaube ich. Hat er mal erwähnt. Von da war er am nächsten Tag schneller zuhause.«

Hummel verengte die Augen zu kleinen Schlitzen, war sich sicher, dass nicht alles stimmte, was sie ihm erzählte.

Nadine Bergner hatte sich wieder gefasst, glaubte, leichtes Spiel mit diesem trotteligen Ermittler zu haben.

Hummel sah das Model an. »Ich glaube, Sie verheimlichen mir etwas.«

Nadine Bergner spürte, dass es mit Hummel doch nicht so einfach werden würde, wie sie es sich vorgestellt hatte. Sie nahm eine abwehrende Haltung an, sah an ihm vorbei. »Ich habe Ihnen und Ihrem Kollegen doch schon alles gesagt.« Sie schaute ihn an. »Wo ist er überhaupt, der Herr Kommissar?«

Doch Hummel fiel nicht auf ihr Ablenkungsmanöver herein, meinte gelassen: »Gut, Sie kennen diesen VW Passat, wollen es aber nicht zugeben. Doch hier geht es um Mord!« Seine Stimme wurde lauter: »Kapieren Sie es endlich? Es geht um Mord!«

Hummel gab sich alle Mühe, von dem Model noch etwas zu erfahren. Sie jedoch blieb stur, was ihn letztendlich veranlasste, das Feld zu räumen. Er ging grußlos aus ihrer Wohnung, fuhr übel gelaunt nach Hause.

Daheim angekommen, stellte er den Wagen in der Garage ab. Er ging zum Haus, nahm sich vor, wenigstens mit Manuela heute Abend gemütlich essen zu gehen. Er entschied sich für das Odenwald-Gasthaus *Mümlingstube* in der Hauptstraße. Hier gab es sie noch, die gutbürgerliche Odenwälder Küche. Er zog den Schlüssel aus der Jackentasche, schloss die Haustür auf, rief: »Hallo Schatz, bist du da?«

Alles ruhig.

Hummel ging in den Flur, dann ins Wohnzimmer: »Niemand daheim? Manuela, wo bist du?«

Keine Antwort.

Er hängte die Jacke an die Garderobe, zog die Schuhe aus: »Sie wird noch Dienst haben. Gehen wir eben ein andermal essen.«

Er nahm seine Hausschuhe aus dem Schuhschrank, schlüpfte hinein, ging zu Victors Voliere, die er auf einen niedrigen Schrank im Wohnzimmer gestellt hatte, sah ihn lange an: »Mein lieber Freund, nun bist du schon fast zwei Monate hier. Eine große Hilfe warst du mir bisher nicht.«

Der Beo pfiff blinzelnd. Seit Moniques Tod hatte er keinen Ton mehr gesprochen.

»Blöder Vogel!« Hummel schaltete den Fernseher ein. Später wurden in der Sportschau Ausschnitte von zwei Spielen der Fußball Bundesliga übertragen, die er sich ansehen wollte. Unterdessen machte er es sich auf seinem Fernsehsessel bequem. Nach kurzer Zeit schlief er ein.

Spätabends erwachte er, rieb sich die Augen, schaute auf seine silberne Skagen-Uhr, die ihm Manuela zum Geburtstag geschenkt hatte. 23.45 Uhr. Kein Fußball. Alles verpennt.

Erschrocken rappelte er sich auf: »Wo bleibt Manuela?«, murmelte er schläfrig.

Er rief im Kommissariat an. Dort teilte ihm Natalie Burg mit, Manuela Willert sei um 19 Uhr gegangen. Er wählte die Nummer seines Vorgesetzten. Kersten hob ab, meldete sich.

Hummel sagte aufgeregt in den Hörer: »Hallo Josef. Ich weiß nicht, ob du mir helfen kannst, aber ich vermisse Manuela. Sie ist noch nicht zuhause. Hast du vielleicht eine Ahnung, wo sie sein könnte?«

»Wie kommst du darauf, dass ich wissen könnte, wo Manuela ist?«, antwortete Kersten. »Weißt du überhaupt wie spät es ist?«

»Na ja, ich dachte nur …«

»Wenn du schon mal denkst, Hummel, wenn du schon mal denkst.«

Bevor Kersten auflegte, glaubte Hummel ein leises Kichern im Hintergrund gehört zu haben.

Eine Stunde später kam Manuela nach Hause. Sie erzählte ihm, sie habe Überstunden machen müssen, weil ihre Kollegin später zum Dienst kam. Nathalie habe angerufen, es sei ihr etwas Familiäres dazwischengekommen.

Hummel ließ sie stehen, ging ins Schlafzimmer, zog seinen Pyjama an, legte sich ins Bett.

Montag, 26. September

Kersten kam um 7.05 Uhr an seinen Arbeitsplatz. Hummel war schon da.

»Moin, Hummel!« Der Hauptkommissar setzte sich an seinen Schreibtisch. Er schien gut gelaunt. »Du bist früh!«

Hummel gab keine Antwort, sah seinen Chef nicht an. Er studierte Tageszeitungen, die er unterwegs gekauft hatte. Kersten wartete darauf, dass Hummel etwas sagen würde. Der jedoch sagte nichts, holte sich einen Kaffee, gab genügend Zucker hinein, trank mit kleinen Schlucken. Kersten meinte leise: »Eigentlich haben wir immer zusammen Kaffee getrunken, Hummel, oder?«

»Das könnten wir immer noch.«

»Wir haben es immer so gehalten, dass der, der Kaffee holt, für den anderen welchen mitbringt.«

»Das ist richtig.« Hummel schaute nicht auf. »Es gibt mittlerweile nur einen kleinen Unterschied, Josef.«

»Und der wäre?« Kersten zog die Stirn kraus.

»Vorher hast du kein Verhältnis mit meiner Freundin gehabt. Neuerdings hast du eines, oder liege ich falsch?« Jetzt sah Hummel seinen Chef scharf an.

»Aber, Hummel, was denkst du von mir?«

»Was ich von dir denke? Frag mich das lieber nicht. Du schläfst mit Manuela. Das weiß ich. Du kannst sie haben. Sie wird noch heute Abend ausziehen.« Er ballte die Faust, schlug zornig auf den Schreibtisch: »Dafür werde ich sorgen!«

»Hummel! Nur wegen diesem einen Mal«, lenkte Kersten ein. »Du weißt doch, dass ich verheiratet bin. Wenn Paula gestern nicht bei ihrer Schwester gewesen wäre, wäre das nicht passiert.« Er hielt inne, sah seinen Kollegen an: »Das schwöre ich dir.«

Hummels Gesicht war glutrot angelaufen, er sagte leise, aber bestimmt: »Du bist Polizist. Und ausgerechnet du, der Gerechtigkeitsfanatiker, willst einen Meineid schwören?« Er schaute ihn verächtlich an: »Vergiss es! Ich glaube dir kein Wort. Es war ganz sicher nicht das erste Mal.«

Kersten blickte wortlos auf den Schreibtisch. Hummel senkte wieder den Kopf, blätterte in einer Zeitung. Er verlor kein Wort darüber, dass er am gestrigen Sonntag bei Nadine Bergner gewesen war.

Am Abend zog Manuela aus. Sie nahm sich ein Zimmer in einer Pension im Mossautaler Ortsteil Ober-Mossau, wenige Kilometer westlich von Erbach.

***

Die Medien ließen kein gutes Haar an der Erbacher Polizei. Kriminalrat Walter Schlett tobte. Hauptkommissar Kersten war, wie alle, die an den Ermittlungen beteiligt waren, verzweifelt.

Denn ein weiterer Todesfall, diesmal in Erbach, überforderte die Beamten. Eine alte Dame war überfallen worden und durch einen Sturz unglücklich zu Tode gekommen.

Sie waren fast so weit, den Fall Monique Colombin vorerst zu den Akten zu legen. Doch erst einmal ging es weiter. In Schichten eingeteilt arbeitete die SoKo Collam rund um die Uhr.

Noch jemand gab nicht auf. Er wollte unbedingt den Mörder von Monique Colombin finden. Er saß zuhause vor dem Fernseher, sah sich die Tagesschau an, tippte mit dem Fuß auf den mit einem weißen Flokatiteppich belegten Boden.

Über ein Jahr später

Freitag, 27. Oktober
Swakopmund/Usakos, Namibia

Timo entdeckte in der *Allgemeinen Zeitung* eine Annonce, dass eine Farm zu verkaufen sei. Er rief die angegebene Telefonnummer an und hatte Glück. Von einem alten burischen Farmer konnte er zwischen Swakopmund und Usakos, am Rande der Namib, eine für afrikanische Begriffe kleine Farm zu einem günstigen Preis kaufen. Der Mann züchtete dort Ziegen und Schafe.

Inzwischen hatte seine Frau Joanna einen Jungen zur Welt gebracht, den sie Tommy nannten.

Montag, 30. Oktober
Erbach

Es gab es immer noch keine Spur von den Tätern von Michelstadt und Erbach. Der neue Fall wurde mit Hilfe von Kollegen aus Darmstadt bearbeitet.

***

Hummel saß im Wohnzimmer und grübelte. Ihm war wieder der Bericht der Rechtsmedizinerin Dr. Friess eingefallen. Darin stand unter anderem, dass die dünne Schnur, mit der Monique erdrosselt wurde, mehrere Male zugezogen worden war. Er nahm die Brille ab, rieb sich die Augen.

Hummel rief die Zentrale im Kommissariat an, erklärte Dieter Simons, er habe einen schlimmen Brechdurchfall. »Dieter, ich komme kaum von der Toilette runter. Es hat mich böse erwischt«, flüsterte er mit dünner Stimme, »ich bleibe heute zuhause.«

»Okay Felix, ich gebe Kersten Bescheid.«

»So, Freunde«, der Oberkommissar rieb sich die Hände, »jetzt habe ich Zeit, die ganze Sache noch mal anzugehen.« Er ging zu Victors Voliere. »Oder was meinst du?«

Der Beo blieb stumm, betrachtete ihn misstrauisch. Hummel ärgerte sich. Er trank noch schnell im Stehen eine Tasse Kaffee, setzte sich dann in seinen schon etwas ramponierten, türkisfarbenen Cadillac Fleetwood Eldorado, Baujahr 1971. Den Oldtimer mit den legendären Weißwandreifen hatte Hummel vor einigen Tagen von einem Amerikaner, der in Erbach lebte, erworben. Für seinen Citroën C4 hatte er noch gutes Geld bekommen. Der Motor des Amischlittens sprang dieses Mal erstaunlich schnell an. Er musste nur drei Mal starten. Sein Ziel war die Bahnhofstraße in Michelstadt.

Hummel stellte den Straßenkreuzer auf dem Parkplatz ab, ging zum Haus, klingelte bei Bergner. Durch die Sprechanlage ertönte die Stimme des Models: »Hallo?«

»Hier ist Hummel.« Er hatte sich fest vorgenommen, ruhig zu bleiben.

»Kommen Sie herein.«

Der Türsummer ertönte, Hummel betrat den Flur. Nadine Bergner stand bereits vor der geöffneten Tür ihres Appartements. Im hellblauen Minirock, der mehr zeigte, als er verdeckte. Die weiße durchsichtige Bluse nur halb zugeknöpft. Hummel war bemüht, sich locker zu geben. »Ist jemand bei Ihnen? Oder haben Sie Zeit für mich?«

Nadine verstand. »Es ist niemand da, kommen Sie.«

Sie ging voraus ins Wohnzimmer, wies auf einen der Sessel. »Bitte nehmen Sie Platz.«

Hummel setzte sich, kreuzte die Arme vor der Brust. Er saß so steif auf dem Sessel, als hätte er einen Kleiderbügel in der Jacke.

»Was kann ich für Sie tun, Herr Hummel?« Sie sah ihn herausfordernd an, setzte sich ihm gegenüber auf die Couch, legte die Beine übereinander. Ihr kurzer Rock rutschte ein wenig höher. »Darf es ein kleiner Drink sein?« Nadines Stimme klang heiser.

Hummel lehnte errötend ab: »Nein, danke.«

»Was wünschen Sie?«, hauchte sie, »vielleicht heute mal etwas anderes? Oder soll ich Ihnen wieder nur Fragen beantworten?« Sie sah ihn augenzwinkernd an, beugte sich ein wenig vor, so dass er einen tiefen Einblick in ihre weit geöffnete Bluse hatte.

»Nein, Frau Berg…ner«, Hummel blieb ruhig, »wirklich nichts anderes. Ich … ich habe nur noch ein paar Fragen, die ich gerne von Ihnen beantwortet hätte.«

»Ich habe Ihnen und Ihrem Kollegen schon alles gesagt.« Sie wurde ungehalten. »Jetzt kommen Sie nach so langer Zeit und wollen immer noch irgendwelche Dinge wissen. Tut mir leid, das verstehe ich nicht.«

»Mir geht immer noch dieser LKW-Fahrer im Kopf herum. Ich habe überall rumgehört. Keiner weiß, wo er sich aufhält. War er in letzter Zeit bei Ihnen?«

»Nein. Sie meinen Achim, oder?«

»Ja, Achim Vanderboldt ... bindt, oder so ähnlich.«

Sie grinste: »Ihr Namensgedächtnis ist aber auch nicht besser geworden. Vanderbildt heißt er.« Sie zog an einer Zigarette, blies ihm sanft den Rauch ins Gesicht. Er wandte den Kopf ab, hielt die Hand vor den Mund, hustete.

»Vanderbildt, ja.« Hummel kratzte sich am Hinterkopf. »War der nun in letzter Zeit bei Ihnen oder nicht?«

»Nein, war er nicht«, war die knappe Antwort.

Hummel sah einige Sekunden auf seine Schuhe. Unvermittelt schaute er auf, fragte: »Wo waren Sie eigentlich an dem Tag, an dem Monique Colombin ermordet wurde?«

»Aber das habe ich Ihnen doch damals gesagt. Ich war zuhause! Achim war am Morgen bei mir.«

»Ach so, ja.« Er holte sein abgegriffenes Notizbuch aus der Innentasche seiner grauen Jacke, blätterte, suchte nach einem Stift. Er legte das Buch auf den Tisch, nestelte einen Bleistiftstummel heraus, den er zwischen Futter und Stoff der Jacke fand. Die Innentasche hatte ein Loch, der Stift war durchgerutscht. Hummel blätterte im Notizbuch. »Sie sagten, dieser Vanderbildt sei um acht Uhr nur für kurze Zeit bei Ihnen gewesen. Wie kurz war die denn, die Zeit? Wann ist er wieder gegangen?«

»Das weiß ich nicht mehr genau. Aber vielleicht nach zwanzig Minuten.«

»Und Sie haben gesehen, wie er zur Haustür hinausging?« Er legte das Notizbuch auf den Tisch.

»Darauf habe ich nicht geachtet.«

»Was haben Sie danach gemacht? Sagen wir ab neun Uhr. Wo waren Sie zwischen neun und dreizehn Uhr?«

»Du liebe Zeit, das weiß ich nun wirklich nicht mehr. Wo soll ich gewesen sein? Zuhause, weg, einkaufen, keine Ahnung. Vielleicht hatte ich einen Termin.« Sie schüttelte den Kopf. »Ich weiß es nicht.«

Hummel wartete einige Sekunden, dann fragte er: »Kennen Sie einen jungen Mann mit blonden Haaren, gutaussehend? Er heißt Timo Hausherr oder so ähnlich.«

Sie zündete sich eine weitere Marlboro an, hob die Augenbrauen, schüttelte den Kopf: »Nein. Kenne ich nicht. Soll der schon bei mir gewesen sein?«

»Möglich. Zumindest war er schon hier im Haus, und zwar bei Monique Colombin.«

Nadine Bergner hob die Arme. »Nein. Diesen Blonden habe ich nie gesehen. Das wüsste ich. Zumal, wenn er, wie Sie behaupten, gut aussieht.« Sie sah ihn an: »Gut aussehende Männer bleiben in meinem Gedächtnis haften.«

Hummel zupfte sich an der Nase, blickte auf ihre schlanken Beine, was sie amüsiert registrierte. Er nahm das Buch, machte einige Notizen. Dann steckte er Notizbuch und Bleistift weg. Der Stift rutschte wieder zwischen Futter und Stoff.

»Na schön, Frau Bergner. Das alles ist ja nun auch schon ein paar Tage her. Es spricht natürlich nicht unbedingt für Sie, dass sie für den genannten Zeitraum kein Alibi haben.«

Nadine errötete bis unter die Haarwurzel. Mühsam brachte sie hervor: »Sie ... Sie verdächtigen doch nicht etwa mich?«

»Können Sie mir verraten, warum ich das nicht

können sollte, Frau Bergner?« Er erhob sich, ging zur Tür, drehte sich noch mal um. »Ach, da fällt mir noch etwas ein.«

»Ja?«

»Ich wollte Sie noch um eine Speichelprobe bitten.«

»Wozu soll das gut sein?« Nadine Bergner war irritiert.

»Nur für 'ne DNA, sonst nichts.« Hummel lächelte. »Ist doch keine Sache für Sie. Sie haben Monique Colombin doch nicht ermordet. Die Analyse wird Ihre Aussage nur bestätigen.«

»Wie Sie meinen.«

Hummel zog Einweghandschuhe an, nahm ein Röhrchen aus der Tasche, zog ein steriles Wattestäbchen heraus, entnahm Nadine Bergner eine Speichelprobe. Er verpackte das Stäbchen, verabschiedete sich: »Bis demnächst, Frau Bergner. Wir sehen uns ganz sicher wieder.«

Das Model sah ihn erstaunt an. »Aber ...«

»Und noch etwas: Bitte verlassen Sie Michelstadt nicht. Auf Wiedersehen.«

Hummel verließ die Wohnung, setzte sich in seinen Oldtimer, wollte den Motor starten. Nach acht Versuchen gelang es ihm schließlich. »Doofe Karre«, fluchte er.

Erbach

Zuhause angekommen stellte Hummel den Fleetwood auf der Straße ab. Seine Garage war zu kurz für den langen Straßenkreuzer. Daran hatte er beim Kauf nicht gedacht. Er ging hoch in seine Wohnung, holte eine Flasche Muscadet Sèvre-et-Maine und ein Glas, setzte sich auf den Balkon, goss ein, stellte die Flasche auf den Tisch. Er trank, behielt das Glas in der

Hand. Er beschloss, Urlaub zu machen, um Vanderbildt zu suchen. Zunächst wollte er alle Hotels abklappern. Vanderbildt musste ja irgendwo stecken.

Er trank einen weiteren Schluck Muscadet, stellte das leere Glas auf den Tisch, stand auf, legte eine CD in den Player. Die Stimme Tim Bendzkos schallte über den Balkon. *Am seidenen Faden*. Hummel war ein großer Fan des Berliner Popsängers.

Er grübelte vor sich hin, führte Selbstgespräche: »Ich müsste das Telefon der Bergner überwachen lassen. Aber das geht nicht.« Er entschied, erstmal ihre Wohnung im Auge zu behalten, schenkte sich noch einen Muscadet ein. Und dieser junge Blonde. Der war wichtig. Den musste er auch suchen.

Er hob sein Glas. »Prost, Hummel. Irgendetwas muss dir doch auch mal gelingen.« Er trank das Glas aus, stellte es hin, streckte sich. Dann erhob er sich langsam, ging noch mal zu Victor, dem Beo. Der gab jedoch keinen Ton von sich. Hummel unterbrach einen weiteren Song Bendzkos. *Nur noch kurz die Welt retten*. »Okay, Tim, Schluss für heute. Heute retten wir die Welt nicht mehr. Ich geh' ins Bett.«

Dienstag, 31. Oktober

Am Morgen um 8 Uhr fuhr Hummel ins Kommissariat. Er ging zum Erkennungsdienst, wo er die Haarprobe von Nadine Bergner Hauptkommissar Rothman übergab und um eine Analyse bat. Dann suchte er Kersten auf, beantragte zwei Wochen Urlaub, den er sofort nehmen wollte.

»Na, Hummel, was macht dein Dünnpfiff? Geht's wieder?«

»Geht wieder.«

Kersten genehmigte ohne lange zu fragen den Urlaub. Schließlich war er auf die Verschwiegenheit seines Kollegen angewiesen. Er war froh, dass Hummel nichts von seinem Verhältnis zu Manuela verriet. Paula würde sich sofort von ihm trennen und die Scheidung beantragen.

Noch am selben Tag machte sich Hummel auf, um in Hotels in und um Michelstadt und Erbach nach Achim Vanderbildt zu forschen. In keinem war der Trucker bekannt.

Gegen 17 Uhr fiel ihm ein, was Nadine Bergner gesagt hatte: *Ibis* in Darmstadt. Fünfzig Minuten später betrat er das Hotel in der Kasinostraße. Er zeigte dem Portier seinen Dienstausweis. Nach kurzem Nachsehen im Computer konnte der Portier feststellen, dass Achim Vanderbildt am 26. Juli des vergangenen Jahres eingecheckt hatte.

»Ist doch schon mal eine Spur.« Hummel kratzte sich an der Nase, zog sein Notizbuch aus der Jackentasche, blätterte. An diesem Tag war Vanderbildt bei Nadine Bergner gewesen.

Hummel steckte das Notizbuch wieder weg, stellte sein Handy in der Hosentasche auf Aufnahme. Er fragte den Portier: »Um wieviel Uhr hat Vanderbildt eingecheckt?«

Der Portier sah nach. »Um genau fünf Minuten nach vierzehn Uhr.« Er wirkte etwas durcheinander. »Der Mann hat aber eine halbe Stunde später schon wieder ausgecheckt. Sonderbar.« Er legte den Zeigefinger auf die Lippen. »Ja, genau! Jetzt weiß ich es wieder. Er telefonierte. Eine halbe Stunde später hat ein anderer, der am Tag vorher eingecheckt hatte, seine Rechnung bezahlt und beide sind weggefahren. Ich kann mich jetzt ganz deutlich erinnern. So etwas kommt ja höchst selten vor. Ich hatte mich damals noch gewundert.«

»Wie hieß denn der andere?«

Der Portier schaute nach. »Der hieß Timo Hausmann«, antwortete er.

»Timo Hausmann! Der Blonde. Vanderbildt und Hausmann! Interessant!«

Der Portier war stolz, der Polizei geholfen zu haben. Der Oberkommissar bedankte sich, verließ das *Ibis*, setzte sich in den Fleetwood, wollte den Motor starten. Nach zehn Versuchen gab er es auf, stieg aus, gab dem Oldtimer laut fluchend einen Tritt. Hummel stieg wieder ein, drehte den Zündschlüssel. Jetzt sprang der Fleetwood an. Er fuhr nach Hause. Als er die Wohnung betrat und ins Wohnzimmer ging, wurde er von Victor mit lautem Pfeifen begrüßt.

»Mir wäre es lieber, wenn du sprechen würdest. Du könntest mir vielleicht helfen.« Hummel öffnete die Voliere, streichelte den Vogel. Der Beo war nun still, blieb ruhig auf der Stange sitzen, genoss die Streicheleinheiten. Er zwinkerte Hummel zu.

Mittwoch, 1. November

Als Hummel erwachte, schaute er auf den Wecker auf dem Nachttisch: 5.45 Uhr. »Du liebe Zeit! Noch viel zu früh«, blinzelte er verschlafen, drehte sich auf die Seite, schlief weiter. Als ihn die Sonne, die durch die einzelnen Wolken schien, weckte, war es bereits 10.10 Uhr. Er stieg langsam aus dem Bett, reckte sich, schlappte barfuß ins Bad. Nach erfrischender Dusche putzte er Zähne, rasierte sich. Dann stellte er sich auf die Waage. Kopfschüttelnd ballte er die Fäuste: »Fehlt nur noch, dass die sprechen kann«, maulte er, ging ins Schlafzimmer, um sich anzuziehen. »Die würde bestimmt sagen: Bitte einzeln betreten!«

Aus dem Wohnzimmer krächzte der Beo. Hummel fütterte ihn: »Na? Gut geschlafen?«

Victor zwinkerte wieder.

Hummel wandte sich ab: »Hat ja eh keinen Sinn. Der sagt sowieso nichts, der komische Vogel!«

Victor stieß einen lauten Pfiff aus.

»Ach«, fiel Hummel ein, »die DNA der Bergmann!« Er rief bei Peter Rothman im Kommissariat an, erfuhr, dass die DNA von Nadine Bergner nicht mit den Haaren in Monique Colombins Badezimmer identisch waren.

»Mist!«, fluchte Hummel. »Aber trotzdem, die ist nicht sauber. Ich glaube, dass sie etwas mit der Sache zu tun hat.« Er zog eine helle Gabardinehose, ein dunkelblaues Hemd und eine blaue Wildlederjacke an, wollte zur Bäckerei gehen, um Brötchen zu holen. Ihm fiel auf, dass er immer häufiger mit sich selbst sprach, seit Manuela ausgezogen war.

Hummel war gerade aus dem Haus, als er einen blauen VW Passat mit hohem Tempo an sich vorbeirauschen sah. Er konnte gerade noch die Buchstaben GE auf dem Nummernschild erkennen, dann war der Passat auch schon verschwunden.

Vanderbildt? Hummel schlug sich mit der flachen Hand an die Stirn. »Ich Idiot! Kaffee und Brötchen gibt's später«, maulte er, kehrte um, stieg in den Fleetwood, versuchte, den Motor anzulassen. »Verdammte Karre, spring an!«

Nachdem er sechs Mal gestartet hatte sprang der Motor heftig hustend an. Er trat das Gaspedal durch, sauste nach Michelstadt in die Bahnhofstraße, stellte am Straßenrand den Oldie ab. Er ging schnellen Schrittes zu dem Haus, in dem Nadine Bergner wohnte, klingelte. Nichts passierte. Er klingelte abermals. Nichts.

Hummel ging zu seinem Wagen, setzte sich hinters Steuer und wartete. Vielleicht war sie ja nur kurz weg.

Nach wenigen Minuten sah er, wie ein gelber Porsche langsam an ihm vorbei fuhr. Er glaubte, am Steuer Nadine Bergner zu erkennen, war sich aber nicht sicher. Er wollte hinterher. Jedoch der Fleetwood streikte abermals.

»Verdammt!« Hummel war außer sich vor Zorn. Wutentbrannt haute er mit beiden Handflächen auf das Lenkrad. Bis der Motor des Oldtimers endlich Anstalten machte, anzuspringen, war der Porsche schon lange außer Sichtweite. Frustriert fuhr Hummel nach Hause.

Fünf Jahre später

Otzberg-Nieder-Klingen

Aus den jugendlichen Kerbburschen und Kerbmädchen waren erwachsene Menschen geworden. Harry Steuber hatte Angelina de Steen geheiratet. Eine mittlerweile vierjährige Tochter mit dem Namen Maleika war ihr ganzer Stolz. Sie hatten ein kleines Lebensmittelgeschäft, den *Klinger Laden,* gemietet.

Karl-Heinz Eggers hatte Liliane Stoll geheiratet. Sie bewirtschafteten den Bauernhof, den er von seinen Eltern geerbt hatte. Sein Vater war im Alter von neunundfünfzig Jahren an den Folgen eines Herzinfarktes verstorben. Die Mutter half so gut sie konnte auf dem Hof mit. Noch waren Karl-Heinz und Liliane kinderlos. Es wollte einfach nicht klappen.

***

Immer freitags abends um 20 Uhr trafen sich die Männer von Angelina und Liliane mit sechs weiteren Männern aus dem Dorf zum Stammtisch in der *Hall'*. An diesen Abenden wurde über alles Mögliche diskutiert. Auch von Timo Hausmann, der schon ein paar Jahre verschollen war, wurde eines Abends mal wieder gesprochen.

Harry meinte: »Wo wird der sich wohl rumtreiben?«

»Ich habe nur mal gehört, er wäre in Spanien«, meldete sich Fritz Henkel zu Wort. »Sein Vater hatte es mal kurz bei uns im Baumarkt erwähnt. Aber wo in Spanien? Keine Ahnung. Ihr wisst ja, seit Timo weg ist, reden seine Eltern sehr wenig.« Fritz war ein ernster Mann geworden. Er hatte nur schwer den Tod seiner ehemaligen Freundin Melissa verwunden.

»Es ist jetzt ja schon eine lange Zeit her, aber ich muss oft an Timo denken. Und was mir wirklich sehr weh tut, ist, wie ich ihn damals an der Kerb behandelt habe.« Harry schluckte, trank an seinem Ureich-Pils. »Aber es war, wie es war, ich wollte unbedingt Angelina.« Er machte ein betroffenes Gesicht. »Dass Timo so reagieren würde, konnte ich doch nicht wissen.«

»Vergiss es, Mann.« Volker Berner klopfte Harry auf die Schulter.

Donnerstag, 12. September

Harry hatte gerade die Ladentür abgeschlossen, als das Telefon klingelte. Er schaute auf seine Armbanduhr. 18.35 Uhr. Er nahm den Hörer, meldete sich: »*Klinger Laden*, was kann ich für Sie tun?«

»Hallo Harry«, hörte er eine Stimme, die er nicht gleich zuordnen konnte.

»Wer ist dran?«

Kurzes Hüsteln am anderen Ende der Leitung. »Ja, Mann, erkennst du mich denn nicht? Ich bin's, Timo. Timo Hausmann.«

»Ach du meine Güte! Timo!« Harry atmete tief durch. »Das darf doch nicht wahr sein! Wie geht's dir? Wo bist du? Von wo rufst du an? Wir müssen uns sehen!« Er rannte aufgelöst mit dem Hörer in der Hand in die Küche zu Angelina, die das Abendessen zubereitete. Die kleine Maleika deckte den Tisch.

»Angelina, rate mal, wen ich am Telefon habe!«

»Mach's nicht so spannend, sag schon, wer ist es?« Angelina wischte sich die Hände an ihrer Schürze ab.

»Timo! Es ist Timo!« Harry war aus dem Häuschen.

»Timo? Das ist aber eine Überraschung! Gib ihn mir mal.«

Harry gab seiner Frau den Hörer.

»Hallo Timo, wie geht es dir?«

»Hallo Angelina, mir geht es gut. Ich hoffe, dir auch, beziehungsweise euch. Ich habe seit ich weg bin immer Kontakt mit meinen Eltern, bin also informiert, was in Klinge los ist. Was mit Melissa damals passiert ist, tut mir unendlich leid. Sie war ein liebes Mädchen. Das ist echt schlimm.«

»Ja, das ist wirklich schlimm. Wir sind alle sehr traurig über ihren Tod. Heute noch. Dass der Hans so ein Schwein ist, hätte niemand gedacht.«

»Ganz sicher nicht.« Timo legte eine kurze Pause ein, sagte dann: »Wollte mich nur mal melden. Nach all den Jahren ist das mal angebracht, oder?«

»Selbstverständlich, Timo, auf jeden Fall. Ich freue mich, dass es dir gut geht. Wo bist du?«

»Gib mir noch mal Harry. Mach's gut.«

»Tschüss, Timo.« Angelina übergab Harry den Hörer.

»Hi, altes Haus. Würde dich echt gerne wieder sehen. Bist du in der Nähe? Können wir uns treffen?«

»Im Moment geht das nicht. Ich bin im Ausland. Aber ich habe vor, in der nächsten Zeit mal wieder nach Deutschland zu kommen. Dann werde ich mich bei dir melden.«

»Du bist im Ausland? Wo im Ausland? Wir könnten uns bei mir zuhause treffen, oder möchtest du das nicht? Wegen Angelina?«

»Möglicherweise.«

»Ach, komm schon. Das ist eine Ewigkeit her.«

»Ich bin immer noch enttäuscht von ihr. Aber ich möchte dich gerne wieder sehen. Ich habe oft über uns nachgedacht.« Timos Stimme klang belegt.

Harry musste schlucken. »Okay, Timo. Ruf mich an, wenn du kommst. Aber sag mir doch, wo du bist.«

»Das kann ich dir am Telefon nicht sagen. Ich melde mich wieder. Mach's gut. Tschüss.«

Harry hörte ein kurzes Knacken in der Leitung, dann war das Gespräch unterbrochen.

Angelina sah ihren Mann betroffen an. Harry sagte: »Er ist immer noch sauer auf dich. Aber mit mir will er sich treffen. Er will sich wieder melden.« Er setzte hinzu: »Mann! Timo!«

Sie setzten sich an den Tisch. Harry lächelte seine Tochter an, gab ihr einen Kuss auf die Stirn. »Du hast dir wirklich sehr viel Mühe beim Tischdecken gegeben, meine kleine Maus.«

Maleika strahlte übers ganze Gesicht, verschränkte die Arme, blickte ihren Vater von unten herauf an. »Hoffentlich hat Mami so gut gekocht, wie ich den Tisch gedeckt habe.«

Harry lachte. »Das hat sie ganz bestimmt.«

»Auf jeden Fall. Spaghetti mit Tomatensoße. Das isst du doch gerne.« Angelina wirkte abwesend.

Nach dem Abendessen brachte Angelina Maleika zu Bett. Harry schaltete den Fernseher ein, holte eine Flasche Umstädter Herrnberg, einen trockenen Riesling Kabinett, aus dem Keller, nahm zwei Gläser aus dem Schrank, machte es sich auf der Couch im Wohnzimmer gemütlich. Zehn Minuten später setzte sich seine Frau neben ihn, legte einen Arm auf die Lehne. Harry schenkte ein, prostete ihr zu. »Zum Wohl, mein Schatz.«

»Zum Wohl.« Angelina stieß mit ihrem Mann an.

»Was ist mit dir, Angelina? Du bist so bedrückt.«

»Die Sache von damals.« Sie trank einen Schluck von dem süffigen Wein. »Es war nicht richtig, wie wir mit Timo umgegangen sind. Es tut mir leid.«

»Mir auch. Was wir gemacht haben, war nicht in Ordnung. Aber wir können es heute nicht mehr ändern. Vielleicht kommen wir wieder zusammen, wenn ich mit ihm geredet habe.« Er stellte sein Glas auf den Tisch.

»Meinst du?«

»Na klar. So, und jetzt sehen wir uns erst mal die Tagesschau an.« Er strich ihr sanft mit dem Handrücken über die Wange.

Freitag, 13. September

An diesem Nachmittag kamen Timos Eltern bei einem schweren Verkehrsunfall auf der A3 zwischen Offenbach und Obertshausen ums Leben. Ein LKW-Fahrer war am Steuer seines Dreissigtonners eingeschlafen. Der Truck fuhr auf einen vor ihm fahrenden Pritschenwagen auf, schob mehrere Autos zusammen. Timos Eltern waren sofort tot.

Maria Solm war fassungslos. Sie war außer den Eltern die einzige Person, die mit Timo ab und zu telefonischen Kontakt hatte. Jetzt fühlte sie sich verpflichtet, ihn über den Unfall zu informieren.

Usakos, Namibia
Karakul-Farm

Es traf Timo wie ein Schlag. Er fragte Maria Solm, wann die Beerdigung sei. Sie fing an zu weinen. Die Nachbarin versprach, sich um die Beerdigung zu kümmern.

»Ich melde mich morgen wieder.« Sie legte auf. Anschließend rief sie den Bestatter und den Pfarrer an, die sogleich zu ihr kamen, um die notwendigen Dinge zu besprechen.

Samstag, 14. September

»Die Beerdigung ist voraussichtlich am Montag übernächster Woche. 23. September. Kommst du?«

»Ja, Maria, ich komme. Es ist das Einzige, das ich für meine Eltern noch tun kann.«

»Wann wirst du da sein?«

»Ich weiß es noch nicht, muss mich erst nach einem Flug erkundigen. Aber ich komme auf jeden Fall. Tschüss, Maria, bis dann.«

»Tschüss, Timo. Melde dich, wann du kommst, ja?«

»Mach' ich. Ich ruf' dich vorher an.«

Er legte das Telefon auf die Station zurück, setzte sich auf einen Sessel, stützte die Ellbogen auf die Knie. Tränen liefen ihm übers Gesicht. Er bat Joanna, einen einfachen Flug nach Frankfurt zu buchen.

»Warum nicht auch einen Rückflug?«

»Schau, Joanna, wenn ich schon mal in Europa bin, möchte ich gerne die Familie Gonzales in Spanien besuchen. Ich habe dir doch von ihnen erzählt.«

»Ja, schon, aber ...«

Timo unterbrach sie: »Ich würde dann von Jerez nach Hause fliegen. Die Flüge buche ich vor Ort.« Er zögerte. »Wenn du einverstanden bist.«

»Natürlich bin ich einverstanden.«

Sie ging zum Telefon, konnte nach kurzer Zeit für den 21. September einen Direktflug mit Air Namibia von Windhoek nach Frankfurt buchen.

Sonntag, 22. September
Frankfurt am Main; Otzberg-Nieder-Klingen

Morgens um 8.15 Uhr landete der Airbus der Air Namibia bei Nieselregen auf dem Flughafen in Frankfurt. Timo verließ nach der Passkontrolle das Flughafengebäude, nahm ein Taxi.

Eine Stunde später war er nach sechs Jahren erstmals wieder in seinem Heimatort Nieder-Klingen. Erinnerungen wurden wach. Wenn er an seine Eltern dachte, kämpfte er mit den Tränen. Er hätte sie gerne wieder gesehen. Jetzt blieb ihm nur noch ihre Beerdigung. Als er in der Lengfelder Straße vor seinem Elternhaus aus dem Taxi stieg, begrüßte ihn Maria Solm. Unter Tränen umarmte sie ihn. Sie gingen ins Haus. Die Nachbarin hatte sich um alles gekümmert. Nach der Beerdigung sollten alle in die Klinger *Hall'* zu Kaffee und Kuchen eingeladen werden. Diese Tradition wollten sie wahren.

Jetzt erst fiel Timo die Polizei ein. Er ignorierte den Gedanken.

Montag, 23. September

Die Beerdigung fand um 14 Uhr auf dem Friedhof in Nieder-Klingen statt. Zahlreiche Freunde und Bekannte waren gekommen, um den beiden die letzte Ehre zu erweisen. So auch Timos Jugendfreunde mit ihren Frauen. Mit ernsten Gesichtern kondolierten sie. Nach der Trauerfeier trafen sich alle in der *Hall'* zum Kaffee. Harry, seine Frau Angelina und die anderen Freunde früherer Zeiten umarmten Timo. Nach ungefähr zwei Stunden gingen die Gäste. Timo bedankte sich bei den Bediensteten der *Hall'* und ging ebenfalls.

Zuhause legte er sich auf die Couch im Wohnzimmer, dachte nach. Offensichtlich hatte hier noch niemand von der Fahndung nach ihm etwas mitbekommen. Kurze Zeit später war er eingeschlafen.

Gegen 19 Uhr erwachte er, streckte sich, ging zum Telefon, wählte Harrys Nummer. Harry meldete sich.

»Hallo, Harry, hier spricht Timo.«

»Timo. Wie geht es dir?«

»Danke, gut soweit. Können wir uns treffen? Ich habe nicht viel Zeit. Muss wieder zurück.«

»Klar, treffen wir uns. Ich wollte dich heute Nachmittag schon fragen, hielt aber den Zeitpunkt für nicht angemessen.«

»Ist okay, Harry. Also wo?«

»Wäre der Hollergraben recht?«

»Ja, Hollergraben wäre gut. Morgen früh um zehn Uhr?«

»Okay. Dann bis morgen früh.«

Angelina fragte ihren Mann, was los sei.

»Timo will sich mit mir treffen. Morgen früh im Hollergraben«, gab Harry zur Antwort.

»Nur mit dir?«, fragte Angelina weiter.

»Nur mit mir. Er will auch bald wieder zurück.«

»Wie zurück? Wohin zurück?«

»Ich weiß es nicht.« Er schüttelte den Kopf.

Dienstag, 24. September

Morgens buchte Timo bei Condor einen Flug nach Jerez de la Frontera in Südspanien. Er frühstückte, las dabei den *Otzberg-Bote* der vergangenen Woche.

»Ist ja toll«, murmelte er mit vollem Mund, »die Fußballer des TV stehen wieder mal ganz oben. Super!«

Obwohl er nun schon einige Jahre von zuhause weg war, interessierte ihn der Fußball in seinem kleinen Heimatort noch immer.

Um kurz vor zehn machte er sich auf den Weg in den Hollergraben, einem kleinen Wäldchen mit Grillplatz und einem Holzhaus, das Platz für nahezu hundert Gäste bot. Den Hollergraben nutzten manche Nieder-Klinger Ortsvereine, um in der Sommerzeit ihre Vereinsfeste zu veranstalten.

Dort angekommen setzte Timo sich auf eine der

Bänke, die rings um die mit Bruchsteinen umringte Feuerstelle standen. Er legte die Arme auf den klobigen Holztisch, lehnte sich zurück.

Wie lange war er nicht mehr hier gewesen. Es war immer noch ein bisschen geheimnisvoll in dem kleinen Wäldchen.

Wenige Minuten später kam Harry den Waldweg herauf, einen Rucksack auf dem Rücken.

»Hallo Timo! Ich freue mich, dass du gekommen bist.« Er drückte ihn herzlich an sich. Timo umarmte ihn ebenfalls. Seine Stimme war belegt: »Es ist schön, dass wir uns treffen.«

So standen sie eine Weile da, ohne ein weiteres Wort zu wechseln. Timo fiel auf, dass Harry sich gar nicht verändert hatte. Die gleiche sportliche Figur, etwas kleiner als er, die dunklen Haare nach links gekämmt.

Harry legte eine Hand auf Timos Schulter: »Setzen wir uns.« Er nahm den Rucksack ab. Sie setzten sich auf eine der Bänke an einen Tisch auf der Veranda vor dem Holzhaus. Harry packte Salami, Schwarzwälder Schinken und Bauernbrot aus. Einen Sixpack Ureich-Pils hatte er auch mitgebracht. Er schaute Timo an: »So, mein Freund, während wir uns eine herzhafte Jause gönnen, können wir uns in aller Ruhe unterhalten. Das hoffe ich zumindest, oder?«

»Klar, Harry«, entgegneter Timo leise.

»Du bist so reserviert. Kann ich dir helfen?«

»Nein, nein, es ist alles in Ordnung.«

Die Sonne schien angenehm warm durch die Wipfel der hohen Fichten. Ein Rabe setzte sich auf einen Stein an der Feuerstelle, krächzte laut. Zwei weitere kamen hinzu. Sie krächzten um die Wette, bis sie endlich wieder davonflogen.

»Okay, dann erzähl mal. Wo lebst du?«, fragte Harry.

»Ach weißt du, Harry, darüber möchte ich nicht

reden. Ich bin jedenfalls ganz weit weg«, wich Timo aus.

Harry war sichtlich enttäuscht: »Wie, du willst darüber nicht reden? Das verstehe ich nicht. Wir sind doch alte Freunde! Oder etwa nicht?«

»Auf jeden Fall waren wir es mal.«

»Sind wir es denn nicht mehr?«

»Na ja.«

Harry zog die Augenbrauen zusammen. »Was ist los?« Er schaute Timo ernst an. »Sag schon, was ist passiert?«

»Das fragst du?« Timo sprach nun etwas lauter, senkte den Blick, sah herunter auf die ausgetretenen Bretter der Veranda.

»Ach, die alte Geschichte. Komm schon, das ist so lange her. Vergiss es ganz einfach.«

»Ach ja?« Timo schaute auf. »Ist das alles, was du dazu zu sagen hast? Vergiss es ganz einfach?« Er blickte an Harry vorbei.

»Okay, wir haben uns nicht richtig verhalten damals. Das tut mir auch leid. Glaub mir! Aber vielleicht können wir ja wieder zusammenkommen.« Harry musterte Timo von der Seite, schnitt Salami, Schinken und Bauernbrot ab, öffnete zwei Flaschen Ureich, stellte Timo eine hin, hob seine Flasche: »Prost, mein Freund.«

»Prost.« Timo war einsilbig. Er nahm zögernd ein Stück Salami und ein Stück Brot, begann zu essen. Schweigend saßen sie sich gegenüber.

Timo sah Harry lange an, meinte, nachdem er den letzten Bissen hinuntergeschluckt hatte: »Weißt du, Harry, ich habe mir schon seit längerer Zeit überlegt, wie wir wieder zusammenkommen könnten. Allerdings muss ich vorausschicken, dass ich künftig nicht mehr in Nieder-Klingen leben werde, sondern ein gutes Stück weiter weg.«

»Wo wohnst du denn?«

»Das sage ich dir später. Auf jeden Fall möchte ich, dass wir uns wieder verstehen.« Timo biss ins Brot, wartete auf Harrys Reaktion.

Der entgegnete unsicher: »Ich glaube, wir sind alte Freunde, oder?«

»Ja. War blöd damals. Ich habe überreagiert. Lass uns den ganzen Kram vergessen.«

Sie schauten sich an, klatschten sich erleichtert ab, tranken ein weiteres Ureich.

»Wie geht es weiter?« erkundigte sich Harry. »Was hast du für Pläne?«

»Ich habe einen Flug nach Jerez de la Frontera in Andalusien gebucht.«

»Andalusien? Bist du jetzt dort zuhause?«

»Nein, nein. Ich habe da mal gearbeitet. Auf einer Hacienda. Die Menschen dort haben mir sehr geholfen.« Timo erzählte Harry alles, was er in Südspanien erlebt hatte. Von seinen Erlebnissen in Erbach und Michelstadt schwieg er.

»Und wann fliegst du?«

»Noch heute Nachmittag.«

»Aber du kommst doch noch mal mit zu uns? Angelina würde sich sehr freuen.«

Timo zögerte, stimmte dann aber zu: »Okay, Harry. Aber nur kurz. Um sechzehn Uhr geht meine Maschine, das heißt, ich muss um spätestens dreizehn Uhr mit dem Taxi nach Frankfurt.«

»Mit dem Taxi? Das kommt überhaupt nicht in Frage. Ich bringe dich natürlich hin.«

»Ich nehme dein Angebot gerne an. Danke.«

Harry schaute auf die Uhr. »Aber jetzt los. Wenn wir um dreizehn Uhr zum Flughafen wollen, müssen wir uns sputen.« Er packte Salami, Schinken und Brot sowie das restliche Bier in den Rucksack. Sie marschierten den Hollergrabenweg hinunter, froh, sich wieder gefunden zu haben.

Als sie zehn Minuten später die Straße herauf

kamen, wollte Angelina gerade die Ladentür abschließen. Es war 12.30 Uhr. Mittagspause.

Erst zögerte sie, doch dann lief sie den beiden entgegen. »Alles in Ordnung, Timo?« Sie sah ihn unsicher an.

»Ja, Angelina«, erwiderte er leise. »Alles in Ordnung.«

»Verzeihst du mir?«

»Ja. Lass uns die alten Geschichten vergessen.«

»Danke, Timo.« Sie gab ihm einen Kuss auf die Wange, hakte die beiden Männer unter. »Kommt, lasst uns ins Haus gehen. Ich koche uns was Gutes.«

»Das ist lieb von dir, aber ich habe nur ein paar Minuten Zeit. Spätestens um dreizehn Uhr muss ich weg«, entgegnete Timo.

»Wie, du musst weg? Bleibst du nicht wenigstens ein paar Tage hier?« Angelina machte ein betroffenes Gesicht. Inzwischen hatten sie im Wohnzimmer auf der lederbezogenen Sitzgruppe Platz genommen.

»Tut mir leid, Angelina, aber ich möchte zuerst nach Spanien. Harry wird dir alles erzählen. Ansonsten lebe ich ziemlich weit weg.« Er überlegte kurz. »Ich kann es euch ja sagen. Ich lebe in Namibia.«

Angelina, die auf dem Weg in die Küche war, blieb stehen, drehte sich um: »In Namibia? Wie bist du dahin gekommen?«

»Das ist eine lange Geschichte. Die erzähle ich euch, wenn ihr mich besucht. Das macht ihr doch, oder?«

»Na klar«, kam es wie aus einem Mund.

»So, und nun sage ich euch auch noch, dass ich eine Lebensgefährtin und einen Sohn habe.«

Harry war verblüfft, schaute ihn mit offenem Mund an: »Wirklich?« Dann fasste er sich, strahlte. »Das ist ja schön! Wie heißt sie denn? Und dein Sohn? Wie alt ist er und wie heißt er?«

»Also«, gab Timo zur Antwort, »sie heißt Joanna. Unser Sohn ist fünf. Sein Name ist Tommy.«

»Das ist ja super!« Angelina freute sich aufrichtig.

»Alles andere sage ich euch später.« Timo lächelte.

»Gut. Es ist nur schade, dass du unsere Maleika nicht kennenlernen kannst, wenn du jetzt schon weg musst. Sie ist noch im Kindergarten.«

»Das tut mir auch leid. Ich werde sie ja kennen lernen, wenn ihr mich in Namibia besucht.«

»Ach du liebe Zeit, jetzt haben wir vor lauter Neuigkeiten den Kaffee vergessen.« Angelina eilte in die Küche.

»Lass nur, Angelina, das ist kein Problem«, rief Timo ihr nach, worauf sie zurückkam und vor ihrem Sessel stehen blieb.

Timo drehte sich Harry zu: »Holst du mich dann zuhause ab? Ich muss nur schnell meinen Koffer fertig packen. Sagen wir, in fünfzehn Minuten?«

»Klar. Bin in fünfzehn Minuten bei dir.« Zu Angelina gewandt sagte Harry: »Ich bringe Timo zum Flughafen.«

»Selbstverständlich. Ist doch klar.«

Timo verabschiedete sich von seiner ehemaligen Freundin mit einem kleinen, kaum spürbaren Schmerz in der Herzgegend. Sie fühlte offensichtlich ebenso, denn eine winzige Träne konnte sie nicht unterdrücken.

Um 13.10 Uhr holte Harry seinen Freund in der Lengfelder Straße ab. Timo verabschiedete sich von Maria Solm. Am Flughafen angekommen, drückten sie sich noch einmal fest die Hände, Timo gab Harry seine Telefonnummer. »Ruf mich an, wann ihr uns besuchen wollt.«

Harry tippte die Nummer ins Handy, versprach, mit seiner Familie bei nächster Gelegenheit nach Namibia zu kommen.

Timo ging ins Flughafengebäude, checkte am Schalter der Condor ein.

Pünktlich um 16.15 Uhr startete die Boeing 757 in

Frankfurt mit Kurs auf Jerez de la Frontera in Südspanien. Über den Wolken war er erleichtert. Die Polizei war nicht auf ihn aufmerksam geworden.

Erbach

Der Erste Kriminalhauptkommissar Kersten war erkrankt. Ein Rückenleiden plagte ihn. Die Leitung der SoKo Collam wurde Hummel übertragen.

Zwar hatte sich Hummel geschworen, die, wie er es ausdrückte, Sau zur Strecke zu bringen, jedoch zweifelte er langsam daran, dass es wirklich gelingen würde. Nadine Bergner und Achim Vanderbildt sowie Timo Hausmann waren einfach nicht aufzutreiben. Ihm war klar, dass zumindest einer von ihnen der Schlüssel war.

»Jetzt wähnen die sich sicherer denn je«, grübelte er eines Abends auf seinem Balkon beim Muscadet. Er führte wieder Selbstgespräche: »Zumindest Nadine Bergner müsste hier sein …« Auf dem Einwohnermeldeamt war sie noch gemeldet.

Mit einem Ruck stand er von seinem Holzschaukelstuhl auf. Nadine Bergner hielt sich in der Nähe versteckt, da war er sich sicher. Vielleicht war der Trucker bei ihr? In seiner Wohnung in Gelsenkirchen war Vanderbildt nicht mehr gewesen, seit er verschwunden war.

Hummel schaute auf seine Armbanduhr. Zehn nach neun. Er hoffte, in der *Mümlingstube* einen Freund oder einen Bekannten zu treffen, mit dem er sich unterhalten konnte. »Langsam verblöde ich ja.«

Ihm kam sein Vorgesetzter Kersten in den Sinn. Er tat ihm ein bisschen leid. Trotz aller üblen Dinge, die ihm Kersten zugefügt hatte, wünschte er seinem Chef keine ernsthafte Krankheit.

Hummel schloss die Balkontür, ging zur Garderobe, nahm seine Lederjacke vom Haken, zog sie an, verließ die Wohnung.

Im Odenwald-Gasthaus *Mümlingstube*, wo er in letzter Zeit nur noch selten war, setzte er sich an einen Tisch, bestellte bei der Kellnerin Tanja Odenwälder Vierkäseschnitzel mit Bratkartoffeln und Salatteller, dazu Grünen Silvaner, einen trockenen Weißwein von der Odenwälder Weininsel Groß-Umstadt. Fast alle Tische des Gastraumes waren besetzt.

Als Tanja serviert hatte und zurück zum Tresen ging, sah Hummel ihr nach. Er wollte sein Weinglas greifen, stieß dagegen. Das Glas fiel vom Tisch, zerschellte klirrend auf dem Fußboden, der Wein ergoss sich über die Fliesen. Hummel schnaubte leise: »Verflucht!«

Die Kellnerin kam, wischte die Pfütze auf, kehrte die Scherben auf eine Schaufel, schüttete sie in einen Plastikeimer. Sie sah Hummel an: »Mach dir nichts draus, Felix, das ist schon ganz anderen passiert.«

An einem Tisch ihm gegenüber lächelte sich ein junges Paar an. Sie hatten Hummel beobachtet. »Dess is doch der Polizischt, odder täusch isch misch, Yvonne?«, bemerkte Swen hinter vorgehaltener Hand.

»Genau! Dess isser! Der hott der Tanja ganz schee nochgeguckt, gell?«, erwiderte Yvonne.

»Ei ja! Deshalb hott er aach sei Glas umgeschmisse.«

Nachdem der Oberkommissar gegessen hatte, räumte Tanja ab, meinte: »Na, Felix, darf's noch ein Dessert sein? Ganz sicher doch, oder? Du magst doch so gerne Schokoladenmousse mit Rhabarber und Erdbeeren.«

Er sah an sich herab, rieb sich den Bauch. »Danke, Tanja. Heute nicht. Es reicht.«

Die Tür ging auf, Hummels alter Freund Philipp Bolt kam herein, setzte sich an einen Tisch. Er ging zum ihm, tippte ihm auf die Schulter. Bolt drehte sich um, sah Hummel hinter sich stehen.

»Du, Felix? Dich habe ich ja schon ewig nicht mehr gesehen.«

»Wenig Zeit, Philipp, wenig Zeit.« Die beiden Männer begrüßten sich mit kräftigem Händedruck.

Hummel gesellte sich zu Philipp an den Tisch, bestellte zwei Silvaner.

Der einsneunzig große Bolt mit dem Dreitagebart war ein Möchtegern-Playboy. Zur hellen Leinenhose trug er ein fast bis an den Nabel offenes grünes Hemd, eine leichte dunkelbraune Lederjacke. Die grobgliedrige Panzerkette aus Sterlingsilber mit einem runden Amulett hing über die dicht behaarte, kräftige Brust. Auf seinem Kopf saß ein schmalkrempiger Pepitahut. Hummel bewunderte Philipp, seit er ihn kannte. Für ihn war er schon immer ein Lebenskünstler. Sie redeten über vergangene Zeiten, lachten über Anekdoten. Natürlich waren auch Frauen ein Thema.

»Frauen, schöne Frauen waren und sind immer noch meine große Leidenschaft.« Philipp machte ein sehr ernstes Gesicht. »Leider hat meine Frau mich vor ein paar Wochen verlassen. Den Grund wirst du dir denken können, Felix, oder?«

»Na ja, ich denke, dass du nicht so treu warst, wie sie es erwartet hat«, gab Hummel zu Antwort.

»Genau, Felix! Genau das ist der Punkt. Wie ich sagte, Frauen sind meine Leidenschaft. Daran scheiterte letztendlich meine Ehe.« Er sah Hummel an, als wolle er sich entschuldigen. »Aber ich rede und rede. Erzähl mal von dir. Wir haben uns eine Ewigkeit nicht gesehen.«

»Ach Philipp, von mir gibt es nicht viel zu erzählen. Wie du weißt, bin ich bei der Polizei hier in Erbach. Da passiert allerhand, so dass ich fast keine Freizeit habe.«

»Aber Felix, du wirst doch Zeit für eine schöne Frau haben.« Bolt war überzeugt: »Ohne Frauen ist das Leben nicht lebenswert.«

»Ist klar, aber ... na ja, weißt du, ich ...« Hummel druckste herum, »ich habe ...«

Bolt unterbrach ihn: »Augenblick! Du bist doch nicht etwa solo?«

»Doch. Im Moment schon. Leider. Ich habe meine Ex rausgeschmissen, weil sie mich betrogen hat.«

Hummel hob sein Glas, prostete seinem Freund zu: »Prost, Philipp, ich muss gehen. Morgen erwartet mich ein anstrengender Tag.«

Philipp zögerte. »Prost, Felix. Ist echt blöd, wenn man betrogen wird.« Er hob ebenfalls das Glas.

»Das sagst ausgerechnet du?« Hummel schaute ihn kopfschüttelnd an.

»Ja, ich weiß schon.« Philipp hob beide Hände. »Aber warte noch eine Sekunde.« Er legte einen Arm um Hummels Schultern. »Du sagtest, du hättest im Moment keine Frau, richtig?«

»Richtig«, entgegnete Hummel, nippte am Silvaner, stellte sein Glas auf den Tisch.

»Aber du hast doch sicher mal Verlangen nach einer. Wir sind schließlich Männer.« Er lachte.

»Ja, klar, Philipp, das Verlangen ist schon da.«

Philipp bestellte zwei weitere Silvaner: »Ich glaube, ich weiß eine tolle Frau für dich. Nur mal so zum Entspannen. Nichts Ernstes.«

»Ja?« Hummel wurde neugierig: »Gut. Wo finde ich sie?« Er sah Philipp erwartungsvoll an.

»War mir doch klar, dass du das mal wieder brauchst. In Michelstadt in der Erbacher Straße.« Philipp schaute auf die Uhr hinter dem Tresen. »Es ist zwanzig Minuten vor Mitternacht. Du kannst heute noch zu ihr gehen. Sie arbeitet vorwiegend nachts. Und ... nimm genug Geld mit.«

»Eine Professionelle.« Hummel verzog den Mund.

»Ja. Aber was für eine! Die wirst du so schnell nicht vergessen.« Philipp machte eine kurze Pause. »Das kannst du mir sicher glauben.«

Hummels Hormone kamen in Wallung. »Kannst du mich hinbringen, Philipp? Ich fahre dann mit dem Taxi nach Hause.«

»Klar. Tanja«, rief Philipp der Kellnerin zu, »zahlen bitte.«

Fünfzehn Minuten später stieg Hummel aus dem metallicgrünen Mercedes 230 SLK seines Freundes.

»Danke, Philipp. Mach's gut.«

»Auf ein andermal, Felix. Klingele bei *Nadine & Madeleine* im Erdgeschoß. Und vergiss nicht, mir zu erzählen, wie es war.«

»Versprochen.«

»Also dann ... tschüss.« Philipp hob zum Abschied die Hand, fuhr davon.

Hummel ging über die Straße zu dem Mehrfamilienhaus. Die Eingangstür stand offen, er klingelte an der Tür mit dem Schild *Nadine & Madeleine*.

Eine Stimme ertönte durch die Sprechanlage: »Ja, bitte?«

»Hallo«, sagte Hummel in den Lautsprecher, »kann ich kommen?«

»Selbstverständlich kannst du das«, hauchte die Stimme. Der Türsummer ertönte leise. Eine wasserstoffblonde, füllige Frau um die vierzig öffnete die Wohnungstür. Sie trug einen dünnen dunkelblauen Hosenanzug aus Seide, darunter eine hellrote Bluse. Ihr Gesicht war stark geschminkt. Um den Hals hatte sie eine rote Perlenkette gelegt. Ein zu streng riechendes Parfüm umgab sie wie eine unsichtbare Wolke.

Bevor Hummel etwas sagen konnte, meinte die Wasserstoffblonde: »Ich bin nicht dein Typ, oder?«

»Seien Sie mir nicht böse, aber ich hatte eigentlich eine andere ...«

»Ist schon okay«, unterbrach sie ihn, »ich bin nicht sauer. Nadine ist nun halt mal das Nonplusultra. Ich weiß das. Im Moment hat sie einen Gast, aber wenn sie soweit ist, wird sie zu dir kommen. Nimm doch bitte solange auf der Couch im Wohnzimmer Platz.«

Hummel setzte sich, sah sich in dem Zimmer um. Dunkelroter Plüsch. Die schweren Gardinen, der dicke Teppich. Die Strukturtapeten der Wände waren in hellblauer Farbe gehalten. Wuchtig eingerahmte Bilder mit korpulenten, nackten Frauen hingen gegenüber der Couch an der Wand.

Madeleine ging aus dem Zimmer, ließ die Tür einen kleinen Spalt breit offen stehen. Der Oberkommissar konnte hören, wie ein Mann sich im Flur verabschiedete. Dann vernahm Hummel eine ihm bekannt vorkommende Stimme. Es durchfuhr ihn wie ein elektrischer Schlag. »Nadine!«

Er kratzte sich an der Nase. Sex mit der Bergner, einer seit längerer Zeit polizeilich gesuchten Person? Das konnte er sich nicht erlauben. Das ging zu weit.

Wenige Minuten später ging die Tür auf, eine attraktive, schlanke junge Frau ging auf Hummel zu, begrüßte ihn freundlich: »Hallo, ich bin Nadine. Was kann ich Gutes für dich tun?«

Hummel fiel sofort auf, dass die junge Frau mit den langen schwarzen Haaren nicht die Stimme hatte, die er gerade eben im Flur gehört hatte. Und die Stimme im Flur war die von Nadine Bergner gewesen, da war er sicher. Er sprang auf, eilte zur Wohnzimmertür, konnte gerade noch sehen, wie eine leicht bekleidete rothaarige Frau auf die Straße rannte.

Er rannte hinterher. Die Frau war verschwunden. Sekunden später schoss ein gelber Porsche um die Ecke, röhrte mit hoher Geschwindigkeit davon. Er blieb schwer atmend stehen, sein Herz klopfte. »Verdammt!« Langsam ging er zurück ins Haus, wo die beiden Damen ihn erschrocken anstarrten.

»Was war denn das?« Die Wasserstoffblonde hatte sich wieder gefasst.

»Wer war das?«, fragte Hummel aufgeregt.

»Wie, wer war das?«, stammelte die Schwarzhaarige.

»Ich habe gefragt und erwarte einfach nur eine Antwort, klar?«

»Nicht klar«, schaltete sich Madeleine ein. »Was willst du überhaupt hier? Ich dachte, du wolltest zu Nadine, um dir ein paar schöne Stunden zu machen. Stattdessen rennst du auf der Straße herum.« Sie sah ihn an. »Aber um deine Frage zu beantworten: Das war Patrizia, eine Freundin von mir.«

»Ach! Und sie hatte es plötzlich so eilig, deine Freundin Patrizia, ja?«

»Sie bekam einen Anruf und musste weg. Wo ist das Problem?« Die Wasserstoffblonde grinste.

»Mhm.«

Nadine versuchte einzulenken: »Es ist ja nichts passiert.« Sie sah Hummel mit einem Augenaufschlag an. »Wollen wir jetzt in mein Zimmer gehen?«

Hummels Hormone arbeiteten immer noch auf Hochtouren. »Warum eigentlich nicht?« Er ging mit Nadine ins Zimmer nebenan.

Zwei Stunden später saß Hummel im Taxi. Er musste grinsen. Zumindest hielten sich die Bergner und Vanderbildt in Michelstadt auf. Von der kleinen Schwarzhaarigen hatte er außer den schönen Dingen des Lebens erfahren, wo er die beiden finden konnte. Er lehnte sich entspannt zurück, lächelte vor sich hin. Bei den Damen des Gewerbes war Neid ein nicht zu unterschätzender Faktor.

Zuhause angekommen rief er Philipp an. Schlaftrunken – es war kurz nach drei – hob dieser den Hörer ab.

»Hallo Philipp, du hattest recht. Das ist eine Superfrau!«

»Mann, Felix, um mir das zu erzählen, weckst du mich zu nachtschlafender Zeit auf?« Philipp war verärgert. »Bist du noch normal? Das hätte doch morgen früh gereicht.« Er gähnte. Die Brünette neben ihm war ebenfalls wach geworden, sah ihn erstaunt an, drehte sich auf die Seite, schlief weiter.

»Wir haben bereits morgen früh, mein Lieber. Ich wollte dich noch etwas fra...« Hummel unterbrach den Satz. Philipp hatte aufgelegt.

»Auch gut«, knurrte Hummel. »Dann um neun.«

Um fünf Minuten nach neun rief er erneut bei Philipp an.

»Du schon wieder? Eins muss ich sagen, Felix: Hartnäckig bist du.«

»Ich muss etwas von dir wissen.« Hummel räusperte sich. »Also die Frau. Das war eine ...«

»Eine Superfrau. Hast du doch schon gesagt.«

Hummel zögerte. »Diese Madeleine ist ja nicht gerade mein Typ, aber Nadine war super.«

Philipp wurde ungeduldig: »Felix, sag mir doch endlich, worauf du hinaus willst.«

»Na ja, Nadine. Gibt es davon zwei? Ich meine, zwei Nadines?«

»Sag mal, hast du heute früh schon Wein getrunken? Du redest wirres Zeug. Ich kenne nur eine. Was ist denn mit dir los?«

»Ist diese Nadine Französin? Ich meine die, die du meinst?«, fragte Hummel weiter.

»Ja. Die ist Französin. Aber sie spricht perfekt deutsch. Wieso? War die Nadine, bei der du warst, keine Französin?«

»Doch, doch. Schon, aber ...«

»Na also«, unterbrach Philipp. »Was soll jetzt deine Fragerei?«

»Und sonst kennst du keine Nadine?«, fuhr Hummel fort. »Vielleicht eine deutsche Nadine?«

»Nein, zum Kuckuck! Ich kenne keine deutsche Nadine! Madeleine ist Deutsche. Sie hat sich nur den französischen Namen zugelegt. Sie glaubt, es sei besser fürs Geschäft. So, und jetzt muss ich weg. Ich habe nämlich noch was anderes zu tun.« Philipp legte auf.

Jetzt wurde es ihm bewusst: deutsche Nadine? An sie hatte er nicht mehr gedacht. Philipp zog die Augenbrauen zusammen. Nadine Bergner? Er schürzte die Lippen.

Jerez de la Frontera, Spanien

Gegen 19 Uhr landete die Boeing 757 der Condor auf dem Flughafen La Parra von Jerez. Nachdem alle Passagiere ausgestiegen waren und das Flugfeld verlassen hatten, holten sie in der Halle ihre Koffer am Band ab. Das ging schnell, die Boeing war die einzige Maschine, die vor kurzem gelandet war.

Timo nahm seinen Koffer, ging aus dem Flughafengebäude zum Taxistand. Er ließ sich nach Medina-Sidonia in die Innenstadt bringen, rief vom Handy seinen Freund Miguel an, bat ihn, ihn abzuholen. Miguel war außer sich vor Freude.

Medina-Sidonia, Spanien

Sie fuhren zur Hacienda. Da Miguel niemandem etwas erzählt hatte, war die Überraschung groß, als Timo vor dem Haupthaus aus dem Range Rover stieg.

Gonzales saß mit seiner Frau und seinen beiden Töchtern auf der Terrasse. Alle sprangen auf, um den unerwarteten Gast zu begrüßen. Sie umarmten und drückten ihn. Esmeralda, durch die lautstarke Begrüßung aufmerksam geworden, eilte aus der Küche. Als sie Timo sah, blieb sie überrascht stehen, breitete beide Arme aus: »Timo! Wie schön!«

Er lief zu ihr, drückte sie an sich. Esmeralda war keines Wortes mehr fähig. Sie ließ ihren Tränen freien Lauf. Er streichelte ihr übers Haar: »Schon gut, Esmeralda, schon gut.«

Timo erzählte von seinem neuen Leben auf seiner Farm in Namibia.

Nach dem Abendessen im Speisezimmer begaben sich alle auf die Terrasse. Sie saßen bei einigen Gläsern Rotwein bis spät in die Nacht beisammen. Viele lustige Geschichten wurden erzählt.

Aber es gab auch eine traurige Nachricht. Pedro Martinez, Timos einstiger Lehrmeister, war an einer Lungenentzündung gestorben. Sein Tod ging Timo sehr nahe.

Mittwoch, 25. September

Um 8.20 Uhr erwachte Timo. Er zog er sich an, ging hinunter auf die Terrasse, um zu frühstücken. Die ganze Familie erwartete ihn bereits. Nach dem Frühstück fragte er Cristina: »Was macht eigentlich der Jefe der Ölmühle, der alte Esteban?«

»Es geht ihm gut. Er ist immer noch topfit.«

»Ich möchte ihn gerne sehen. Ist das möglich?«

»Na klar. Wir fahren gleich zu ihm, wenn du willst.«

»Lass mich erst noch einen Flug nach Windhoek buchen.«

»Natürlich. Du kannst das Telefon im Wohnzimmer benutzen. Ich bringe dich später zum Flughafen.«

Nach wenigen Minuten kam Timo zurück. »So, der Flug ist gebucht. Um sechzehn Uhr fünfundfünfzig geht eine Maschine von Málaga nach Windhoek. Von Jerez aus wäre ich drei Tage unterwegs.«

»Kein Problem, ich bringe dich um zwölf Uhr nach

Málaga«, war die prompte Reaktion von Cristina. »Wollen wir jetzt zu Esteban fahren?«

»Ja, gerne.«

Sie gingen zur gegenüberliegenden Garage, wo eine weinrote Harley Davidson Heritage stand.

»Wow!«, meinte Timo, sah Cristina mit erstauntem Blick an: »Deine?«

»Meine«, bemerkte Cristina stolz.

Er nickte anerkennend. »Respekt.«

Cristina setzte sich auf die Harley, startete den Motor. Sie deutete auf den Sitz hinter ihr, gab ihm einen Helm, setzte selbst einen auf.

Nach ungefähr zehn Minuten kamen sie an die Ölmühle. Esteban hörte den Motor der Harley Davidson. Er kam so schnell er konnte um die Ecke. Als die Maschine näher kam, anhielt, Cristina und ein Mann abstiegen und ihre Helme absetzten, schrie er laut auf vor Freude, eilte auf Timo zu, drückte ihn fest an sich.

»¡Hola, hombre! Wie schön, dich wieder zu sehen. Ich habe so oft an dich denken müssen.«

»Ja, Esteban, es ist schön, dich auch wieder zu sehen.« Timos Augen wurden feucht.

»Wie lange wirst du bleiben?«, fragte Esteban.

Timo hob bedauernd die Schultern. »Heute Nachmittag muss ich wieder zurück. Ich lebe in Namibia und habe eine Lebensgefährtin und einen Sohn.«

»Ach ja? In Namibia! In Afrika! So weit weg? Wie schade, dass du heute schon wieder fort musst.«

Nachdem Cristina und Timo eine Zeitlang mit Esteban geplaudert hatten, fuhren sie zurück zur Hacienda. Mittlerweile war es 11.50 Uhr. Timo verabschiedete sich. Cristina brachte ihn mit dem weißen 3-er BMW, den sie immer noch hatte, zum Aeropuerto de Málaga-Costa del Sol.

Von dort flog er um 16.55 Uhr mit Air France über Paris und Johannesburg nach Windhoek.

Erbach

Die Ermittler der Regionalen Kriminalinspektion Odenwald konnten erneut keine Erfolge verbuchen. Langsam wurde es den Beamten unheimlich. Nicht eine einzige verwertbare Spur.

Donnerstag, 26. September

In der Frühbesprechung der SoKo Collam, an der auch Kriminalrat Walter Schlett teilnahm, wurden alle möglichen Details erläutert und besprochen. Schwerpunkte der Ermittlungen war die Suche nach Nadine Bergner, Achim Vanderbildt und Timo Hausmann.

Schlett hatte sich zurückgelehnt, hörte sich alles mit verschränkten Armen an. Dann stand er auf, wetterte: »So. Jetzt will ich Fakten sehen! Die Staatsanwaltschaft hängt mir ständig im Nacken. Auch die Presse.« Er wandte sich an Hummel: »Ich erwarte von Ihnen, dass die Sache jetzt schnellstens erledigt wird. Wie Sie das machen, ist mir egal. Haben Sie mich verstanden?«

»Ja, Herr Kriminalrat. Ich werde mein Bestes geben.«

»Wenn das reicht, Hummel.« Schlett drehte sich um, ging mit großen Schritten aus dem Konferenzraum.

»Ihr habt es gehört.« Hummel sah in die Runde. »Wir weiten die Ermittlungen großflächig aus.«

Nachdem die weitere Vorgehensweise besprochen war, verließen alle den Konferenzraum, machten sich wieder an die Arbeit. Obwohl bei einigen der Frust immer größer wurde. Hummel ging in sein Büro. Er kam ins Grübeln. Er wollte alleine ermitteln.

Er ging hinunter auf den Parkplatz, setzte sich in

den Fleetwood, startete den Motor. Der Amischlitten sprang sofort an, womit der Oberkommissar nicht gerechnet hatte.

Wie er von der attraktiven Nadine erfahren hatte, arbeitete die andere Nadine, nämlich Nadine Bergner, manchmal mit ihr zusammen, aber meistens arbeitete diese in Bad König.

Vor einem Häuserblock in Bad König parkte er den Straßenkreuzer auf einem Parkplatz, auf dem noch einige Wagen standen, unter anderem ein gelber Porsche 911. Es war ein großer Gebäudekomplex. Entsprechend viele Klingelknöpfe gab es. Manche Schilder waren nicht beschriftet, bei vielen konnte man die Schrift kaum noch lesen, sie war abgeblasst. Irgendwo mittendrin las er *Nadine*. Das musste sie sein. Er drückte die Klingel, eine Stimme meldete sich durch die Sprechanlage.

Nadine Bergner, durchfuhr es ihn. Hummel verstellte seine Stimme: »Haben Sie Zeit für mich?«

»Oh ja, selbstverständlich«, flötete Nadine. »Erster Stock, gleich links neben dem Aufzug. Kommen Sie.«

Der Summer ertönte, er ging die Treppe hoch in den ersten Stock. Die Tür neben dem Aufzug war angelehnt. Er klopfte leise, stieß leicht gegen die Tür, die sich nun ganz öffnete. Aus dem abgedunkelten Appartement verströmten Kerzen einen angenehmen Duft von Wildkirschen. Orchestermusik von James Last ertönte leise aus den Lautsprechern der Stereoanlage, die in die Schrankwand aus heller Eiche neben dem Fernseher eingebaut war.

Nadine Bergner saß in weißem Minirock und hellroter Bluse auf einem Sessel, sichtlich erschrocken bei Hummels Anblick. Der schaute sie einen Augenblick lang an.

»Na, Frau Bergner, das hätten Sie nicht gedacht, oder?« Er gab sich alle Mühe, ruhig zu bleiben.

Das Model hatte sich wieder einigermaßen gefangen, konterte: »Ich bin hocherfreut, dass Sie mich besuchen, Herr Humpel.«

»Hummel!«

»Ach ja. Herr Hummel. Wir haben uns lange nicht gesehen.« Sie stand auf, ging zu ihm hin.

»Ach, wissen Sie, so lange ist das gar nicht her«, gab Hummel zur Antwort. »Gestern?«

Sie tat, als hätte sie es nicht gehört. »Was kann ich diesmal für Sie tun? Sie haben doch nicht wieder Fragen?« Nadine Bergner stellte sich ganz nah vor ihn. Ihre Körper berührten sich. »Es gibt doch viel schönere Dinge, als diese blöde Fragerei.« Sie bot ihm Platz auf der roten Ledercouch an. Nadine setzte sich neben ihn.

Hummel wurde heiß, er war verrückt nach dieser Frau. Er nahm sie in den Arm, küsste sie heftig. Er war nicht mehr Herr seiner Sinne.

Später, als er aus dem Bad kam, war Nadine verschwunden. Mürrisch, weil ihm der Verstand in die Hose gerutscht war, verließ Hummel das Appartement. Der gelbe Porsche war weg.

Er malte sich aus, was passieren konnte, wenn das jemand erfahren würde: Sex mit einer vielleicht wichtigen Zeugin oder gar einer Mordverdächtigen. Das wäre das Ende seiner Polizeikarriere. Hummel ging zur Treppe. Ein großer Mann kam ihm entgegen. Er schien es sehr eilig zu haben, denn er rannte die Treppe hinauf, rempelte Hummel an, brummte: »'tschuldigung«, klopfte dreimal an Nadines Tür. Da sie nicht öffnete, drehte er sich um, eilte die Treppe wieder hinunter. Jetzt wurde der Oberkommissar wach: Vanderbildt?

Aufgeregt hastete er dem Mann nach. Vanderbildt, der spürte, dass er verfolgt wurde, rannte aus dem Haus hinaus auf den Parkplatz, gefolgt von Hummel, der ihn nicht einholen konnte.

Hummel blieb stehen, seine Lunge pfiff. Er griff

sich an die rechte Seite unterhalb der Rippen. Seitenstechen. Er ärgerte sich, versuchte, Luft durch die Lungen zu pumpen. Es ging wieder ein kleines bisschen besser.

Vanderbildt sprang in den Passat, startete den Motor, raste vom Parkplatz auf die Straße. Nach wenigen Sekunden war er weg.

Schwer atmend ging Hummel zu seinen Oldtimer, stieg ein, drehte den Zündschlüssel. Kein Mucks. Er biss auf die Zähne, beim dritten Anlauf sprang der Fleetwood an. Hummel gab Gas, brauste davon. Unterwegs beruhigte er sich etwas. Er hatte Verlangen auf einen Café au lait. Den besten bekam er in seinem Stammlokal bei Iven.

Das Bistro *Laurentius* war nicht weit von seiner Wohnung entfernt. Als er davor parkte und ausstieg, sah er durch eines der Fenster Achim Vanderbildt an einem Tisch nahe dem Tresen sitzen.

»Ich glaub, ich spinne«, murmelte Hummel.

Er ging hinein, setzte sich auf den freien Platz rechts neben den Trucker, der ihn nicht gleich wahrnahm, da er sich mit seinem linken Tischnachbarn unterhielt.

Wenige Minuten später wollte Vanderbildt sich ein weiteres Bier bestellen, drehte sich um, sein Blick blieb an Hummel hängen. Er erschrak. Der Oberkommissar grinste, bestellte Café au lait, schaute den Trucker an: »Na, was haben Sie mir zu sagen?« Er ließ er sich von Iven einen dünnen schwarzen Zigarillo geben, zündete ihn an, hustete, blies den Rauch gegen die Decke. Dass in allen Lokalen Rauchverbot herrschte, daran dachte er im Moment nicht. Er dachte auch nicht an den Raucherraum nebenan. Wahrscheinlich deshalb nicht, weil er normalerweise nicht rauchte. Niemand sagte etwas. Auch nicht der Inhaber Iven Le Goff, Bretone aus Quimber. Der lugte hinter der Zapfanlage hervor, wollte lauschen.

Hummel schien seine Gedanken zu erraten: »Das ist nicht für deine Ohren bestimmt, Iven.« Er machte ihm durch eine Handbewegung deutlich, sich zurückzuziehen.

Iven ignorierte es. »Es ist immer noch mein Bistro.« Er hob stolz den Kopf, nahm ein Tuch, polierte den Tresen. Hummel grollte: »Starrkopf!« Er wandte sich an Vanderbildt: »Kommen Sie, wir setzen uns an einen anderen Tisch.«

Der schaute Hummel fragend an: »Warum? Ich versteh' nicht?«

»Ich bin von der Polizei. Ich möchte mit Ihnen sprechen.«

Vanderbildt bestellte ein weiteres Bier, erhob sich zögernd. Sie nahmen ihre Getränke, setzten sich an einen Tisch in einer Ecke. Vanderbildt rutschte nervös auf dem Stuhl hin und her.

»Was wollen Sie von mir?«, fragte er vorsichtig.

»Eine ganze Menge, Herr Vander ... bunt?«

»'bildt, Achim Vanderbildt. Woher kennen Sie meinen Namen?«

»Ich kenne ihn eben.« Hummel zeigte seinen Dienstausweis. Er schaute dem Trucker ernst ins Gesicht. »Na, dann kommen Sie mal mit.«

Er deutete auf die kleine Ausbeulung seiner Lederjacke, die das Schulterholster mit der Heckler & Koch verbarg. Vanderbildt stand verwundert von seinem Stuhl auf: »Was soll das?«

Hummel stand ebenfalls auf, rief die Kellnerin, zahlte. »Kommen Sie bitte mit.«

»Aber ich habe meinen Wagen am Marktplatz stehen.«

»Den können Sie später holen.«

Sie gingen hinaus, Hummel warf den Zigarillo auf den Bürgersteig, trat ihn mit dem Absatz aus. Sie setzten sich in den Fleetwood, der, wenn auch stotternd, sogleich ansprang, fuhren ins Kommissariat.

Am Schreibtisch des Oberkommissars, diesem gegenüber, nahm Vanderbildt Platz. Er legte die Arme auf die Schreibtischplatte, faltete die Hände.

Hummel sah ihn eine Weile an. Er merkte, wie nervös Vanderbildt war. Der fragte, ob er rauchen dürfe.

»Normalerweise nicht. Ausnahmsweise.« Hummel stellte ihm einen Aschenbecher hin. Umständlich nestelte Vanderbildt eine Reval aus der Packung, zündete sie mit einem Einwegfeuerzeug an. »Was liegt gegen mich vor?«

»Wenn es Sie nicht stört, zeichne ich das Gespräch auf.« Hummel wartete keine Antwort ab, drückte auf die Einschalttaste des Sony, stützte die Ellbogen auf den Schreibtisch, fragte ruhig: »Was können Sie mir von Monique erzählen?«

Vanderbildt schaute ihn erstaunt an: »Von wem?«

»Hören Sie auf, Herr Vanderbildt! Sie waren mit ihr befreundet.« Hummel blieb freundlich.

»Mit wem bitte war ich befreundet?« Achim nahm einen tiefen Zug aus der Reval, rieb sich die Nase. Der Oberkommissar ließ sich nicht beirren. »Herr Vanderbildt, binden Sie mir keinen Bären auf. Ich rede von Monique Colombin. Also, was war? Nur Freundschaft? Oder war mehr?«

Vanderbildt schob die Unterlippe vor. Hummel wartete ruhig auf eine Antwort. »Na?«

»Nun ja,« gab der Trucker zögernd zu, »da war schon mehr.«

»Wie mehr? Was war mehr? Überfall, intime Beziehung, beides oder was?«

»Nein, nein, Überfall nicht. Absolut nicht. Ich habe noch nie jemanden überfallen.«

»So so, wer war denn sonst bei dem Überfall in der Jahnstraße mit dabei? Am 25. Juli vor sechs Jahren? Mir ist zu Ohren gekommen, es sei ein großer Blonder gewesen.« Er blickte Vanderbildt mit zusammengekniffenen Augen an. »Und Sie sind groß, nicht wahr?« Hummel blieb beharrlich: »Sie wissen doch von dem Überfall damals. Es stand ja in allen Zeitungen.«

»Ich habe keine Ahnung von diesem Überfall. Wie Sie sehen, bin ich nicht blond, sondern …«

»Herr Vanderbildt, die Haarfarbe kann man problemlos ändern«, fiel ihm Hummel ins Wort.

»Richtig. Ist aber nicht so. Ich weiß von einem Überfall absolut nichts. Überhaupt nichts!«

»Oder war es vielleicht ein anderer Blonder? Ja, vielleicht sogar einer, den Sie kennen?« Hummel strich sich über das Kinn, schaute Vanderbildt an.

»Nein, nein, ich kenne niemanden, der bei einem Überfall dabei war.«

»Na ja.« Hummel war nicht überzeugt.

»Ich hatte mit Monique ein Verhältnis, aber das schon seit längerer Zeit.«

»Dann wissen Sie auch, dass Monique Colombin ermordet wurde?«

Vanderbildt nahm einen tiefen Zug aus seiner Zigarette. »Ja«, flüsterte er kaum hörbar, »ich habe es im *Odenwälder Echo* gelesen. Damals.« Er fuhr fort, nun wieder etwas lauter: »Immer wenn ich beruflich nach Michelstadt oder in die Nähe kam, traf ich mich mit Monique. Manchmal übernachtete ich bei ihr.«

»Ach ja? Nicht in Darmstadt? Im *Ibis*?«, unterbrach ihn der Oberkommissar.

»Doch. Auch hin und wieder in Darmstadt.« Vanderbildt sah Hummel verwirrt an. »Aber wie kommen Sie darauf?«

»Später. Erzählen Sie weiter.«

»Wir haben uns gut verstanden. Ich bin über ihren Tod unendlich traurig. Das ist die Wahrheit.« Vanderbildt senkte den Blick, drückte seine Kippe in dem weißen Aschenbecher aus.

»Sie behaupten, Sie würden keinen Blonden kennen. Was würden Sie sagen, wenn ich Ihnen jetzt etwas zeigen würde, das beweist, dass Sie sich mit einem blonden jungen Mann namens ... äh, Augenblick,« Hummel nahm sein Notizbuch aus der Jackentasche, blätterte kurz, »namens Timo Hausmann getroffen haben?« Er klappte das Buch zu, legte es vor sich auf den Schreibtisch.

Vanderbildt wurde käseweiß. »Das kann nicht sein! Das ist ein Irrtum!«

Hummel hob die Hand: »Moment, Herr Vanderbildt, Moment!« Er ging zum Aktenschrank, holte die Akte Colombin hervor, schlug sie auf, entnahm zwei Kopien mit Computerausdrucken des Hotel *Ibis*, hielt sie Vanderbildt unter die Nase.

»Verdammt!« Vanderbildt erschrak.

Die erste Kopie zeigte den Termin des Eincheckens und des Auscheckens von Achim Vanderbildt. Die andere Kopie zeigte das Einchecken und Auschecken Timo Hausmanns, wobei auffällig war, dass das Auschecken zur gleichen Zeit wie das von Vanderbildt erfolgt war.

»Das ist noch lange kein Beweis«, erregte sich Vanderbildt, »das ist reiner Zufall!«

»So, Sie sagen, es wäre reiner Zufall. Gut.« Hummel fuhr den PC hoch, fand die Datei, in die er das damals mit dem Portier geführte Gespräch vom Handy eingegeben und gespeichert hatte. Niemand außer ihm wusste von dieser Datei. Er las dem erstaunten Vanderbildt das Gespräch vor, das er damals geführt hatte.

»Herr Kommissar.« Vanderbildt atmete tief durch. »Das ist doch fingiert!« Er legte nervös die Hände gegeneinander. »Das glaube ich nicht!«

»Nein?« Hummel rückte seinen Stuhl etwas zurück. »Sie glauben das nicht?« Er nahm das Handy, das er damals benutzt hatte, aus der Schublade seines Schreibtisches. Das Gespräch mit dem Portier des *Ibis* war noch gespeichert. Er ließ die Aufnahme ablaufen, schaute Vanderbildt an. »Na?«

Jetzt gab Vanderbildt zu, dass er Timo Hausmann kannte. Er erzählte die ganze Geschichte. Nur, dass Timo bei dem Überfall auf das Schmuckgeschäft in Erbach dabei gewesen war, erwähnte er nicht. Die Frage, wo Hausmann sich jetzt aufhalte, konnte Vanderbildt nicht beantworten. »Seit ich ihn in Medina-Sidonia abgesetzt habe, habe ich nie wieder etwas von ihm gehört.«

»Wo haben Sie ihn dort abgesetzt?«

»In der Innenstadt.«

»Sie haben keine Handynummer, keine sonstige Telefonnummer?«

»Nein. Ich weiß nicht, wo er sich aufhält.«

»Den finden wir schon noch.« Hummel rückte seine Brille zurecht. »Waren Sie am 26. Juli, am Tag des Mordes an Monique Colombin, bei ihr?«

»Nein … oder doch?«, versuchte Achim sich zu erinnern. »Vielleicht. Das genaue Datum weiß ich nicht mehr. Aber wenn Sie es sagen … Ich war oft im Sommer in Michelstadt. Möglich, dass es im Juli war.«

»Ah ja? Von wann bis wann waren Sie bei ihr?«

»Wenn ich abends in Michelstadt ankam, verbrachte ich die Nacht meistens bei Monique. Sagte ich doch schon. Was ist dabei?«

»Eigentlich nichts, Herr Vanderbold.«

»'bildt, Vanderbildt.«

»Nur, die Sache hat einen kleinen Haken. Sie kamen am 25. Juli abends zu Monique Colombin, richtig?«

»Das ist alles schon lange her.« Achim zündete sich erneut eine Zigarette an, kratzte sich am Kopf. Er machte einen sehr unruhigen Eindruck.

»Sie haben an diesem Tag bei der Firma *Eurotrans* ihren Urlaub angetreten. Und genau am 25. Juli war der Raubüberfall auf das Schmuckgeschäft *Lambert*.« Hummel blieb hartnäckig: »Wo waren Sie um zwölf Uhr? Waren Sie wirklich erst abends bei Monique?«

»Am Nachmittag fuhr ich los. Abends um ungefähr neunzehn Uhr kam ich bei Monique in Michelstadt an.«

»Wann haben sie Frau Colombin wieder verlassen?«

»Am nächsten Tag.«

»Uhrzeit?«

»Vielleicht um sieben Uhr morgens.«

»Und dann?«

»Dann bin ich weggefahren.«

»Komisch, Frau Bergner sagte aber etwas ganz anderes.«

»Wer?«

»Herr Vanderbildt! Hören Sie doch auf, mir etwas vorzugaukeln. Sie waren bei Nadine Bergner. Damals. Am 26. Juli.«

»Ja, ich war bei ihr«, gab Vanderbildt kleinlaut zu.

»Aha!«

»Ja! Was sagte sie denn?«, wollte der Trucker wissen.

»Sie sagte, dass Sie sich von acht Uhr bis ungefähr acht Uhr dreißig bei ihr aufgehalten hätten.« Hummel lehnte sich zurück, verschränkte die Arme vor der Brust, tippte mit dem Fuß dreimal auf den Boden.

Vanderbildt rieb sich die Stirn: »Ja, kann sein.« Er überlegte angestrengt: »Das kann wirklich sein.«

»Das würde heißen, dass Sie mit Nadine Bergner auch etwas hatten, oder?« Hummel legte die Stirn in Falten. »Ein Verhältnis vielleicht?«

»Nein! Um Gottes willen, nein! Nadine ist doch eine Nu … äh ein Model.«

»Aha. Sie ist also ein Model.«

»Ja doch!«

»Mhm. Und Sie waren an diesem bewussten Morgen bei ihr.«

»Sagte ich doch. Wenn Sie es genau wissen wollen, wir hatten Sex, kurzen Sex.«

»Was war dann? Nach dem kurzen Sex?«

Vanderbildt begann zu schwitzen. Er bat um ein Glas Wasser. Hummel holte eine Flasche Odenwald-Quelle und zwei Gläser, schenkte ein. Vanderbildt setzte das Glas an, trank es halb aus.

Hummel ergriff den Aschenbecher, schnupperte daran, meinte beiläufig: »Du liebe Zeit, was rauchen Sie denn für ein Kraut? Das stinkt ja fürchterlich!« Er rief einen Kollegen an: »Bracht, komm mal, schütt die stinkenden Kippen in den Mülleimer. Das ist ja unerträglich.« Er stand auf, ging zu dem Polizeimeister, der das Zimmer betrat, gab ihm den Aschenbecher, raunte ihm zu: »Zu Rothman. DNA. Ich melde mich bei ihm.«

Friedhelm Bracht verstand und verließ den Raum.

Der Trucker wischte sich mit dem Handrücken über den Mund: »Ja, was war danach? Ich war gerade im Begriff, mich anzuziehen, da schrie Nadine mich an: So? Mehr geht nicht? Was ist denn mit dir heute los? War die Nacht bei dem Hürchen im ersten Stock vielleicht zu anstrengend? Dieses kleine Flittchen! Ich werde ihr eines Tages den Hals umdrehen. Was glaubt die, wer sie ist? Ich zog mich an und verließ so schnell ich konnte ihre Wohnung. Dann fuhr ich nach Darmstadt, um mich mit Timo zu treffen. Den Rest habe ich Ihnen vorhin erzählt.«

»Aber mit Timo Hausmann trafen Sie sich doch erst später. Um vierzehn Uhr. Wo waren sie in der Zwischenzeit?« Hummel war wachsam.

»Ich muss gestehen, dass ich nicht gleich ins Hotel fuhr, sondern in Michelstadt auf dem Parkplatz am Schwimmbad etwa eine Stunde wartete, dann fuhr ich noch mal zurück zu Nadine. Ich dachte, ich könnte vernünftig mit ihr reden.« Achim trank sein Glas leer. »Als ich Nadines Klingel drückte, öffnete sie nicht«, fuhr der Trucker fort. »Wahrscheinlich ein Termin, dachte ich.«

Bracht kam zurück, stellte den geleerten Aschenbecher auf den Tisch.

Unbeirrt redete Vanderbildt weiter: »Zu Monique wollte ich nicht zurück, weil sie dann wahrscheinlich gemerkt hätte, dass irgendetwas nicht stimmt. Sie wusste ja nicht, dass ich öfter bei Nadine war.« Er trank wieder Mineralwasser, zündete sich mit fragendem Blick erneut eine Reval an. Hummel nickte.

Achim inhalierte tief den würzigen Tabak. »Also fuhr ich zum Modeatelier *Ballmann* in die Innenstadt, hoffte, Nadine dort zu finden. Aber die sagten, dass sie schon lange nicht mehr da gewesen sei. Ich glaubte, dass sie vielleicht einen anderen Termin in einem Hotel oder sonst wo hatte.« Er hob die Hände. »Mittlerweile war fast Mittagszeit. Ich hatte Hunger, ging in ein Lokal, um etwas zu essen.

»Welches Lokal?«

»*Michel's Restaurant* in Erbach.«

»Ah! Bahnstraße. Neben dem Bistro, richtig?«

»Richtig. Super Essen. Ich habe Odenwälder Apfelweinhähnchen mit gebratenen Pilzmaultaschen gegessen. Das weiß ich noch genau, obwohl es schon so lange her ist.«

»Mmm ...« Der Oberkommissar leckte sich die Lippen. »Nachtisch?«

»Ja, auch.« Der Trucker grinste.

»Was war das für ein Nachtisch?«

»Das weiß ich nicht mehr.«

»Was haben sie nach dem Essen gemacht?«

»Ich fuhr nach Darmstadt, wo Timo auf mich wartete.« Vanderbildt drückte die Zigarette im Aschenbecher aus, trank wieder einen Schluck Wasser, drehte das Glas in der Hand.

Hummel zog die Augenbrauen hoch. »Lassen wir das mal so stehen, Herr Vanderbildt. Oder gibt es sonst noch etwas? Überlegen Sie gut. Solange wir Nadine Bergner nicht haben, stehen Sie im Verdacht,

Monique Colombin ermordet zu haben. Sie haben für die Tatzeit kein Alibi.«

»Aber, Herr Kommissar«, Vanderbildt war empört, »natürlich habe ich ein Alibi. Im Modeatelier *Ballmann*, wo ich damals nach Nadine gefragt habe, kann das sicher bestätigt werden.« Er stellte das leere Glas hart auf den Tisch.

»Herr Vanderbildt«, Hummel schüttelte den Kopf, »Sie glauben doch nicht allen Ernstes, das sich daran noch jemand erinnern kann.« Er machte eine kurze Pause. »Kurzum, wir müssen Nadine Bergner finden.«

Das Telefon klingelte. Hummel nahm ab. Peter Rothman war am Apparat: »Felix, die DNA ist identisch mit den schwarzen Haaren, die wir bei der Toten gefunden haben. Fingerabdrücke auch.«

»Auch mit den Spuren im Schmuckgeschäft *Lambert*?«, fragte Hummel.

»Nein, keine DNA, keine Fingerabdrücke. Dort wurde mit Handschuhen gearbeitet.«

»Danke«, antwortete Hummel knapp, legte auf. Er schaltete das Aufnahmegerät aus, blickte Vanderbildt mit besorgter Miene an, rückte seine Brille zurecht, wiederholte: »Wir müssen sie finden!« Er deutete mit dem Zeigefinger auf den Trucker, sagte in bestimmendem Ton: »Und Sie, Herr Vanderbildt, Sie werden mir dabei helfen!«

»Wobei?« Vanderbildt griff nach der Zigarettenpackung vor sich auf dem Schreibtisch. Die Packung rutschte ihm aus der Hand, fiel auf den Boden. Er hob sie auf, nahm eine Reval heraus, zündete sie mit zitternden Fingern an, legte die Packung zurück auf den Schreibtisch.

»Sie werden mir helfen, Nadine Bergner zu finden«, bekräftigte Hummel.

Vanderbildt sah ihn verdattert an. »Ich soll Ihnen helfen, Nadine zu finden?« Er hob beschwörend beide Hände: »Wie stellen Sie sich das vor? Ich wüsste nicht, wie ich Ihnen helfen könnte.«

»Oh doch, Sie werden mir helfen! Sie werden mir sagen, wo ich Nadine Bergner finde.«

»Wie soll ich das wissen? Ich habe keine Ahnung«, beteuerte der Trucker.

»Doch, mein Freund. Sie haben mir immer noch nicht alles gesagt. Wenn Sie Nadine besuchen wollten, haben Sie sie doch immer gefunden, oder? Wie zum Beispiel in der Wohnung in Bad König. Die kannten Sie doch auch. Also gehe ich davon aus, dass Sie noch andere Orte kennen, wo sie sich aufhalten könnte. Hab' ich recht?« Hummel pokerte: »Da gibt es doch noch etwas in ... in ... wie heißt es doch schnell?« Er zog die Oberlippe durch die Zähne. »Komme jetzt nicht drauf. In ... Herrschaft noch mal! Es fällt mir wirklich nicht ein.« Er fasste sich an die Stirn.

Vanderbildt sah Hummel schweigend an. Er fiel nicht darauf herein.

»Kommen Sie, Sie wissen mehr. Sagen Sie schon!« Hummel ließ nicht locker.

Vanderbildt zuckte die Achseln: »Keine Ahnung. Wirklich nicht.«

Jetzt wurde der Oberkommissar ungemütlich. Er nahm die Brille ab, erhob sich von seinem Stuhl, stellte sich vor den Trucker, sah ihn mit zusammengekniffenen Augen an, tippte ihm mehrfach mit dem Zeigefinger auf die Brust. »Ich will Ihnen mal was sagen, mein Lieber. Ich würde das an Ihrer Stelle nicht zu leicht nehmen. Das hier ist kein Spiel. Hier geht es um Mord, verstehen Sie? Um Mord! Und zwar an Ihrer ehemaligen Freundin Monique Colombin.« Er wurde laut: »Ich hoffe, Sie haben das endlich verstanden! Denken Sie daran, Sie haben kein Alibi!« Er sprach nun wieder leiser: »Wenn Sie mir nicht helfen wollen, werde ich Sie festnehmen. Und glauben Sie mir«, presste er durch die Zähne, »ich werde das wirklich tun. Es sei denn …«

»Alles klar!« Vanderbildt sah Hummel an: »Ich kenne noch ein Haus, wo Nadine Bergner sich aufhalten könnte. Es befindet sich allerdings außerhalb von Michelstadt.«

»Aha! Warum sagen Sie das nicht gleich? Es spielt doch keine Rolle, wo das Haus steht. Wir haben einen Wagen, der uns hin bringt.«

Insgeheim hatte er ein wenig Bedenken. Sein Straßenkreuzer war nicht unbedingt zuverlässig. Er putzte die Brille, legte sie auf die Tischplatte.

»So, Herr Vanderbildt.« Hummel setzte sein freundlichstes Lächeln auf, kreuzte die Arme vor der Brust. »Jetzt sagen sie mir, wo sich das Haus von Nadine Bergner befindet, dann holen wir Ihren Wagen und fahren zu mir nach Hause. Sie können bei mir übernachten, und morgen früh suchen wir Nadine.«

»Aber, Herr Kommissar«, wehrte Vanderbildt ab, »ich übernachte selbstverständlich in einem Hotel.«

»Damit Sie abhauen können? Nein! Sie kommen mit mir, basta! Aber erst die Adresse.«

Der Trucker nannte sie ihm.

Hummel nahm seine Brille. »Gehen wir!«

FREITAG, 27. SEPTEMBER
USAKOS, NAMIBIA
KARAKUL-FARM

Am späten Nachmittag traf Timo auf seiner Farm ein. Seine Frau und der kleine Tommy erwarteten ihn schon. Joanna nahm ihn in die Arme. Dann setzten sie sich an den Tisch auf der Veranda. Tommy setzte sich auf den Schoß seines Vaters. Timo erzählte von Harry und dessen Familie, auch von der Hacienda *Mil Toros* in Spanien.

»Harry will uns mit seiner Frau und seiner Tochter bei der nächsten Gelegenheit besuchen.«

»Ach Timo, das wäre toll. Da würde ich deine Freunde auch kennenlernen. Das würde mich sehr freuen. Haben sie denn gesagt, wann sie kommen wollen?«

»Nein, aber wie ich Harry kenne, wird er nicht sehr lange warten. Wir haben uns ja nur kurz gesehen.«

»Und deine Freunde von der Hacienda in Spanien? Kommen die auch mal zu Besuch?«, fragte Joanna weiter.

»Das glaube ich weniger. Die haben alle keine Zeit. Vielleicht fliegen wir mal hin, wenn Tommy größer ist.«

»Das wäre eine Idee. Aber da müssen wir noch ein paar Jahre warten, nicht wahr, mein Kleiner?« Sie küsste Tommy liebevoll auf die Wange.

Erbach/Breuberg

Um 9 Uhr schrillte der Wecker auf Hummels Nachttisch. Er hatte ihn auf einen Teller gestellt, damit er ihn auch wirklich hören würde. Er schnarchte noch einmal kurz auf, drehte sich seufzend um, schaltete den Wecker aus. Langsam stieg er aus dem Bett, öffnete das Fenster, atmete tief die kühle Morgenluft ein. Dunkle Wolken bauschten sich am Himmel auf. Es regnete, ein frischer Wind blies durch die Straßen.

»Mhm, es wird langsam Herbst.«

Bevor er ins Bad ging, schlurfte er ins Wohnzimmer, wo der Trucker auf der Couch noch fest schlief. Der Beo war schon wach, krächzte leise, blickte Hummel blinzelnd an.

Hummel ging ins Bad. Während er sich rasierte, überlegte er: Hatte Vanderbildt Monique Colombin umgebracht? Er zupfte sich unsicher an der Nasenspitze. Als er aus dem Bad kam, sich angezogen hatte, weckte er den Trucker.

Nach dem Frühstück setzten sie sich in den Fleetwood. Hummel drehte den Zündschlüssel ... und der Oldie sprang mit leichtem Husten an.

»Endlich hat er es begriffen«, freute Hummel sich.

Vanderbildt schmunzelte. »Warum, will er nicht immer?«

»Eigentlich will er eher selten. Ich glaube, es ist das erste Mal, dass er beim ersten Starten anspringt.«

Hummel legte den Gang ein. »So, Herr Vanderbildt, zeigen Sie mir jetzt den Weg, der uns zu Nadine Bergner führt.«

»Mir wird ja nichts anderes übrig bleiben, oder?«

»Genau. Also?«

Die Fahrt führte aus Erbach hinaus über die B45 nach Höchst. Dort bogen sie rechts ab nach Sandbach, Neustadt. Inzwischen hatte es zwar aufgehört zu regnen, aber trüb und windig war es noch immer. Die Luft hatte sich auf neunzehn Grad erwärmt.

Die Straße schlängelte sich von Neustadt links hoch teilweise durch Waldgebiet in Richtung der mittelalterlichen Burg Breuberg.

»Hier war ich schon lange nicht mehr.« Hummel sah Vanderbildt an. »Ist es noch weit?«

»Nein, wir sind gleich da.«

Wenige Minuten später bedeutete Vanderbildt Hummel, langsamer zu fahren. Hinter einer scharfen Rechtskurve wies er auf einen schmalen geteerten Weg, der links abzweigte. Hummel bog ab.

Nach ungefähr zweihundert Metern standen sie vor einer allein stehenden, mit Zypressen umgebenen prächtigen alten Villa. Ein angerosteter blassblauer Fiat Panda stand auf dem Parkplatz. Man konnte direkt ins Tal hinunter sehen. Der Ausblick auf die herrliche Odenwaldlandschaft war trotz des trüben Wetters grandios.

»Hier?« fragte Hummel, deutete ungläubig auf die Villa.

»Ja, hier«, gab Vanderbildt zur Antwort.

»Das ist das Haus von Frau Bergner?«

»Genau. Diese Villa hat Nadine gemietet.«

»Gemietet?«

»Gemietet.«

»Woher wissen Sie das, Herr Vanderbildt?«

»Ich weiß es eben.«

»Okay! Und der Fiat?«

»Nadine wird Besuch haben.« Vanderbildt grinste.

»Ja, klar. Aber mit einem Panda?«

Er blickte auf die Villa. »Mein lieber Mann, die hat sich aber allerhand Geld zusammegeb … äh … erarbeitet. Alle Achtung.« Er schob die Nickelbrille zurück, die wieder auf die Nasenspitze gerutscht war.

»Ja«, Achim räusperte sich, »sie hat sehr viel Geld verdient.«

»Man sieht's, man sieht's. Wir schauen mal nach, ob sie da ist.«

»Okay«, entgegnete der Trucker. »Warten Sie. Ich weiß, wo Nadine ihren Zweitschlüssel versteckt.«

Hummel sah überrascht auf. »Ja? Wo denn?«

»Kommen Sie.«

Sie gingen durch das offene, schmiedeeiserne Tor über den mit Verbundsteinen gepflasterten Weg, vorbei an einem gepflegten Rasen, einem ovalen Swimmingpool, der umsäumt war von Rosen und Sträuchern. Hinter der Garage, die direkt an die Villa angebaut war, hob Vanderbildt einen Stein hoch. Darunter lag der Schlüssel.

»Sie kennen sich aber gut aus, Herr Vanderbildt.« Hummel nickte anerkennend.

»Ich war auch oft genug hier«, entgegnete dieser.

»Timo Hausmann auch? War der auch schon hier?« Hummel schob das Kinn vor.

»Ich glaube nicht, dass Timo Nadine kennt.«

»Aha. Ich dachte nur.«

»Vielleicht können wir sie überraschen. Möglicherweise hat sie uns aber auch längst gesehen«, meinte Vanderbildt.

»Wer weiß?« Hummel sah ihn an: »Na, dann probieren wir es doch mal.« Er stieß den Trucker mit dem Ellbogen in die Seite: »Na los, gehen wir zum Haus.«

Sie gingen zum Eingang. Vanderbildt schloss die Tür auf. Leise betraten sie die großzügig mit hellbraunen Fliesen ausgestattete Diele. Vier weiße Marmorsäulen trugen die mit reichlich Stuck verzierte hohe Decke. Ölgemälde von alten Meistern hingen an weiß verputzten Wänden. Durch zwei große Fenster, bei denen die dichten Vorhänge aufgezogen waren, warf die Morgensonne ein fast unwirkliches Licht.

»Fantastisch!«, entfuhr es Hummel.

Vanderbildt meinte ungerührt: »Ich geh' mal vor. Nadine ist bestimmt im Wohnzimmer.«

Sie hörten das monotone Brummen eines Staubsaugers noch bevor Vanderbildt die Wohnzimmertür öffnete. Das Hausmädchen saugte den dicken beigefarbenen Teppich, registrierte die beiden Männer zunächst nicht. Erst als sie sich umdrehte, um den Stecker aus der Steckdose zu ziehen. Sie erschrak, schlug sich mit der Hand auf die Brust, setzte sich auf einen der Ledersessel. Mit zitternder Stimme fragte sie: »Was machen Sie hier? Wie sind Sie hereingekommen? Wer sind Sie überhaupt?«

Hummel ignorierte ihre Fragen. »Verzeihung! Wir suchen Frau Bergner. Ist sie im Hause?«

»Mein Gott, Sie haben mich fast zu Tode erschreckt!« Sie atmete tief durch. »Nein, die Chefin ist nicht zuhause. Sie wollte ein paar Tage Urlaub machen.«

Das blonde Hausmädchen kramte umständlich

eine zerknitterte Packung Stuyvesant aus ihrer Hosentasche, nahm eine Zigarette heraus, zündete sie mit zitternden Fingern mit einem Streichholz an. Nervös stieß sie den Rauch aus. »Die ist oft nicht da. Weiß der Teufel, wo sie sich rumtreibt. Hauptsache, sie kann mit ihrem gelben Sportwagen angeben.«

Hummel flüsterte: »Ich hatte ihr gesagt, sie soll Michelstadt nicht verlassen. Jetzt ist sie doch weg.«

»Tja. Sie hatten wohl zu viel Vertrauen«, gab Vanderbildt, ebenfalls im Flüsterton, zurück.

»Das ist wohl wahr. Aber das beweist mir, dass mit ihr etwas nicht stimmt.« Hummel wandte sich wieder dem Hausmädchen zu. »Wie lange wird Frau Bergner denn weg bleiben?«

»Keine Ahnung. Sie hat nur gesagt, ich soll das Haus mal wieder komplett durchputzen.« Sie erhob sich, ging zum Fenster, schaute ausdruckslos auf den Rasen.

»Mehr hat sie nicht gesagt? Auch nicht, wohin sie fährt?«

»Nein. Sie hat mir noch nie gesagt, wohin sie fährt.«

»Richten Sie bitte Frau Bergner schöne Grüße aus, und sagen Sie ihr, dass zwei Kunden sie besuchen wollten. Auf Wiedersehen!« Hummel winkte Vanderbildt zu: »Wir gehen.«

Sie verließen die Villa, fuhren zurück nach Erbach.

Erbach

»Gehen wir noch auf einen Drink, Herr Vanderbildt?«, fragte Hummel den Trucker.

»Gerne. Wohin?«

»Ich würde vorschlagen, wir gehen zu Iven. Sie können wieder bei mir nächtigen.« Er sah Vanderbildt von der Seite an. »Okay?«

»Okay.«

Hummel stellte den Fleetwood in der Illigstraße vor seiner Wohnung ab. Sie stiegen aus, gingen zum Bistro *Laurentius* in der Bahnstraße. Nach etwa zehn Minuten nahmen beide an einem Tisch vorm Tresen Platz. Das Bistro war gewohnt gut besetzt. Überwiegend von jungen Leuten.

Iven war auch gleich zur Stelle, schaute Hummel an. »Muscadet Sèvre et Maine?«

»Klar, Iven! Was sonst?«

Der Wirt fragte Vanderbildt, was er trinken wollte. Er bestellte ein Bier. Iven brachte die Getränke, sie prosteten sich zu. »Ich glaube, wir können gut zusammenarbeiten, Herr Vanderbildt«, bemerkte Hummel.

»Warum nicht, Herr Kommissar?«

Iven Le Goff polierte dieses Mal die Zapfanlage, tat so, als interessiere ihn nicht, was am Tisch vor ihm gesprochen wurde.

Hummel erhob sich wortlos, stieß den Trucker leicht in die Seite, nahm sein Glas, ging an den Tisch in der Ecke, wo sie am Tag zuvor gesessen hatten. Vanderbildt folgte ihm. Sie setzten sich.

»Ist mir lieber«, meinte Hummel. »Außerdem werden wir hier von Miriam bedient. Das gefällt uns beiden doch besser, als immer nur Ivens Gesicht zu sehen, oder?«

»Da haben Sie recht.«

»Aber nun mal im Ernst.« Hummel schaute den Trucker an. »Gute Zusammenarbeit ist ja wohl auch in ihrem Interesse, oder?«

»Das grenzt ja schon an Erpressung. Wenn ich Ihnen nicht helfe, sperren Sie mich ein. Also, was bleibt mir denn? Ich muss Ihnen ja helfen …«

»Erpressung? Ich muss doch sehr bitten!«

»Ist ja gut. Wo ist Nadine, verdammt noch mal?« Vanderbildt hob hilflos die Arme.

Hummel trank einen Schluck Muscadet, stellte das

Glas wieder auf den Tisch: »Hat sie vielleicht noch irgendwo eine Wohnung?« Er beobachtete Vanderbildt von der Seite.

»Nicht, dass ich wüsste.«

»Ehrlich?«

»Ehrlich!« Der Trucker stützte sich mit den Ellbogen auf den Tisch, faltete die Hände.

»Wie auch immer, wir müssen ihre Wohnungen und diese Villa überwachen.«

»Ja«, erwiderte Vanderbildt, »aber vermutlich hat das Hausmädchen Nadine schon informiert, dass zwei Männer sie in der Villa besuchen wollten.«

Hummel wurde nachdenklich, trank sein Glas leer, bestellte noch einen Muscadet. »Hmm, ich weiß nicht.« Er schüttelte den Kopf. »Das Mädchen mag die Bergner nicht. Ist Ihnen das nicht aufgefallen?«

»Doch, schon. Aber ...«

»Die kann die Bergner nicht leiden«, unterbrach ihn Hummel, »die würde sich freuen, wenn der Bergner ein Missgeschick passieren würde. Glauben Sie mir.«

»Möglich. Sie haben in solchen Dingen mehr Erfahrung als ich.« Vanderbildt trank an seinem Bier, wischte sich den Schaum von den Lippen. »Was wollen wir tun?«

»Heute passiert nichts mehr. Die Bergner ist weg. Also können wir in Ruhe noch ein Weilchen sitzen bleiben und uns Gedanken machen.« Hummel schaute Vanderbildt mit ernster Miene an. »Kann ich mich auf Sie verlassen, Herr Vanderbildt?«

»Sie können sich auf mich verlassen«, bestätigte dieser, »ich will ja selbst, dass wir sie erwischen.«

»Gut.« Hummel bestellte einen weiteren Muscadet und ein Bier. Miriam servierte mit einem Lächeln.

Hummel hob sein Glas. »Prost! Wir werden die Bergmann finden.«

Vanderbildt hob ebenfalls sein Glas. »Prost!«

Harry und Angelina saßen mit Maleika beim Abendessen.

»Was haltet ihr davon, wenn wir nach Namibia fliegen, um Timo zu besuchen?«

Angelina sah überrascht auf: »Das ist aber ein schneller Entschluss.« Sie zögerte. »Aber wenn du willst, wir sind dabei. Oder, Malaika?«

»Ja, Mami, na klar sind wir dabei.«

»Okay, dann werde ich mich nach dem Essen um einen Flug nach Windhoek kümmern.«

»Ja, und? Das Geschäft?«, fragte Angelina.

»Wir machen das Geschäft für zwei Wochen zu. Betriebsurlaub!«, entschied Harry.

»Wenn du meinst.«

»Ich werde Timo gleich anrufen. Ich bin sicher, er wird sich freuen, wenn ich ihm sage, dass wir ihn besuchen.«

Harry rief Timo an, teilte ihm mit, dass er für die kommende Woche einen Flug nach Windhoek buchen wollte.

»Was? Nächste Woche schon? Das wäre ja super! Melde dich gleich wieder, ja?« Timo war außer sich vor Freude.

Harry ging zum Computer, rief die Homepage der Air Namibia auf, stellte fest, dass ab Frankfurt täglich außer dienstags Flüge nach Windhoek gingen. Nach kurzer Absprache mit Angelina buchte er einen Flug für Mittwoch, den 2. Oktober. Sie wollten zwei Wochen bleiben. Er rief Timo an.

»Am Mittwoch schon? Ich werd' verrückt. Das ist ja großartig! Ich hole euch in Windhoek ab.«

»Danke, alter Freund. Wir freuen uns alle wahnsinnig. Bis dahin. Mach's gut.«

»Mach's gut, Harry. Und schöne Grüße.«

»Ja, danke. Auch viele liebe Grüße.«

Mittwoch, 2. Oktober
Frankfurt am Main

Mit einer Stunde und sechs Minuten Verspätung hob der Airbus der Air Namibia um 22.21 Uhr bei klarem Himmel vom Frankfurt Airport ab. Kurze Zeit später war er auf Reiseflughöhe mit Kurs auf Windhoek in Namibia. Malaika, die einen Fensterplatz bekommen hatte, war beim Start der Maschine begeistert von der Aussicht auf die vielen Lichter von Frankfurt und den umliegenden Städten.

Donnerstag, 3. Oktober
Windhoek, Namibia

Um 8.31 Uhr landete der A340 auf dem Hosea-Kutako-Airport in Windhoek. Timo war zur Stelle.

»Wie schön warm es hier noch ist, Mami«, staunte Maleika, »bei uns wird es jetzt schon manchmal richtig kalt, gell?«

»Ja, mein Schatz, hier in Namibia wird es bald Sommer, während es bei uns bald Winter wird.«

»Wird es hier im Winter auch so kalt wie bei uns?«, wollte Maleika wissen.

»Na ja«, schaltete sich Timo ein, »nachts wird es auch kalt, aber wenn morgens die Sonne aufgeht, wird es ganz schnell warm. Weißt du, hier scheint im Winter normalerweise jeden Tag die Sonne.«

»Kein Schnee?«

»Kein Schnee, höchstens frühmorgens mal Raureif. Dann kommt schon wieder die Sonne.«

»Schade, kein Schnee.« Sie hob die Hände. »Nicht so schlimm. Wenn wir wieder zuhause sind, gibt es vielleicht wieder Schnee.«

»So, Timo, jetzt bin ich mal neugierig«, meldete sich Harry. »Wo fahren wir eigentlich hin?«

»Lasst euch überraschen.«

»Wie weit ist es denn von hier?«, fragte Angelina.

»Rund vierhundert Kilometer«, antwortete Timo.

»Was? Vierhundert Kilometer? Und da kommst du von so weit her, um uns abzuholen?« Harry sah seinen Freund an. »Wir hätten doch die Bahn nehmen können, oder einen Bus.«

»Mein lieber Harry, so einfach ist das hier nicht«, lachte Timo. »Bahn oder Bus sind langwierig und umständlich. Und außerdem, vierhundert Kilometer sind in Namibia mit dem Auto keine Entfernung.«

Nach etwas weniger als fünf Stunden erreichten sie Usakos. »Das ist die Namib, die älteste Wüste der Welt. Sie nimmt über die Hälfte des Landes ein.«

»Ist ja Wahnsinn!« Harry staunte.

USAKOS, NAMIBIA
KARAKUL-FARM

Eine schmale Schotterpiste führte zu der Farm, die Timo mit seiner Familie bewohnte und bewirtschaftete. Joanna erwartete sie, Tommy an der Hand.

Die Begrüßung war sehr herzlich. Maleika und Tommy verstanden sich auf Anhieb prächtig. Alle setzten sich an den Holztisch auf der Veranda, tranken Kaffee, aßen von Joanna gebackenen Obstkuchen dazu.

»Harry, ich möchte dir etwas erklären.«

Harry schaute Timo an: »Worum geht es?«

Timo erzählte ihm alles, was geschehen war. Auch, dass er von der Polizei gesucht wird.

»Du verstehst jetzt, warum ich nicht nach Deutschland kommen kann. Die Beerdigung meiner Eltern war eine Ausnahme. Da war mir alles egal. Ich bin heilfroh, dass ich nicht erwischt wurde. Ich habe Glück gehabt.«

Zum Abendessen gab es Springbocksteaks vom Holzkohlengrill, dazu Bratkartoffeln und mehrere Sorten Gemüse.

»So gut habe ich noch nirgends gegessen«, lobte Angelina Joannas Kochkünste.

Nach dem Essen setzten sie sich auf der Veranda zusammen, tranken südafrikanischen Cabernet Sauvignon Rouge vom Weingut Stellenbosch, schmiedeten Pläne für den nächsten Tag. Die Kinder waren mittlerweile im Bett.

»Wir wollen euch zumindest mal einen Teil dieses wunderschönen Landes zeigen.« Timo trank einen Schluck Sauvignon Rouge. »Was ihr unbedingt sehen müsst, ist natürlich der Etoscha Nationalpark, eines der schönsten Tierreservate in Afrika.«

»Swakopmund, die Hafenstadt Lüderitz und die versandete Geisterstadt Kolmanskoop müsst ihr euch auch anschauen«, warf Joanna ein.

»Ja, das würde uns schon interessieren, oder Angelina?«, meinte Harry.

»Ja, ja, auf jeden Fall.«

Timo sagte: »Namibia ist an sich ein sehr trockenes Land, aber wenn es regnet, dann gießt es oft in Strömen und es kann passieren, dass die Pads nicht mehr zu befahren sind. Aber so wie es momentan aussieht, bleibt es trocken. Die Regenzeit beginnt meistens im November und endet im März. Wir brauchen also keine Bedenken haben. Die Übernachtungen sind auch kein Problem. Es gibt genügend Lodges, die sogar zum Teil eigene Wildparks besitzen.«

»Super!« Angelina war gespannt: »Wann geht's los?«

»Wenn ihr wollt, starten wir schon morgen. Wir können heute Abend noch eine Route zusammenstellen, die nicht zu anstrengend ist.«

»Also wenn es für euch kein Problem ist, für uns ist es keines. Im Gegenteil, wir würden uns sehr freuen.«

»Gut.« Timo holte eine Landkarte, zeichnete eine Tour mit einem Bleistift ein. »Dann kann's morgen losgehen. Cheers, auf eine schöne Reise.«

Sie standen auf, hoben ihre Gläser, prosteten sich mit dem dunkelrot funkelnden Wein zu.

Über ihnen erstrahlten der Sternenhimmel des südlichen Afrika und das hell leuchtende Kreuz des Südens.

Freitag, 4. Oktober
Namibia

Timo und Harry starteten mit ihren Familien frühmorgens um 6 Uhr ihre Namibia-Rundreise. Die Reise führte erstmal nach Swakopmund mit seinem typisch deutschen Charakter. Sie schauten sich die Stadt an, übernachteten im Hotel *Blueberry* direkt am Atlantik.

Erbach

Inzwischen konnte der Überfall auf Rosa Möller in Erbach von den Beamten des Polizeipräsidiums Südhessen aufgeklärt werden. Die Darmstädter Ermittler vom K10 und der Erkennungsdienst vom ZK41 um die Ersten Kriminalhauptkommissare Heiner Dröger und Hennes Lehmann konnten Dank gewohnt guter Zusammenarbeit den Mann, der die alte Dame überfallen hatte, überführen.

Er hieß Wendelin Sellner, war achtundvierzig Jahre alt. Sellner hatte Rosa Möller beobachtet, als sie in Erbach in eine Bank ging. Durch die Glasscheiben sah er, dass sie Geld abhob. Dies veranlasste ihn, sie auf dem Heimweg zu überfallen. Auf dem Bürgersteig kurz vor ihrer Wohnung in der Wilhelm-Leuschner-

Straße wollte er ihr die Tasche entreißen. Geistesgegenwärtig wehrte sich die Frau, schrie laut um Hilfe. Die Handtasche hielt sie fest umklammert. Sie kam zu Fall und schlug unglücklich mit dem Hinterkopf auf die Bordsteinkante, war sofort bewußtlos. Der Täter nahm ihr die Tasche weg und flüchtete.

Auf dem Weg ins Kreiskrankenhaus verstarb Rosa Möller.

Dienstag, 8. Oktober
Usakos, Namibia
Karakul-Farm

Nach Beendigung der Reise durch einen Teil Namibias kehrten die beiden Familien wieder zurück zur Karakul-Farm.

Als sie auf der Veranda zu Abend gegessen hatten, saßen sie noch lange beim roten Cabernet Sauvignon zusammen. Timo richtete seinen Blick nach oben. »Seht euch nur mal diesen Himmel an. Großartig!« Er schwärmte: »Das gibt es nur im südlichen Teil der Erdkugel. In Europa zum Beispiel kann man das Kreuz des Südens nicht sehen.«

Mittwoch, 9. Oktober, bis Sonntag, 13. Oktober

Timo und Joanna verrichteten notwendige Arbeiten auf der Farm, konnten sich aber immer mal ihren Freunde widmen.

Sam Ngore, ein dunkelhäutiger Mann vom Stamm der Ovambo, kümmerte sich um alles. Er war ein fleißiger Mitarbeiter. Sam lebte in einem kleinen Steinhaus auf der Farm.

Dieses Mal sollten Hummel und Vanderbildt mehr Glück haben als zuvor. Eisern hatten sie jeden Tag die Wohnungen, sowie die Villa, die Nadine Bergner gemietet hatte, beschattet.

In einer weit geschwungenen Kurve schepperte es plötzlich im Kofferraum des Fleetwood. Hummel presste die Luft durch die Lippen, sah Vanderbildt an. »Was war denn das?«

Sein Beifahrer hob die Schultern: »Keine Ahnung.«

Der Oberkommissar hielt am Straßenrand an, stieg aus, öffnete den Kofferraumdeckel, wobei ein verrostetes Scharnier abbrach. »Was zum Teufel ist jetzt los?«, fluchte er.

Vanderbildt war inzwischen auch ausgestiegen: »Es ist halt ein Oldtimer. Da passieren solche Dinge.«

»Klugscheißer.« Hummel bückte sich, schaute mit zusammengekniffenen Augen in den Kofferraum: »Du meine Güte! Der Muscadet!«

Den Muscadet Sèvre-et-Maine hatte er am frühen Vormittag eingekauft und vergessen, ihn zuhause auszuladen. Er schürzte die Lippen, blickte Achim mit saurer Miene an: »Der ist hin! Alle zwölf Flaschen!« Voller Zorn fluchte er: »Sakrament! Wieso habe ich ihn in den Kofferraum gelegt?«

Vanderbildt blickte in den Kofferraum, rümpfte die Nase: »Mann, wie das stinkt!« Er schüttelte den Kopf. »Wie kann man so etwas trinken?«

»Was verstehen Sie schon von diesem edlen Getränk?«, konterte Hummel. »Sie sind kein Bretone.«

»Sie doch auch nicht.«

»Das stimmt, aber ich habe Verwandte in der Bretagne. In Carnac. Das ist ein weltberühmtes Seebad.«

»Nie gehört.«

»Sie sind ein Banause, Herr Vanderbildt.«

»Frankreich!«

»Frankreich! Frankreich! Das ist etwas anderes. Wir reden hier von der Bretagne. Verstanden?«

»Das macht keinen Unterschied«, brummelte Vanderbildt.

»Was meinen Sie?«

»Nichts.«

Hummel hob die Schultern, sah Vanderbildt ratlos an. »Wohin jetzt mit dem ganzen Schrott?«

Achim hob, ebenso ratlos, die Arme. Hummel schloss vorsichtig den Kofferraumdeckel. »Vergessen wir das.«

Sie setzten sich wieder in den Fleetwood, Hummel startete, was auf Anhieb gelang. Unterwegs an einer Bushaltestelle entdeckte Vanderbildt einen Abfallbehälter. »Hier können Sie die stinkende Brühe aus ihrem Kofferraum entsorgen.« Er deutete auf den Behälter.

Hummel hielt an, nahm vorsichtig die Scherben der zerbrochenen Muscadetflaschen heraus, warf sie in den Abfallbehälter. Es roch nicht besser als vorher. Vanderbildt kurbelte das Seitenfenster herunter, zündete sich eine Reval an, blies den Rauch aus. Hummel stieg wütend ein, versuchte, sich wieder zu beruhigen. Er schaffte es. »Pfeif auf den Muscadet.«

»Genau«, entgegnete Achim trocken, zog an der Zigarette. »Braucht eh keiner.«

Hummel warf ihm einen bösen Blick zu. Er zog es vor, das Thema zu wechseln. »Wir fahren heute nicht direkt zum Haus. Ich habe einen Feldweg gesehen, der links vor der Villa abbiegt. Dort warten wir. Wenn Frau Bergner kommt, können wir sie sehen, aber sie uns nicht.«

»Gute Idee.«

Hummel bog in den Feldweg ein. Sie stellten sich gut geschützt hinter eine Baumgruppe. Fast zwei Stunden lang standen sie hinter den Bäumen. Hummel löcherte Vanderbildt mit Fragen über Timo.

»Wo ist der? Sie müssen doch zumindest ein Ahnung haben, wo dieser Haushalt sich aufhält!«

»Wenn ich es wüsste, hätte ich es Ihnen gesagt.«

»Sie sind sich schon im Klaren, dass Sie verdächtig sind? Wenn ich der Bergner nichts nachweisen kann und Hausmann nicht aufzufinden ist, haben Sie ein Problem, mein Lieber.«

»Was soll ich sagen? Ich war es nicht, der Monique umgebracht hat. Wirklich nicht!« Vanderbildt schloss die Augen, schüttelte den Kopf. »Und ich weiß auch nicht, wo Timo ist. Ich weiß es einfach nicht!«

Dann hörten sie, wie ein Auto näher kam. Vanderbildt kannte das Motorgeräusch: »Porsche!«

Hummel sah ihn fragend an. »Sicher?«

»Ja, wenn ich es doch sage.«

Sekunden später fuhr ein gelber Porsche 911 an dem Feldweg vorbei. Sie warteten noch drei Minuten, dann setzte Hummel den schwerfälligen Fleetwood in Gang, fuhr schaukelnd aus dem Feldweg heraus auf die schmale Straße. Als sie etwa hundert Meter vor dem Haus waren, sahen sie den 911er auf dem Parkplatz stehen. Hummel stellte den Wagen unter einem Baum ab. Sie stiegen aus, gingen langsam auf die Villa zu. Das Tor zwischen den Zypressen war nicht abgeschlossen. Vanderbildt hatte noch den Ersatzschlüssel, er schloss leise die Tür auf. Sie betraten die Diele. Der Trucker flüsterte: »Sie wird im Wohnzimmer sein.«

Der Oberkommissar vernahm eine Stimme: »Nein, es geht leider nicht. Ich arbeite zurzeit nicht.«

»Sie telefoniert«, flüsterte Hummel. Mit einem Ruck riss er die Tür auf. »Hallo Nadine, schön dich wieder zu sehen. Wo warst du denn?«

Nadine Bergner erstarrte. Sie sah den Oberkommissar ungläubig an. »Felix?«

»Da staunst du, was?« Hummel grinste. Das Model reagierte blitzschnell, wollte an ihm vorbei. Es gelang ihr nicht. Er hielt sie fest.

»Verflucht!«, schrie sie ihn an, »du tust mir weh! Was willst du noch von mir?« Hummel ließ sie los. Jetzt erst sah sie Vanderbildt. »Und du? Was machst du hier?«

Achim schwieg. Nadine war aschfahl im Gesicht geworden, atmete schwer.

»So, Frau Bergner, wir …«

»Ach, sind wir wieder per Sie, Felix?«, unterbrach sie ihn wütend. »Was ist los mit dir? Hat es dir bei mir nicht gefallen? Kann ich kaum glauben!«

Vanderbildt blickte den Oberkommissar verdutzt an, sagte nichts.

Hummel ließ sich nicht beirren: »Frau Bergner, wir haben zu reden.« Er nahm das Sony-Aufnahmegerät aus der Jackentasche, sah Nadine Bergner an. »Ich darf doch?«

Das Model gab keine Antwort.

Ungerührt schaltete Hummel das Sony ein, hielt es in der Hand. Er stellte sich vor die Tür des Wohnzimmers, so dass Nadine Bergner erst gar nicht auf den Gedanken kam, zu fliehen. Vanderbildt hielt sich nach wie vor im Hintergrund.

»Frau Bergner«, Hummel war die Ruhe selbst, »entweder wir unterhalten uns hier, oder wir fahren nach Erbach ins Kommissariat und reden dort weiter, wobei Sie anschließend in einem unserer komfortablen Gästezimmer übernachten werden.« Er nahm die Brille ab, hauchte die Gläser an, putzte sie mit einem Papiertaschentuch, setzte sie wieder auf. »Was passierte am Dienstag, den 26. Juli vor sechs Jahren? Was haben Sie gemacht, nachdem Vanderbildt gegangen war?«

»Ich habe Ihnen vor längerer Zeit schon einmal gesagt, dass ich das nicht mehr weiß. Meinen Sie, ich wüsste es heute?«

»Ich bin mir ganz sicher, dass Sie es nicht nur heute wissen, sondern dass Sie es schon damals wussten.«

Er sah sie mit blitzenden Augen an. »Also! Was war los?«

»Was war los, was war los! Blöde Frage. Kann ich nicht beantworten.« Erregt schrie sie: »Ich will sofort meinen Anwalt sprechen. Sofort!«

»Später,«, erwiderte Hummel, »im Kommissariat. Ich möchte mich vorher mit Ihnen unterhalten.«

»Aber es ist mein Recht, einen An...«

»Ja, natürlich, Frau Bergner«, unterbrach der Oberkommissar. »Später. Herr Vanderbildt, können Sie mir weiterhelfen?«

Vanderbildt war verlegen. »Ich habe Ihnen ja schon gesagt, wie Nadine reagierte, als sie feststellte, dass ich Kontakt zu Monique hatte. Ausgerechnet auch noch an diesem Tag.«

»Du hast was?« Nadine Bergner sah Vanderbildt voller Hass an.

»Was hast du diesem Bullen erzählt?« Ihre Augen funkelten. »Mit ihr hast du die Nacht verbracht. Bei mir anschließend war mit dir nicht mehr viel los. Und dann erzählst du der Polizei noch Geschichten?«

Vanderbildt antwortete nicht.

Hummel fragte: »Und dann? Dann sind Sie zu Monique gegangen und haben sie umgebracht, weil sie krankhaft eifersüchtig waren und sie nicht ausstehen konnten, stimmt's?«

»Ich habe die nicht erdrosselt!«, fauchte Nadine.

»Wer sagt Ihnen denn, dass Monique Colombin erdrosselt wurde?« Hummel schüttelte den Kopf.

»Sie! Sie sagten, Monique sei erdrosselt worden«, schrie Nadine aufgebracht.

»Ich? Zu Ihnen? Meine liebe Frau Bergner, ich ganz bestimmt nicht.«

»Dann stands halt in den Zeitungen! Oder es kam durchs Radio oder im Fernsehen! Was weiß ich?«

Hummel blieb gelassen. »Es stand nicht in der Presse, kam auch nicht im Fernsehen. Das Wort erdrosselt fiel nirgends. In der Öffentlichkeit war immer nur von Mord die Rede.« Hummel legte eine kurze Pause ein. »Sie haben sich soeben verraten.«

Jetzt merkte Nadine, dass sie sich in einer Sackgasse befand.

»Ich warte. Wir haben Zeit.« Hummel schloss die Wohnzimmertür ab, steckte den Schlüssel ein, setzte sich an den runden Eichentisch. Er legte das eingeschaltete Aufnahmegerät auf den Tisch. Mit großer Geste lud er Nadine und Vanderbildt ein, sich zu setzen. »Bitte meine Herrschaften, nehmen Sie Platz.«

Vanderbildt setzte sich schweigend neben ihn. Nadine setzte sich gegenüber. Sie war still geworden. Mit einer fahrigen Bewegung holte sie aus ihrer Handtasche eine Packung Zigaretten, nahm mit zitternden Fingern eine heraus, zündete sie mit ihrem goldenen Feuerzeug an.

»Also gut«, begann sie, »es ist eh alles zu spät.« Sie räusperte sich. »Ich wollte, dass sie sich von ihm trennt. Ich habe bei Monique geklingelt. Ich sagte zu ihr, wir müssten reden. Wegen Achim. Ich sagte, dass er öfter bei mir sei. Sie wollte es nicht glauben, schrie mich an, ich solle verschwinden. Ich ging wieder in meine Wohnung, war entschlossen, Monique umzubringen. Ich steckte Lederhandschuhe ein, schlich die Treppe hoch. Ich hörte Wasser rauschen. Vorsichtig zog ich die Tür auf, die ich vorher nur angelehnt hatte und betrat den Flur. Das Rauschen kam aus dem Bad. Monique stand unter der Dusche.« Sie warf die Zigarettenkippe in den Aschenbecher, fuhr fort: »Ich zerrte sie aus der Dusche. Sie wehrte sich. Als ich merkte, dass ich sie mit bloßen Händen nicht bezwingen konnte, fasste ich die Gardinenschnur am Badezimmerfenster, riss sie ab, band sie Monique um den Hals, zog fest zu. Mehrmals. Ich ließ sie vor der Dusche liegen, drehte das Wasser ab und verließ die Wohnung.«

Sie zündete sich eine neue Marlboro an, rauchte hastig. Hummel und Vanderbildt schauten sie gespannt an.

»Die Gardine und die Gardinenschnur nahm ich mit und entsorgte alles drei Straßen weiter in einen Müllcontainer.« Nadine Bergner machte eine längere Pause, zog an der Marlboro. »Das war's.«

»Das war alles?« Hummel sah sie fragend an.

»Das war alles.« Sie erhob sich. »So, nun können Sie mich festnehmen, Herr Kommissar.«

»Ein paar Fragen hätte ich noch.« Hummel fasste sich ans Kinn.

»Und die wären?«, fragte sie spöttisch.

»Wir haben natürlich auch nach Spuren im Badezimmer von Monique Colombin gesucht«, entgegnete er. »Wir fanden welche von Jean-Marie Leclerc, Moniques Halbbruder. Wo stammen die her? Kennen Sie den? Wie kommt es, dass Haare von ihm in Moniques Bad gefunden wurden?«

»Das kann ich Ihnen erklären. Sie sollen nicht das Gefühl haben, ich sei nicht kooperativ.« Nadine Bergner zündete sich an der fast gerauchten Zigarette eine neue Marlboro an, nahm einen tiefen Zug. »Also, das mit Leclerc! Er war damals bei mir, wir hatten Sex. Es war der Montagabend, bevor alles passierte. Ich fand auf dem Fußboden einige Haare. Ich wusste nicht, von wem die waren. An diesem Montag waren noch drei Männer bei mir. Mir kam der Gedanke, die Haare bei Monique so zu verteilen, dass niemand auf den Gedanken kommt, ich könne die Mörderin sein. Wegen der DNA. Sie verstehen?«

»Einleuchtend.« Hummel verstand. »Es wurden aber noch mehrere Haare gefunden, die wir nicht zuordnen können. Zum Beispiel hellblonde.« Er machte ein nachdenkliches Gesicht. »Komischerweise war von Ihnen keine Spur zu finden. Okay, Sie trugen Handschuhe, aber trotzdem. Kein Blut, keine Haare oder Hautabschürfungen? Nichts! Das ist mir rätselhaft.«

»Auch das kann ich Ihnen erklären.« Sie nahm abermals einen tiefen Zug aus der Marlboro. »Ich trug eine hellblonde Perücke und zwar die gleiche, die ich am Montagabend zuvor getragen hatte.«

»Frau Bergner, hiermit verhafte ich Sie. Sie kommen jetzt mit ins Kommissariat, wo ich alles weitere veranlassen werde.« Hummel klärte sie über ihre Rechte auf, schaltete das Sony aus.

»Kann ich noch mal zur Toilette?«, fragte Nadine.

»Ja, aber ich gehe mit bis vor die Tür.«

»Okay.« Nadine Bergner ging in die Toilette, Hummel wartete vor der Tür. Sie ließ die Spülung laufen.

Plötzlich zerriss ein lauter Knall die Luft.

Vanderbildt kam angerannt. »Was ist passiert?«

»Ich ... ich glaube, die hat sich erschossen«, stieß Hummel hervor. Mit aller Wucht stemmten sich die beiden Männer gegen die verschlossene Tür, bis sie endlich aufsprang.

Nadine Bergner lag tot vor der Toilettenschüssel. In der rechten Hand hielt sie eine Pistole vom Typ Röhm RG 70.

Montag, 14. Oktober

Zwei Dinge ließen Oberkommissar Hummel keine Ruhe. Er überlegte, was wohl mit dem jungen Timo Hausmann geschehen war. Und warum hatte sich Nadine Bergner erschossen? Nur wegen des Mordes an Monique Colombin? Oder steckte da mehr dahinter?

Letztendlich kam er zu dem Entschluss, die Villa und ihre beiden Wohnungen noch einmal gründlich zu durchsuchen. Die Hauptschlüssel hatte er abgegeben. Aber die Zweitschlüssel hatte er sich von Vanderbildt geben lassen und behalten.

In den Wohnungen fand er nichts, was ihm weiterhelfen konnte. Keine Papiere. Kein Geld. Gar nichts. Mißmutig fuhr er zur Villa. Nichts! Auch einen Safe fand er nicht. Die Garage. Er öffnete das Garagentor. In der Garage stand der gelbe Porsche. Er war nicht abgeschlossen. Hummel zog die Tür auf, schaute sich im Innenraum um, klappte das Handschuhfach auf. Darin befanden sich der Führerschein Nadine Bergners und der Kfz-Schein. Er öffnete den Kofferraum. Nichts Ungewöhnliches. Er schloss den Kofferraum wieder, schaute sich in der Garage um. Er sah in den Schrank, der an der Wand der Garage stand. Darin befanden sich Autopflegemittel, ein Wasserschlauch, Fußmatten und noch weitere Gegenstände. Er kniete nieder, schaute unter den Schrank. Dort entdeckte er, von außen nicht sichtbar, in der Mitte zwei stabile, abgeschlossene Fächer. Mit einem Brecheisen hebelte er das erste Fach auf. Zum Vorschein kamen eine stattliche Summe Bargeld, Nadines Reisepass und ihr Personalausweis. In dem Fach daneben, das er ebenfalls aufhebelte, lag ein rotes Buch mit einem Verschluss. Hummel öffnete den Verschluss mit einem Schraubenzieher. Nadine Bergners Tagebuch!

Er begann zu lesen. Schulfreundinnen, ihre früheren Liebschaften. Ihre Heirat mit Oliver Bergner. Nadine Bergner, die sich in Frankfurt am Main vor einigen Jahren von ihrem Mann Oliver wegen seiner Eskapaden mit Frauen getrennt hatte, hatte bereits zwei Mal versucht, sich das Leben zu nehmen. In beiden Fällen schluckte sie Überdosen von Tabletten, wurde in beiden Fällen rechtzeitig gefunden. Später lernte sie in Darmstadt in einer Diskothek einen Mann kennen und ging mit ihm nach Höchst in den Odenwald. Ein halbes Jahr später verließ Nadine den smarten Philipp Bolt wieder. Sie hatte erfahren, dass er verheiratet war. Da sie bildhübsch war, arbeitete sie anschließend als Model und Callgirl, womit sie viel Geld verdiente. Mit Monique Colombin war sie befreundet. Erst als sie von ihrem Verhältnis mit Vanderbildt erfuhr, beschloß sie, Monique umzubringen. Nachdem sie Monique Colombin erdrosselt hatte, nahm sie sich vor, im Falle, dass sie erwischt würde, ihrem Leben ein Ende zu setzen. Wörtlich stand im Tagebuch: Ins Gefängnis gehe ich nicht. Lieber erschieße ich mich. Außerdem wird mich diese Krankheit sowieso umbringen.

»Was für eine Krankheit?« Hummel nahm alles, was er gefunden hatte mit ins Kommissariat.

Dienstag, 15. Oktober

Ein Mädchen namens Mona Bergner meldete sich völlig verzweifelt in der Polizeistation in Erbach. Es war die vierzehnjährige Tochter Nadine Bergners.

Mona wollte ihre Mutter besuchen, klingelte bei ihr in der Bahnhofstraße in Michelstadt. Da niemand öffnete, rief sie auf dem Handy Nadines an. Das Handy war nicht eingeschaltet.

Sie spazierte in die Altstadt, ging in ein Café, bestellte Cappuccino, nahm das *Odenwälder Echo*, das auf einem kleinen Tisch lag, begann zu lesen. Im regionalen Teil las sie vom Tod eines Callgirls, das in Michelstadt und Bad König Wohnungen besaß. Es traf sie mit voller Wucht.

Mona besuchte eine Privatschule in der Altstadt von Heidelberg. Dass ihre Mutter krank war, wusste sie nicht. Wohl aber, womit ihre Mutter ihr Geld verdiente.

***

Hummel telefoniert noch am gleichen Abend mit seinem Freund Philipp, sprach ihn auf Nadine Bergner an. Er berichtete ihm, was sich ereignet hatte.

Philipp wusste durch die Presse Bescheid. Er meinte: »Weißt du, Felix, mein Verhältnis mit Nadine ist schon einige Jahre her. Ich hatte keinen Kontakt mehr zu ihr. Es tut mir leid um sie.«

»Kennst du die Tochter, Mona?«

»Ja. Nadine nahm sie damals mit nach Höchst. Aber ich habe keine Ahnung, wo sie sich jetzt aufhält. Sie müsste ungefähr fünfzehn sein.«

»Vierzehn«, korrigierte Hummel. »Sie lebt in Heidelberg.«

»Aha! Ich hoffe, es geht ihr gut. Gib mir doch mal ihre Telefonnummer durch. Ich werde sie anrufen. Wenn sie mich braucht, kümmere ich mich um sie. Ich kann ihr helfen, die Bestattung zu organisieren und den Nachlass zu regeln.«

»Das ist doch ein Wort, Philipp. Tu das.« Er nannte die Telefonnummer, die er von Mona Bergner erhalten hatte.

***

Der Erste Kriminalhauptkommissar Josef Kersten, mittlerweile genesen, war in dem Glauben, wenn er nicht krank geworden wäre, hätte er den Mord an Monique Colombin aufgeklärt. Er ganz alleine.

Usakos, Namibia
Karakul-Farm

Harry, Angelina und Maleika verbrachten den Tag vor ihrer Abreise in Swakopmund am Strand des Atlantischen Ozeans. Am späten Nachmittag fuhren sie zurück zur Karakul-Farm. Joanna bereitete das Abendessen vor. Die Düfte aus der Küche nach allen möglichen exotischen Gewürzen und gegrilltem Fleisch begeisterten Harry und Angelina. Nach dem

Essen nahm Angelina Joanna beiseite: »Darf ich dich mal etwas fragen, Joanna?«

»Natürlich. Was möchtest du wissen?«

»Du sprichst ein akzentfreies Deutsch. Wo hast du das gelernt?«

»Meine Urgroßeltern arbeiteten auf der Farm eines Deutschen. Unsere Familie hat die deutsche Sprache übernommen. Bis heute.« Sie fügte hinzu: »Das ist übrigens keine Seltenheit in Namibia.«

»Wir können uns problemlos unterhalten«, freute sich Angelina, »ich finde das sehr schön«

»Ja, ich auch.« Joanna legte den Arm um Angelinas Schultern.

Mittwoch, 16. Oktober

Harry versprach beim Abschied, mit Angelina und Maleika einmal im Jahr nach Namibia zu kommen. »Und vielleicht«, Harry schaute seinen Freund an, »vielleicht schafft ihr es ja, eines Tages nach Deutschland zu kommen, um uns zu besuchen.«

»Wir werden sehen, was die Zeit bringt«, antwortete Timo, »natürlich würde ich gerne wieder in meinen Heimatort kommen.« Timo brachte Harry, Angelina und Maleika zum Hosea-Kutako-Airport nach Windhoek. Am Abend flogen sie mit Air Namibia zurück nach Frankfurt. Alle waren froh und glücklich, dass die Freunde von früher wieder zusammengefunden hatten.

Der von Jean-Marie Leclerc im Schmuckgeschäft *Hubertus Lambert* erbeutete Schmuck und die zweite Ruger-Pistole wurde nie gefunden.

Leclerc hatte damals im Fluchtauto die Pistolen vertauscht. Auf diese Weise fehlten in der Ruger, die er Timo übergab, die zwei Patronen, mit denen Jean-Marie den Juwelier getötet und die Opernsängerin schwer verletzt hatte.

Jean-Marie Lecerc wurde wegen Mordes an dem Juwelier Hubertus Lambert und wegen versuchten Mordes an der Opernsängerin Carmen Roth zu lebenslänglicher Haft verurteilt.

***

Durch die Zusammenarbeit mit Achim Vanderbildt konnte Felix Hummel den Mord an der schönen Monique Colombin aufklären. Er wurde dank seiner hervorragenden Ermittlungen und der Ergreifung der Mörderin von Monique Colombin zum Hauptkommissar befördert. Der Erste Kriminalhauptkommissar Josef Kersten gönnte Hummel den neuen Titel nicht.

***

Von der Zucht der Ziegen und Schafe, insbesondere der Karakulschafe, die für hervorragende Wolle bekannt sind, konnten Timo und seine kleine Familie gut leben. Timo kehrte nie wieder in seinen Heimatort Nieder-Klingen am Fuße des Otzberges zurück.

Danke

Für die Entstehung eines Buches ist es für den Autor ungemein wichtig, dass Menschen ihn unterstützen und auch ihre ehrliche Meinung kundtun. Herzlichen Dank an:

Rainer Witt, der mir wichtige Tipps gab und mir immer beratend zur Seite stand;

Bärbel Orth, die, wieder mal, das Manuskript durcharbeitete. Sie hat es immer möglich gemacht, mir zu helfen, wenn es mal stockte;

Manfred Wohlfahrt, der mir sehr gute Informationen gab, wenn ich etwas Polizeispezifisches wissen wollte;

Marie Zimmer, die mir Tipps über die Arbeit der Kriminalpolizei gab und mich über die französische Sprache informierte;

Udo Lieser, der mir die Kriminalinspektion Odenwald näherbrachte und mir weitere Tipps gab;

Jens Rotzsche für die Titelillustration;

Swen Scheuermann, der Bilder für die Titelillustration zur Verfügung stellte.

Natascha Becker, Inhaberin des Verlages M. Naumann in Hanau. Sie hat letztendlich wieder die Veröffentlichung des Buches möglich gemacht. Ich freue mich weiterhin auf gute Zusammenarbeit;

meine Frau Karin, die mich wieder mal geduldig ertrug, auch wenn es manchmal nicht so gut lief und mir gar nichts einfiel;

allen, die mir bereitwillig und gerne bei meinen Recherchen geholfen haben;

allen, die mir ihre freundliche Genehmigung erteilten, Örtlichkeiten namentlich nennen zu dürfen.